Pepper Harding

Ein Wunsch zu Weihnachten

GOLDMANN
Lesen erleben

Buch

Henry Quantum ist ein ganz wunderbarer Mensch – aber nicht wirklich alltagstauglich. Denn über alles und jeden macht sich der ebenso liebenswerte wie gut aussehende Vierzigjährige Gedanken: vom generellen Zustand der Welt über den Lebenssinn des Saxofonisten am Straßenrand bis hin zum ausbleibenden Niederschlag. Kein Wunder also, dass ihm der Alltag bisweilen entgleitet. Wie zum Beispiel das Weihnachtsgeschenk für seine Frau Margaret.

Und so macht Henry sich am 23. Dezember etwas verzweifelt auf, irgendwo in San Francisco noch schnell eine Flasche Chanel No. 5 zu erwerben. Doch auch das wird zu einer ziemlich unterhaltsamen Odyssee. Weil Henry sich einfach nicht zu konzentrieren vermag. Und weil er durch Zufall auf Daisy trifft, die einstige große Liebe seines Lebens.

Eine Begegnung, die nicht nur ihn zutiefst erschüttert. Und die aus einem sonnigen Tag in San Francisco ein bezauberndes Buch über drei Menschen macht, deren Leben durch scheinbar kleine Dinge in große neue Bahnen gelenkt wird.

Der Autor

Pepper Harding ist das Pseudonym eines Autors, der unter anderem Namen bereits mehrere Bücher veröffentlicht hat. Harding, der aus New Jersey stammt und in Pennsylvania, Tennessee und an der University von Chicago studierte, lebt bereits seit langen Jahren mit seiner Familie in und um San Francisco, momentan in Sonoma County.

Pepper Harding

Ein Wunsch zu Weihnachten

Roman

Aus dem Amerikanischen
von Doris Heinemann

GOLDMANN

Die amerikanische Originalausgabe erschien 2016 unter dem Titel
»The Heart of Henry Quantum« bei Gallery Books,
An Imprint of Simon & Schuster, Inc,. New York.

Auf Deutsch bereits erschienen unter dem Titel
»Das Herz des Henry Quantum«.

Das Kōan auf S. 90 stammt aus:
Ohne Worte – ohne Schweigen. 101 Zen-Geschichten und
andere Zen-Texte aus vier Jahrtausenden. Hrsg. v. Paul Reps,
aus dem Engl. übertragen von Ulli Olvedi. Copyright © 2010 O.W. Barth.
Ein Imprint der Verlagsgruppe Droemer Knaur GmbH & Co. KG, München

Dieses Buch ist auch als E-Book erhältlich.

FSC www.fsc.org MIX Papier aus verantwortungsvollen Quellen FSC® C014496

Verlagsgruppe Random House FSC® N001967

1. Auflage
Taschenbuchausgabe November 2018

Umschlaggestaltung: UNO Werbeagentur, München
Umschlagmotiv: FinePic®, München; Getty Images; Yenpitsu Nemoto
TH · Herstellung: kw
Satz: Uhl + Massopust, Aalen
Druck und Bindung: GGP Media GmbH, Pößneck
Printed in Germany
ISBN: 978-3-442-48572-7
www.goldmann-verlag.de

Besuchen Sie den Goldmann Verlag im Netz

Für M. Gorman und R. Futernick.
Wenn sie gewusst hätten, worüber sie redeten,
hätte dieses Buch nie geschrieben werden können.
Und für RDH, Quelle der Freundschaft und Inspiration.

TEIL 1

HENRY

KAPITEL 1

23. Dezember, 7:35 – 10:14 Uhr

Mein Freund Henry Quantum, der von allen nur Bones genannt wurde, weil er sehr groß und dünn war und von den Figuren aus *Raumschiff Enterprise* am liebsten die des Dr. McCoy mochte, hatte an diesem Tag nur eine wirkliche Aufgabe, nämlich ein Weihnachtsgeschenk für seine Frau zu kaufen. Nachdem er dies bereits seit mehreren Wochen (eigentlich sogar Monaten) vor sich hergeschoben und, als er auf seinem iPhone nach den neuesten *Huffington-Post*-Nachrichten suchte, erschrocken festgestellt hatte, dass der 23. Dezember gekommen und noch nichts, nicht einmal eine Kleinigkeit für den Weihnachtsstrumpf besorgt worden war, wurde ihm klar, dass er keine Wahl mehr hatte, er musste einkaufen gehen. Es war ein ganz normaler Arbeitstag, also standen auch noch andere Aufgaben im Terminkalender, doch es gab nur eine einzige echte Mission: Margaret glücklich machen. Er hatte sich bereits für eine Flasche Chanel No. 5 entschieden – und wusste sogar, wo er sie kaufen würde: bei Macy's. Er würde sich am besten morgens als Erstes darum kümmern, damit ihm die Sache tagsüber nicht auf der Seele lag. All das hatte er direkt nach dem Aufwachen in einem Anfall von Panik beschlossen; dann aber senkte sich eine Art Frieden über ihn, und er ging frohen Herzens unter die Dusche. Erledigt, das wäre erledigt!, sagte er sich.

Als er jedoch nach der Seife greifen wollte, erstarrte seine Hand auf halbem Wege, weil er sich, als das Wasser auf seine Schultern zu prasseln begann, über die wunderbare Wasserdichtigkeit seiner Haut freute, was ihn wiederum auf das generelle Wunder der Natur brachte, das, wenn er es recht bedachte, den ganzen Kosmos umfasste, worauf ihm das Hubble-Weltraumteleskop in den Sinn kam und die Bilder von Galaxien, die er im vergangenen September am NASA-Stand auf dem Sausalito Art Festival gesehen hatte, besonders die der Sombrerogalaxie, die tatsächlich wie ein Sombrero aussah. Das allerdings rief ihm etwas ins Gedächtnis, was man ihm seit der Junior High School immer wieder eingehämmert hatte, nämlich dass das Licht 186 000 Meilen pro Sekunde zurücklegt, wenn man also etwas weit Entferntes anschaut, wie beispielsweise die Sombrerogalaxie, sieht man in Wirklichkeit, wie es vor Millionen Jahren (im Fall der Sombrerogalaxie dreißig Millionen Jahren) aussah, und nicht, wie es jetzt ist; wer konnte also überhaupt sagen, wie sie jetzt aussah? Es gab keinen Beweis dafür, dass diese Galaxie nicht bereits auf Kollisionskurs mit unserer eigenen Galaxie war, in dreißig Millionen Jahren konnte ja eine Menge passieren, und als er das bedachte, schien die Seifenschale auf einmal unerreichbar für ihn, genauso unerreichbar, wie die Sombrerogalaxie es für ihn gewesen wäre, selbst wenn es in seiner Macht gestanden hätte, sich augenblicklich dorthin zu versetzen, denn die Galaxie, die er erblickt hatte, gab es nicht mehr. Eigentlich geschah *alles* außerhalb seiner selbst in der Vergangenheit – zum Beispiel diese Manifestation der Seifenschale –, es war bereits vorbei, erledigt, beendet, kaputt, Geschichte. Eine Zeit lang hatte er immer mal wieder Zen praktiziert und redete nun ständig davon, man müsse in der Gegenwart leben – und da komme man über das Atmen hin, hieß es –, doch jetzt musste er zugeben, dass er dieses Ziel nie erreichen würde, ganz gleich, wie sehr er sich bemühte. Niemand konnte es erreichen, nicht einmal Buddha persönlich. Er stieg über den Badewannenrand, und das Frottee der Badematte fühlte sich an wie immer, weich und angenehm, doch jetzt wurde ihm zum ersten Mal bewusst, dass dies nur eine Illusion war. Noch eine Nanosekunde zuvor war es weich und angenehm gewesen. Doch jetzt? Wer konnte das wissen?

Er warf den Bademantel über und ging in die Küche. Margaret sah von ihrem Haferbrei auf und fragte: »Was ist denn jetzt schon wieder?«

Er schnappte sich zwei Scheiben Vollkorntoast, schob sie in den Toaster und sah zu, wie die Heizdrähte orangerot aufglühten. Wärmte sich die Hände über den Schlitzen. »Was wäre, wenn plötzlich nur ein Lichtjahr von uns entfernt ein kleiner Stern entstehen würde?«, fragte er Margaret. »Und was wäre, wenn er sich uns sofort knapp unter der Lichtgeschwindigkeit zu nähern beginnen würde? Was würden wir dann sehen? Wir würden in sechs Trillionen

Meilen Entfernung einen Stern sehen, der aber eigentlich schon hier wäre, oder vielleicht würden wir ihn, weil er schon so nah wäre, groß und hell und zugleich klein und fern sehen. Aber das Wichtigste ist, wir würden ihn nie so sehen, wie er wirklich wäre, und wenn wir alles ausgerechnet hätten, wenn wir endlich wüssten, dass er entstanden wäre, wäre er uns schon auf den Kopf gefallen und hätte uns alle getötet.«

»Möchtest du Normalen oder Koffeinfreien?«, antwortete sie.

»Nein, ich meine es ernst.«

»Ich weiß«, sagte sie. »Aber es ist doch ein hypothetischer Stern, oder?«

»Ja«, antwortete er.

»Dann trink erst mal einen Kaffee.«

Niedergeschlagen brachte er seinen Toast zum Tisch und setzte sich.

»Vielleicht könnten wir uns heute auch noch über etwas anderes Gedanken machen, was meinst du?«, schlug sie vor.

»Es beschäftigt mich eben.«

»Ich weiß, aber warum erzählst du mir nicht, was du heute vorhast?«

»Oh, ich weiß auch nicht, das Übliche«, antwortete er ausweichend, denn er dachte daran, dass er ihr eine Flasche Parfum kaufen wollte. Wobei ihm außerdem einfiel, dass ein Kunde kommen würde und dass er gegen halb elf die neuen TV-Spots präsentieren musste, also konnte er das Parfum nicht schon morgens kaufen, und er sagte: »Mist.«

»Was?«

»Heute kommen die Leute von Protox.«

»Du kriegst das bestimmt wunderbar hin«, sagte sie.

Die Nachbarschaft der Begriffe »wunderbar« und »Protox« ließ sofort Denise vor seinem inneren Auge auftauchen, sie war Art Director und hatte jede Menge Tattoos, und er versuchte sich vorzustellen, wie es sich anfühlte, wenn man tätowiert wurde, die Nadel, die in den Arm stach und Linien in Blau und Orange hinterließ, wobei er keine Ahnung hatte, ob es wirklich so gemacht wurde, ob es Linien waren oder Punkte und ob man betrunken sein musste oder sie einen nüchtern ließen, jedenfalls mochte er keine Nadeln, Punkt. Und Denise hatte so dünne Arme. Immer wenn ihm Blut abgenommen wurde, musste er den Blick abwenden, weil er es nicht ertrug, wenn sein Blut den Kolben füllte, dann dachte er darüber nach, wie viel Blut ein Mensch hat, und die Antwort ist fünf bis sechs Liter und weniger bei einer Frau, es sei denn, sie ist groß, wie zum Beispiel eine Fitnesstrainerin, und er dachte an die Muskeln dieser Frauen und daran, wie es sein mochte, mit einer derart muskelbepackten Frau zu schlafen; es wäre sicher so eine Art Homo-Hetero-Erfahrung, weil man ihre Brüste praktisch gar nicht mehr …

»Willst du nicht deinen Toast essen?«, fragte Margaret.

»Oh. Nein. Bitte nimm du ihn. Ich dachte gerade an Protox.«

»Ein widerliches Produkt«, sagte sie. »Wird dir nie schlecht, wenn du anderen diese Scheiße schmackhaft machen willst?«

Jetzt geht das wieder los, dachte er. »Es ist Werbung. Und Werbung ist mein Job.« Glücklicherweise ließ sie das Thema fallen, beugte sich vor und küsste ihn auf die Stirn. »Geht's dir wieder gut, Bones?«, fragte sie.

»Natürlich.«

»Drohen keine weiteren planetaren Katastrophen? Darf ich damit rechnen, dass die Welt noch heil ist, wenn du nach Hause kommst?«

»Haha«, sagte er.

Sie schenkte ihm eins ihrer leicht herablassenden Lächeln und wandte sich wieder der *Times* zu, die sie inzwischen elektronisch las.

Er ging ins Schlafzimmer, zog eine schmal geschnittene Khakihose und ein Jackett an, schlüpfte in die Cordovan Loafer, betrachtete sich im Spiegel und gratulierte sich dazu, dass sein Bauch nicht über den Hosenbund hing, wie das bei praktisch jedem anderen seines Alters – vierzig und ein paar Monate – der Fall war. Er hatte noch sein gesamtes Haupthaar, prüfte es allerdings täglich auf Anzeichen fürs Schütterwerden und kämpfte immer wieder vergeblich gegen die Tolle an, die beim leisesten Windhauch in seltsamen Winkeln über seine Stirn ragte. Seine Augen, die manche als verträumt bezeichnet hätten, waren von einem heiteren Blau; Margaret klagte, sein Blick schiene immer in den fernen Weltraum gerichtet zu sein, was aber natürlich nicht stimmte; er dachte dann lediglich nach. Die netteren ihrer Freundinnen sagten, er habe Ähnlichkeit mit dem Schauspieler James Stewart – weil er schlaksig und unbeholfen war, auch wenn er es lieber auf dessen Eleganz und Anstand bezog; vielleicht traf auch beides auf ihn zu, denn er musste zugeben, dass er ein bisschen konfus wirken konnte, wenn er mit den Gedanken nicht bei der Sache war, die er gerade tat.

»Was soll's!«, sagte er, griff nach seiner Aktentasche und ging in die Garage hinunter.

Sie wohnten an einem Hang, deshalb stand ihr Haus auf Stelzen, und die Garage war in die Erde gegraben, was ihn immer an einen Bunker denken ließ, nur dass es in der Garage ständig feucht war und nach Pilzen roch. Im Winter fielen die Ameisen in Scharen ein, und an der hinteren Wand waren feuchte Flecken, die manchmal so nass wurden, dass er fürchtete, der ganze Hang könne abrutschen. Doch in diesem Jahr gab es keine Ameisen, weil es nicht regnete, es herrschte Dürre, und im kommenden Sommer würde es Brände geben wie den in Oakland, bei dem tausend Häuser niedergebrannt waren. Allerdings pflegten die Brände in einem Sommer nach einem regnerischen Winter noch schlimmer zu sein, eine Ironie des Schicksals, die von dem vielen Unterholz herrührte. Und dann schmeißt irgendein Kind ein Streichholz weg, oder irgendein Idiot kippt den Grill um, und *Wuschsch*!

Margaret rief vom oberen Ende der Garagentreppe nach ihm: »Henry, nimm einen Schal, sonst verkühlst du dich.

Und, ach, ich hab ganz vergessen, dir zu sagen, dass ich heute nicht zum Abendessen da bin, du kommst doch zurecht, oder?«

»Natürlich komme ich zurecht«, sagte er. »Ich bin schließlich schon groß.«

»Sicher?«

»Ja, sicher!«

Sie warf ihm eine Kusshand zu und verschwand wieder im Haus. Er stand da und blickte auf die Tür, die Tür zwischen Garage und Küche, eine Pforte zwischen ihren beiden Welten, und plötzlich war er erleichtert, dass er jetzt wegfuhr.

»Shit«, sagte er. »Jetzt muss ich mich auch noch ums Abendessen kümmern.«

Henry Quantum fuhr einen BMW 528i. Jedes Mal, wenn er einstieg und das Leder roch, wenn er das schimmernde Holz und den glänzenden Kunststoff des Armaturenbretts berührte, wenn er die Hand um das dick und weich gepolsterte Steuerrad oder den Schaltknüppel aus kühlem gebürsteten Aluminium legte, glaubte er einen Moment lang selbst an seinen Erfolg. Natürlich war der Wagen geleast, und die fünfhundert Dollar im Monat konnte er von der Steuer absetzen, aber wenn er in einen Parkplatz einbog oder vor einem Restaurant vorfuhr, durchflutete ihn eine Woge des Stolzes, und es machte ihm gar nichts aus, dass Tausende solcher Wagen durch San Francisco fuhren, dass sie ein Klischee waren und dass wirklich erfolgreiche

Leute dickere, schickere Schlitten fuhren. Denn in seinem BMW 528i empfand Henry Quantum echte Zufriedenheit, und die Fahrt von den Twin Peaks hinunter zum Jackson Square-District war für ihn die schönste halbe Stunde des Tages. Er überlegte, ob er das Parfum nicht vielleicht doch noch vor der Arbeit besorgen konnte, wenn er statt zu Macy's zu Nordstrom ging, von der Market Street konnte er nicht links abbiegen, und Nordstrom lag rechts, außerdem boten sie einen Valetservice an. Und als er an die Serviceleute dachte, rügte er sich selbst, weil der Wagen dringend gewaschen und gewachst werden musste, und er nahm sich fest vor, Roberto damit zu beauftragen oder vielleicht sogar irgendwann selbst zum Touchless Car Wash rüberzufahren, und dann dachte er: Warum schieben die Menschen Dinge auf? Warum tun wir nicht einfach, was wir uns vorgenommen haben? Und er fragte sich, ob solcherart Prokrastination vielleicht ein Überlebensvorteil innewohne, denn warum hätten wir sonst diese Eigenschaft? Er glaubte fest an natürliche Auslese. Er hatte gerade einen Artikel von einem Kerl namens Pinsker oder Pisker oder, ach ja, Pinker gelesen, ein lustiger Name, so hieß auch diese Zackenschere für Schneider – *pinking shears* –, deren Klingen einen speziellen Schliff hatten, damit der Stoff, der damit geschnitten wurde, nicht ausfranste, und das brachte ihn auf den Vorgang des Erfindens an sich, schließlich war jemand auf diese Zackenschere gekommen und hatte sie *pinking shears* genannt, und so war es im Grunde mit allem. Es war wunderbar, einfach wunderbar, denn wer zum Beispiel hatte den Käse erfunden? Und der erste Mensch, der Butter hergestellt hatte – man musste Sahne schließlich verdammt lange rühren, um Butter daraus zu machen –, warum hatte das jemand zum ersten Mal gemacht? Aber es war passiert, jemand hatte es getan. Ein perfektes Beispiel für die Natur des menschlichen Strebens. Und dann musste er auf die Bremse steigen, weil die Ampel rot geworden war und er fast in den Honda vor ihm gerauscht wäre.

Die Ampel wurde grün, der Honda ruckelte los, und Henry tat es ihm nach, nun fest entschlossen, während des Fahrens keinen Tagträumen mehr nachzuhängen. Wenn man es recht bedenkt, sagte er sich, passen die Leute beim Fahren gar nicht immer so sehr auf. Wenn man beispielsweise die Spur wechselt, sieht man in den Rückspiegel, während man weiter nach vorn fährt, ohne nach vorn zu sehen, und trotzdem schätzt man die Entfernung zum Vordermann in 99,99 % der Fälle richtig ein. Und was ist, wenn man telefoniert oder simst? Er musste zugeben, dass er beim Fahren telefonierte, aber Simsen, das nun doch nicht. In Wahrheit bekam er die Sache mit den Daumen nicht so richtig hin, und Twittern, das war einfach nicht sein Ding. Obwohl es nicht so einfach war, in der Werbebranche nicht zu twittern, denn Twittern war das vielleicht wichtigste Medium für die Zielgruppe unter dreißig.

Mist, sagte er sich. Jetzt muss ich auch noch mit dem Scheiß-Twittern anfangen!

Sein erster Tweet wäre dann: *Ich bin unterwegs, um Par-*

fum für Margaret zu kaufen. Kann mich nicht entscheiden, in welchem Laden. Und der zweite Tweet: *Was soll eigentlich dieses ganze Weihnachten? Kann mir das mal jemand sagen?* Dritter Tweet: *Gerade fast ein tolles Mädchen auf einem Fahrrad angefahren. Ich hasse diese blöden Radspuren.* Er twitterte das alles nur in Gedanken, weil er physisch nicht dazu imstande war.

Er genoss dieses ganze Twittern, bis er merkte, dass er an der Fifth Street, wo Nordstrom lag, vorbeigefahren und nicht abgebogen war. Er war sogar schon am Ferry Building. Trotzdem war er fest entschlossen, sich nicht zu ärgern, denn schließlich praktizierte er Samatha-Meditation und den Daoismus des Nicht-Erzwingens, jedenfalls versuchte er es, und da ihn sein Lebensweg von Nordstrom wegführte, wollte er jetzt mal darauf vertrauen, dass dies der richtige Weg für ihn war, auch wenn es gerade wirklich nicht gut passte. Dann bog er links auf die Drumm Street ab und nach dem Bay Club wieder links in die Jackson Street – mit anderen Worten, er fuhr schnurstracks ins Büro. Das Parfum konnte er später kaufen. Er konnte doch in der Mittagspause rasch zur Filiale im Union-Square-District laufen. Warum nicht? Es würde ihm guttun. Sein Dao für heute!

Er fuhr ins Parkhaus, rief Roberto, dem Garagenwart, ein »Hola!« zu und lief dann die drei Blocks bis zu seinem Büro an der Pacific Avenue. Es lag nur einen Block von dem berühmten Espressomaschinen-Geschäft von Thomas E. Cara entfernt und gegenüber dem Haus, in dem sich die American Zoetrope Filmproduktionsgesellschaft befunden hatte, als Francis Ford Coppola noch dazugehörte. Immer wenn Henry Quantum diese drei Blocks entlanglief, vorbei an den herrlichen Antiquitätenläden oder durch die Gasse hinter BIX (die besten Martinis der Stadt), wenn er sich die Leute in der Roka Bar oder die Jungs aus den Anwaltskanzleien anschaute oder die verrückte Kombination von Herrenausstatter, Bar, Golfsimulator und Weinhandlung an der Ecke Montgomery und Clay Street, dann erfüllte ihn Liebe – Liebe zu diesem kleinen Winkel des Universums und zu den Menschen, die dort lebten und arbeiteten. An diesem besonderen Morgen, einen Tag vor Weihnachten, entfaltete zudem noch das Winterlicht seinen ganzen Zauber: golden und doch zugleich weiß und durchscheinend wie Porzellan und dabei geheimnisgetränkt, verlieh es den alten Backsteingebäuden einen lebendigen Schimmer und den Gesichtern der Passanten eine gesund leuchtende Farbe, die ganz anders war als ihre Blässe in den düster nebligen Sommern, die sich so klamm und grau anfühlten. Die Hälfte der Leute, die ihm begegneten, hatte sich in Wintermäntel gehüllt, die andere Hälfte trug Shorts und T-Shirts. Typisch San Francisco! Der größte Teil des Landes zitterte und fror, im Mittleren Westen tobten Schneestürme und so weiter, doch hier trugen die jungen Frauen, auch wenn sie in eleganten Stiefeln einherspazierten, schenkelkurze Miniröcke über nackten Beinen; die jungen Männer hatten sich alle in superenge Hosen und Jacketts gezwängt, deren Schnitt sie zwei Nummern zu klein wirken lassen sollte; einige trugen dünne schwarze Schlipse zu offenen Hemdenkragen, andere Pullover, wieder andere Poloshirts und Jeans und Sneakers. All dies erfasste Henry wie eine rauschende Meereswoge und schwemmte ihn bis zur Nummer 46, wo er die Art-déco-Tür mit den geschliffenen Scheiben aufriss und die Treppe hochrannte, die mit Aluminium und Teakholz restauriert worden war, sodass man sich jetzt wie in der Lobby eines Walt-Disney-Kreuzfahrtschiffs fühlen konnte.

Wie alle Häuser des malerischen Blocks war auch dieses ein Relikt des alten Barbary Coast, des ehemaligen Rotlichtviertels: ein schmales, dreistöckiges Backsteingebäude im italienischen Stil, das einst einen Saloon, ein Bordell oder vielleicht auch eine Brasserie oder eine Dancehall beherbergt hatte, jetzt jedoch kalkweiß gestrichen und mit Fensterläden in der Farbe wilder Iris versehen war. Auf dem Ladenschild über der Tür stand nicht mehr, wie in den alten Tagen, HIPPODROME oder KELLY'S, sondern BIGALOW, GREEN, ANDERSON AND SILVERMAN, und jedes Mal, wenn er unter diesem Schild herging und dieser wunderbaren menschlichen Flut, die sein Herz hatte schwellen lassen, Goodbye sagte, begann er heftig zu husten, als wäre die Luft im Gebäudeinnern krebserregend – und oft schien ihm das nur allzu wahr.

»Aber es macht mir nichts«, sagte er sich jeden Morgen.

Inzwischen war es halb zehn. Natürlich war noch keiner von den Creative-Leuten da (sämtliche Mitarbeiter aus dem Account-Management saßen hingegen seit sieben Uhr an der Arbeit), und das passte Henry wunderbar, denn er betrachtete sich als jemanden mit einer privilegierten Stellung genau in der Mitte zwischen dem Geschäftlichen und dem Kreativen – er war weder die linke noch die rechte Hirnhälfte, er war das gesamte Hirn, der Mann für alle Jahreszeiten, eine Taube ohne festen Platz im Taubenschlag, wie er es auf Cocktailpartys gegenüber allen möglichen Leuten formulierte, hauptsächlich, um sich aus der Affäre zu ziehen. Ja, schon, er hatte mal Werbetexter werden wollen – aber das war Jahrhunderte her, das war, bevor er beschloss, dass er kein Talent für den flotten Werbespruch oder die voll einschlagende Metapher hatte; aber er verstand die Kreativen, das tat er wirklich, und deshalb hielt er es für seine Aufgabe, gegenüber den Idioten, die die Rechnungen zahlten, die Arbeit der Kreativen zu verteidigen. Und genau das wollte er auch bei der Protox-Präsentation tun – seine Kreativen unterstützen, auch wenn er, wie in diesem Fall, ihre Arbeit furchtbar fand. Das hatte etwas mit seinem Samurai-Ethos zu tun.

Er legte sein Aktenköfferchen so vorsichtig auf den Schreibtisch, als wäre es ein von Hattori Hanzo, dem größten Schwertmacher aller Zeiten – so heißt es jedenfalls in *Kill Bill Volume 1* –, von Hand aufs Feinste geschärftes Katana, umrundete seinen Schreibtisch und ließ sich langsam auf seinem Aeron – Schreibtischstuhl nieder, einem für einen Krieger durchaus geeigneten Sitzmöbel. Zum x-ten Mal ließ er den Blick prüfend durch sein Büro wandern und fand es, trotz der Grateful-Dead-Poster und der Zitate vom Dalai Lama und von Nietzsche an der Wand, banal. Es war ein Büro im ruhigeren Bereich, das schon, und er war stolz darauf, doch es maß nur acht mal zehn Fuß, war also winzig und hatte eine Glaswand, die ihm nicht die geringste Privatsphäre bot. Wenn er die Jalousien herunterzulassen versuchte, streikten sie in der Regel, und wenn sie ausnahmsweise funktionierten, dann klopften gleich die Leute an die Scheibe, als wäre es nicht erlaubt, auch nur eine Minute für sich zu sein. Wobei man sich ernsthaft fragen musste, wer sich wirklich gern in diesem Büro eingeschlossen hätte. Der Teppichboden war fleckig, der Schreibtisch bestand im Wesentlichen aus Pressspan, und das wenige Tageslicht fiel durch ein verdrecktes kleines Fenster, durch das man jenseits einer müllübersäten Gasse die verfallene Rückseite eines Striplokals am Broadway sehen konnte. Er hatte sich oft dabei ertappt, wie er aus diesem Fenster starrte, und schon seit Jahren versuchte er, etwas hinter den Fenstern gegenüber zu erkennen. Wer lebt über einem Striptease-Club, fragte er sich. Dreckige Gardinen versperrten die Sicht, und manche der Fenster waren mit vergilbten Zeitungen zugeklebt worden. Wahrscheinlich vietnamesische Einwanderer. Oder vielleicht wohnt da auch der Rausschmeißer, der immer am Eingang des Clubs steht. Gar kein so schlechter Job. Wenigstens kann er mit den Mädels schäkern.

Henry war auch einmal in einem solchen Lokal gewesen. An der jungen Frau, die ihn damals draußen vor der Tür ansprach, als er auf dem Weg nach North Beach war, um irgendwo Pasta zu essen, lockte ihn vor allem der Brustansatz. Und sie redete so freundlich mit ihm. »Sie scheinen ein netter Mensch zu sein«, sagte sie. »Sie auch«, antwortete er und fühlte sich unglaublich dumm, kaum dass er es ausgesprochen hatte. Doch sie lächelte und sagte »Sie sind echt süß!«, dann öffnete sie den Vorhang und ließ ihn ein. Erst als er an einem Tisch stand, wurde ihm gesagt, dass die Mädchen nur dann bei ihm sitzen würden, wenn er eine Flasche Champagner bestellte. Aber er wollte gar nicht, dass sie bei ihm saßen, eigentlich wollte er da weg, doch das Mädchen, das immer noch seine Hand hielt, sagte: »Keine Sorge. Ich setze mich zu Ihnen, auch ohne Champagner.« Also setzte er sich. Auf der Bühne tanzte ein anderes Mädchen, das außer ihren Highheels nichts anhatte, lethargisch vor sich hin. Das Mädchen, das seine Hand hielt, sagte mit leichtem Südstaaten-Akzent:

»Ganz früher, in den Siebzigern oder so, durften wir immer nackt sein. Das war natürlich lange vor meiner Zeit. Jetzt müssen wir mindestens Unterwäsche tragen, wenn wir bei den Männern sitzen.«

»Tatsächlich?«, fragte er.

»Hmhm«, antwortete sie.

Sie war höchstens achtzehn. Er hatte sich nur von der ganzen Farbe auf ihrem Gesicht täuschen lassen. Himmel noch mal, was tue ich hier eigentlich?, fragte er sich. Plötzlich fiel ihm auf, wie abrupt ihr Make-up unter dem Kinn endete. Wie blass ihr Hals war. Und unter der Tünche Pickel.

Und dann durchfuhr ihn der Blitz der Erkenntnis: Er würde sie hier rausholen! Aus diesem schrecklichen Leben. Wie? Er würde sie heiraten! Ja! Nur war er schon verheiratet.

»Bestellst du mir einen Weißwein?«

»Okay«, sagte er.

Er bestellte ihr einen, aber die Kellnerin brachte ihr zwei und ihm auch.

»Zwei ist das Minimum«, murmelte sie dabei. »Pro Person.«

»Ich liebe Weißwein«, sagte das Mädchen. »Du nicht? Weißt du, ich kann für dich tanzen, wenn du möchtest. Ganz privat, du verstehst? Da hinten sind Zimmer.«

»Wie bitte?«

»Nur du und ich. Sagen wir für hundert.«

»Oh!«, sagte er.

»Das wird lustig.«

»Ich weiß, es klingt verrückt«, platzte er heraus, »aber ich will dich hier wegholen.«

»Das habe ich ja gerade gesagt. Ein Zimmer für uns. Lapdance, Strip, es wird bestimmt schön.«

»Nein, das habe ich doch nicht gemeint.«

»Okay, schon gut. Dann eben, was du willst. Warum nicht. Nur hundert Dollar. In vielen Bars kostet es viel mehr, das kannst du mir glauben. Aber ich mag dich. Ehrlich, ich tu's sogar für achtzig, weil ich dich wirklich mag. Du scheinst so ein netter Kerl zu sein.«

Sie legte ihm die Hand aufs Bein und ließ sie dann zu seinem Schritt hochgleiten.

Und noch bevor ihm klar war, was er tat, war er aufgesprungen und aus dem verdunkelten Club gerannt, hinaus in das grelle weiße Licht auf der Straße, wo er stehen blieb.

Doch dann rannte ihm der Rausschmeißer nach und packte ihn am Kragen. »Hey, Mann, die Rechnung. Die willst du doch wahrscheinlich noch bezahlen.«

»Oh«, sagte Harry. »Tut mir leid, tut mir wirklich leid. Das hab ich vergessen.«

»Aha.«

»Nein, wirklich, ich habe es nur vergessen.«

»Das macht eins-zwanzig.«

»Eins-zwanzig?«

»Hundertzwanzig.«

»Für ein paar Gläser Wein?«

»So viel kostet es eben. Sieh auf der Karte nach.«

»Man hat mir keine Karte gegeben.«

»Eins-zwanzig«, sagte der Kerl.

»Nehmen Sie American Express?«, fragte Henry.

Aber der Biergeruch dieser Bar und der Schweiß, den er an dem Mädchen gerochen hatte, verfolgten ihn noch lange. Selbst jetzt, als er über den Hof hinwegblickte, sah er wieder diese Linie vor sich, den Übergang vom Make-up zum echten Mädchen – und manchmal wünschte er sich, er wäre nicht weggelaufen und nicht schon verheiratet gewesen, denn sie beide – er und das Mädchen – hätten noch einmal von vorn anfangen können: ein Haus auf dem Land, ein ganzer Stall voll Kinder und ein Elektroauto. Er legte die Handfläche an sein schmutziges Fensterchen und versuchte wieder, durch die Gardinen in der Etage über dem Striplokal zu spähen. Armes Kind!

Doch dann hörte er, wie seine Bürotür geöffnet wurde, drehte sich um und sah Denise, die tätowierte Art-Direktorin. Mit einem Arm voller Layouts lehnte sie im Türrahmen.

»Hey«, sagte sie. »Bist du bereit?«

»Du bist schon hier?«

»Wieso denn nicht?«, antwortete sie. »Es ist fast zehn. Sie kommen in einer halben Stunde. Ich bereite schon mal alles vor.«

»Fein«, sagte er.

»Geht es dir gut?«

»Warum fragen mich das immer alle?«

Sie entfernte sich in Richtung des kleinen Konferenzraums, doch seine Augen blieben an der Stelle hängen, wo sie gerade gestanden hatte. Er fragte sich, ob Menschen eine Spur von sich hinterlassen, wenn sie sich irgendwo aufhalten – nicht in Form von Duft oder Körpergeruch, sondern in Form von etwas Essenziellem, von Seele. Was wäre, wenn wir, wo immer wir sind, kleine Spuren unserer Seelen hinterließen? Würde die Gesamtseele dadurch kleiner, oder dehnte sie sich, im Gegenteil, dadurch irgendwie aus? Das wiederum erinnerte ihn an einen kleinen geschnitzten Speckstein, den ihm einmal jemand geschenkt hatte – sein alter Anthropologie-Professor in Chicago – und der aus Indien stammte, aus welcher Dynastie, wusste er nicht mehr; ein grob geschnitzter winziger Frosch – aus der Maratha-Periode, ja – aus Nordindien, einem nordindischen Dorf, aus welchem, hatte er nie gewusst, und er hatte auch keine Ahnung, wie alt er war, vielleicht aus dem siebzehnten, vielleicht aber auch aus dem achtzehnten Jahrhundert; dieser Frosch war nicht größer als die Spitze seines kleinen Fingers, und das Weiß des Steins war vom vielen Anfassen schmuddelig und dunkel geworden, besonders auf dem Rücken des Froschs, der vom Fett Tausender Hände glänzte. Und wenn Henry ihn in seinen eigenen Händen hielt, wenn er ihn an die Wange legte oder ihn mit den Lippen berührte, hatte er das unheimliche Gefühl, nicht den Frosch zu berühren, sondern all die Leute, die ihn je gerieben hatten, damit er ihnen Glück brächte, bis hin zu dem Kerl, der ihn geschnitzt hatte, und dass sie alle Spuren von sich hinterlassen hatten, genauso wie auch er selbst etwas auf dem Frosch hinterließ. Was für ein herrliches Gefühl! In Verbindung mit all diesen verlorenen Leben zu stehen, diesen unbekannten Geschöpfen, ohne die der Frosch keine Patina gehabt hätte. Sie hatten ihr Leben gelebt, wie auch er seines lebte, mit dem einzigen Unterschied, dass er seinen eigenen Namen kannte, nicht jedoch die Namen jener Menschen. Und außerdem waren sie Inder gewesen, und er war Amerikaner. Wobei einige von ihnen vielleicht auch Briten gewesen waren.

Und dann konnte er sich nicht mehr erinnern, warum er den Türrahmen anstarrte, und zog deshalb seinen Laptop aus der Tasche, fuhr ihn hoch, wartete, bis der Bildschirm bereit war, klickte auf die Protox-Dateien, überflog noch einmal seine Notizen, klappte das Notebook wieder zu und nahm es mit in den Konferenzraum.

KAPITEL 2

10:15 – 11:45 Uhr

Auf dem Weg zum Konferenzraum schaute er noch bei dem IT-Menschen vorbei, Larry McPeek, der gerade emsig einen Code eintippte oder vielleicht auch auf Amazon einkaufte, und sie sagten beide »Hallo« und »Frohe Weihnachten«, was nun schon seit Tagen jeder zu jedem sagte, und so ging Henry weiter durch den Flur und wünschte allen munter frohe Weihnachten, obwohl er in Wirklichkeit über Art Director Denise nachdachte. Sie war nicht eigentlich umwerfend, hatte eher ein bisschen ein Pferdegesicht, aber mit ihren Tattoos und Hair-Extensions und den schwarzen Röhrenjeans mit den Aufschlägen in Hellorange, die sie oft trug, war sie absolut sexy und besaß den Körper eines Models, wie es oft hieß, wenn jemand groß und schlank war und keine Titten, aber einen hübschen kleinen Hintern hatte; es waren jedoch ihre Hände, die es Henry angetan hatten, mit Fingern wie Aalen, lang und biegsam, als hätten sie keine Knochen. Sie hielt sie in die Höhe und spreizte sie, wenn sie auf etwas gezielt hinweisen wollte, oder sie stemmte sie beide in die Taille, wenn sie im Flur stand. Manchmal, wenn sie sich Musik anhörte oder die Platzierung eines Fotos betrachtete, stützte sie auch ihr Kinn darauf. Was immer diese Finger taten, sie waren erstaunlich erotisch – wie sie sich wohl anfühlten?, fragte er sich. Er wusste, dass Frauen es hassen, wenn Männer sie zu Objekten machten. Und er hasste es, sie so zu Objekten zu machen. Aber er war verdammt noch mal ein Kerl. Und es war schwer, echt schwer, nach fünfzigtausend Jahren, in denen Frauen zu Objekten gemacht worden waren, von jetzt auf gleich alles zu ändern. *Versuch's doch selbst!*, rief er innerlich Gloria Steinem zu, der einzigen Feministin, die ihm im Augenblick einfiel. Ja, tu's doch! Und nebenher bemerkt, erklärte er ihr, ist mir durchaus klar, dass Denise ein Hirn hat. Sie ist sogar ein echter Egghead. Also bitte …

Er vertiefte sich wieder in seine Betrachtungen über Denise' geschmeidige Hände, wobei sich ihm die Frage aufdrängte: Wann haben die Menschen eigentlich angefangen, auf ihre Hände zu achten? Man sieht zum Beispiel nie einen Affen mit Ring am Finger. Auch keinen *Australopithecus*. Nicht mal einen *Homo erectus*. Nein. Es muss zu der Zeit passiert sein, als wir anfingen zu malen und Musik zu machen und zu Göttern zu beten. Also vor gerade mal vierzigtausend Jahren. Da erst betrachteten wir unsere Hände nicht mehr nur als nützlich, sondern auch als schön.

Er dachte an die Höhlenmalereien in Chauvet und den Film darüber und daran, wie außerordentlich schön die Kunst zu Beginn ihrer Existenz war, dass die Welt in jenen

Tagen voller Rembrandts und Tizians gewesen sein musste, nur dass sie es nicht gewusst hatten, sie dachten, was sie machten, sei Magie und keine Kunst, was vielleicht letztlich gar kein so großer Unterschied ist, und er fragte sich, was diese frühen Künstler wohl über Denise' Arbeit gedacht hätten, und das wiederum brachte ihn auf die Frage ihrer Tätowierungen. *Modern Primitive* nannte man diese Kunstrichtung. Aber sie war doch nicht primitiv, oder?

Als er das Besprechungszimmer betrat, freute er sich, als er die vielen Ringe an Denise' Händen bemerkte, unter anderem einen großen, der zwei Finger umfasste.

So weit haben wir es schon gebracht!, dachte er. Ein Ring, zwei Finger!

Er klappte sein Notebook auf und setzte sich mit einem ungezwungenen Lächeln neben sie. Inzwischen war auch Alan Schwartz eingetroffen, der stellvertretende Creative Director, er setzte sich auf Denise' andere Seite, allerdings mit deutlich weniger Abstand, legte den Arm um ihre Stuhllehne und verkündete: »Na, die kriegen gleich aber was echt Geiles zu sehen, was?« Alan hatte in Stanford studiert, zeigte aber gern, dass er sich auch im Straßenjargon auskannte.

»Das wird ein echter Flash!«, stimmte ihm Henry zu. »Denen zeigen wir's, Kumpel.«

»O Gott…«, stöhnte Denise.

Die auf dem Tisch ausgelegten Entwürfe zeigten Leute, die Protox nahmen. Sie verströmten die absurdeste Zuversicht, die Henry sich vorstellen konnte. Als Erste pries Jennifer Lawrence in einem cleveren Spot die guten Eigenschaften von Protox. Dann kam Chris Froome, der mehrere Male die Tour de France gewonnen hatte; er hielt Protox für »Teammitglied Nummer eins!«. Dann erklärte Tom Brady von den New England Patriots seiner Supermodel-Frau, wie Protox schöne Haut »Perfekt mit großem P« werden ließ. Und die Krönung? Brad Pitt mit seiner notorisch schlechten Haut, der, von einer Kamera rund um die Uhr beobachtet, die Sechs-Wochen-Reinigungskur »Beauty Really Is Skin Deep!« machte. Zusammen hätten diese Leute etwa fünfzig Millionen Dollar gekostet. (Dabei war der Spot noch nicht eingerechnet, in dem Robert Downey Jr. in voller Iron-Man-Montur behauptete, die reinere Haut habe ihm das nötige Selbstvertrauen gegeben, um vom Kokain loszukommen und »wieder die Welt retten zu können. Danke, Protox!«, und dann mit Gwyneth Paltrow einen Stepptanz hinlegte.) Henry wusste, nichts davon würde sich realisieren lassen. Das Budget lag bei sechshunderttausend Dollar für Darsteller, Shooting, Texte, Musik, Spezialeffekte, Graphik, Reisekosten, Catering und die 18,5 Prozent für die Werbeagentur.

»Sieht gut aus«, bemerkte er, als Denise die Storyboards einsammelte und umgedreht auf die Schiene setzte.

Selbstverständlich gab es auch realistischere Vorschläge. »Backup« nannten sie sie. Aber die würden sie erst zeigen, wenn es unbedingt nötig war.

»Wisst ihr was?«, hatte Henry einmal gesagt. »Wir könnten eigentlich auch alles zeigen. Dann könnten sie sehen, wie toll unsere Arbeit wirklich ist.«

Als es so weit war, führte Henry kurz in die Präsentation ein und verlor sich dann für den Rest der Veranstaltung mehr oder minder in seinen eigenen Gedanken; ihn beschäftigten hauptsächlich die Fischarten, die auf dem Markt nicht mehr zu bekommen waren, und diese ganze Sache mit dem sauren Regen und dem Thunfisch. Hin und wieder wachte er auf und machte sich ein paar Notizen. Schließlich war es an der Zeit für das Feedback der Kunden. Er sah mit hellwachem, vor Interesse funkelndem Blick von seinem Computer auf und fragte: »Und? Wie lautet das Urteil?«

Die Kunden hatten bei den Scripts an den richtigen Stellen gelacht und sich bei jedem Kampagnenvorschlag aufmerksam die Begründung angehört. Sie hatten an den passenden Stellen genickt und sich Notizen gemacht, wenn ein Forschungsergebnis genannt wurde. Jetzt waren sie an der Reihe. Gretchen, die stellvertretende Marketingleiterin – in dieser Sitzung die Ranghöchste –, sah sich nach rechts und dann nach links um, entdeckte schließlich den Rangniedrigsten im Raum und fragte: »Albert, was meinen Sie?« Albert meinte, die Arbeit sei sehr kreativ, besonders habe ihm der Spot gefallen, in dem alle gesungen hätten, aber er sei doch enttäuscht gewesen, dass es sich nicht gereimt habe.

»Wir sind ja längst noch nicht fertig«, warf Denise ein.

»Trotzdem«, beharrte er.

Und dann begann er, immer wieder zu Gretchen blickend, die Mängel an jedem einzelnen Spot herauszustellen, wobei er jedoch immer auch ihre Stärken kurz erwähnte, denn offenbar wusste Albert nicht so recht, welche abschließende Meinung sich Gretchen gebildet hatte.

Dann kam Pat. Pat war schwierig. Es gab immer einen oder eine Schwierige, und in diesem Fall war es Pat. Mit dem Instinkt einer Kobra bohrte sie ihren Giftzahn in die 50-Millionen-Dollar-Kampagne, die nicht nur »ein bisschen sehr teuer«, sondern auch etwas sei, was sie schon mindestens tausendmal gesehen habe.

»Sie haben einen Spot gesehen, in dem Iron Man einen Stepptanz mit Gwyneth Paltrow hinlegt?«, fragte Alan Schwartz.

»So habe ich es nicht gemeint. Ich meine die Idee dahinter.«

Nun ja, sie hatte natürlich recht, dachte Henry. Es *war* alles schon mal da gewesen. Aber galt das nicht eigentlich immer? Angeblich gab es in der Literatur nur sieben Grundhandlungen – aber was machte das schon?

Dann war es an Ralph, Gretchens Vize, seinen Redebeitrag zu leisten. Er sprach gedämpft und gemessen und beherrschte es perfekt, alle mit zwei Sätzen zum Einschlafen zu bringen. Methodisch ging er jeden Spot durch und fragte bei jedem Schritt – rhetorisch, wie sich herausstellte: »Wie setzt es die Strategie um? Das ist mein Kriterium. Wie setzt es die Strategie um? Setzt es sie überhaupt um? Ich suche in jedem Teil, jeder Zeile nach der Strategie und frage mich: Setzt es die Strategie um? Und vermittelt es schließlich insgesamt die Strategie? Mit anderen Worten:

Ist es strategisch?« Zum Tour-de-France-Spot sagte er: »Ist der Kerl nicht Italiener oder so? Ist das strategisch? Bringen uns Fahrradfahrer dem strategischen Ziel näher? Ich bin mir nicht sicher. Ich bin mir einfach nicht sicher.«

»Er ist Brite«, sagte Schwartz.

»Ja, aber ist das strategisch? Das ist meine Frage.«

Schließlich war Gretchen an der Reihe. Sie war etwa fünfzig, also eigentlich ziemlich alt für diesen Job. Mit fünfzig hätte sie mindestens Marketingleiterin sein müssen, nicht nur Stellvertretende Marketingleiterin, aber sie war einfach dumm, und da war nichts zu machen.

»Also«, sagte sie mit strahlendem, aber etwas unsympathischem Lächeln. »Ich habe eigentlich nicht mehr viel hinzuzufügen. Ich vermute, wir sind noch nicht ganz am Ziel. Warum unternehmen wir nicht einen neuen Versuch? Allen vielen Dank für ihre hervorragende Arbeit!«

Und genau in dem Moment steckte Henrys Boss Frank Bigalow, der vom Firmenschild, den Kopf durch die Tür. »Kommt jemand mit zu Michael Mina?«, fragte er, natürlich die Kunden, nicht etwa seine Angestellten. Um dann hinzufügen: »Quantum, was ist mit Ihnen?«

»Ich kann nicht«, sagte Henry, und es war nur halb gelogen. »Ich habe eine Verabredung. Aber Ihnen viel Spaß!«

Und damit machten sie sich auf den Weg zu einem etwa achthundert Dollar teuren Mittagessen.

In der sich anschließenden Leere verkündete Henry Quantum, er werde jetzt das Sitzungsprotokoll und ein neues kreatives Briefing schreiben. Enthusiastisch fügte er hinzu, sie hätten tolle Arbeit geleistet und die Kunden seien schlicht Banausen.

Alan Schwartz stand auf. »Hast du Gretchens Gesichtsausdruck gesehen? Wir hätten genauso gut aus *Finnegans Wake* zitieren können.«

Als er den Raum verließ, sammelte Denise die Layouts ein. »Alan braucht das Gefühl, dass seine Arbeit eine Bedeutung hat.«

»Ein Jammer«, bemerkte Henry, worauf Denise zu seiner Überraschung amüsiert auflachte. Er hatte es ernst gemeint.

Wie auch immer, ein, zwei Minuten darauf verließ auch Denise den Raum, und Henry blieb in der Gesellschaft seines Laptops zurück. Er sah auf die Uhr. Halb zwölf. Er würde noch ein wenig Hausaufgaben auf dem Computer erledigen und dann das Parfum kaufen. Die Hausaufgaben hatten mit den Notizen für Protox zu tun und damit, die idiotischen Kommentare der Kunden in eine halbwegs kohärente Form zu bringen. Er seufzte.

Es wäre Henry gegen die Ehre gegangen, wenn er nicht für Protox, so wie für jeden anderen Kunden, sein Bestes gegeben hätte, allerdings fragte er sich, als er jetzt hier saß, warum.

So drängte er die Creative-Leute beispielsweise immer klarzustellen, dass Protox kein Botox-Plagiat war, sondern ein völlig anderes Produkt. Man trank es, es reinigte das Verdauungssystem, und davon bekam man einen leuchtenden Teint. Das war der Leitsatz für die Vermarktung: *Trinken Sie Ihre Haut jung.* Wurde Protox diesem Anspruch gerecht? Wer sich die Vorher-nachher-Fotos ansah, konnte das sicher annehmen. Was jedoch nur selten (nie!) erwähnt wurde, war, dass man ständig zum Klo rennen musste. Vor allem während der dreitägigen »Super Cleanse«-Phase. Im Wesentlichen war Protox ein Abführmittel.

Aber man *musste* doch an die Produkte der Kunden glauben, oder? Mit jeder Faser, so wie Billy Graham an Jesus: Man musste sich voll und ganz hingeben, oder man kam nie ins Gelobte Land. Doch Henry war gelernter Philosoph, und das wurde zunehmend problematisch. Denn jeder, der je Platon gelesen hat, weiß, dass es Sokrates zufolge einerseits Philosophen gibt – und andererseits Sophisten. Ein Philosoph sucht nach der Wahrheit. Ein Sophist versucht den anderen nur von den eigenen Argumenten zu überzeugen.

Henry starrte auf seinen Bildschirm und die Notizen, die er zusammengetippt hatte. »Ich bin ein Sophist!«, rief er laut aus. Es war, als hätte jemand eine Klinge in seine Oberschenkelarterie gestoßen und hoch bis ins Herz getrieben. Er umklammerte seinen Oberkörper. Ich bin ein verdammter Sophist! Meine ganze Intelligenz, meine ganze Überzeugungsgabe, mein ganzes *Ich* im Dienste eines Abführmittels! Ihr Teint leuchtet, weil Sie völlig dehydriert sind und leichtes Fieber haben.

Und wie steht's mit dem anderen Mist, für den ich gearbeitet habe? Malcolm T. Farnsworth Hosen, die SITZEN.

Sitzen? Die saßen nicht, die hingen. Und dann noch Suppe, dachte er, ich habe ganze Romane über die Vorzüge von Dosensuppen geschrieben. Und nicht mal Campbell's. Irgendeine kleine Marke namens Health Country. Sie hätten sie auch Death Country nennen können. Dosen voller Zucker und Salz, weiter nichts. Dosen voller Flüssighähnchen aus Konzentrationslagern für Hühner! Dabei waren die Suppe oder das Protox nicht mal die schlimmsten Produkte gewesen. Am schlimmsten waren der Samurai Brand Real Beef Chewing Jerky und der Pinch of Beef. Eine groteske Zubereitung aus Dörrfleisch minderster Qualität, so zerkleinert oder pulverisiert, dass es aussah wie Kautabak oder Schnupftabak, und das Ganze dann kindgerecht verpackt. Nicht nur hatte er Kindern ein absolut ungesundes Nahrungsmittel verkauft, er hatte auch noch Kautabak glorifiziert! Und das mit Vergnügen, ja Leidenschaft, mit dem echten Glauben des Neubekehrten. Tatsächlich hätte er selbst jetzt noch, selbst in dieser Sekunde der Selbstgeißelung auf eine entsprechende Frage geantwortet, sie hätten damals eine fantastische Kampagne gemacht.

Sie hatten einen CLIO Award dafür bekommen! Es war ein Musikvideo gewesen mit einem rappenden Samuraikrieger, der durch die Baumwipfel flog und Dämonen in Form langweiliger Snacks bekämpfte. Es hatte keine Woche gedauert, bis man das Filmchen auf YouTube eine Million Mal angeklickt hatte; das Produkt wurde aus den Regalen gerissen – bis jemand entdeckte, dass die Verpackung fehlerhaft war und auf dem Zeug eine unglaublich stinkende grüne Schimmelschicht wuchs. »Wir hätten jemanden damit umbringen können!«, hatte er gesagt. Doch Bigalow, der Boss, lachte nur. »Machen Sie sich keine Gedanken, Henry«, hatte er gesagt. »Ich habe dafür gesorgt, dass sie im Voraus zahlen.«

Und jetzt, so allein im Konferenzraum, seufzte er zum hundertsten Mal an diesem Tag.

Niemand war daran gestorben, erinnerte er sich nachdrücklich. Der meiste Schimmel ist im Grunde harmlos, oder? Penizillin ist auch Schimmel. Ganz zu schweigen vom Blauschimmelkäse.

Er fühlte sich durch die Tatsache getröstet, dass Werbeleute über die Produkte nicht eigentlich lügen. Das wäre ja auch illegal. Wir erzählen nur nicht die ganze Wahrheit.

Letzten Endes ist die Wahrheit auch immer furchtbar komplex. Wie Gumboeintopf. Man muss sich mehr oder minder durchgraben, um die Okraschoten zu finden.

Und dann dachte er: Warum genau *will* ich Margaret eigentlich eine Flasche Chanel No. 5 kaufen? Wird das meine wahren Gefühle ausdrücken? Oder ist das nur ein weiterer Verkaufstrick? Um gut vor ihr dazustehen. *Meine wahren Gefühle*, wiederholte er innerlich und spürte, wie eine Art Tür zuschlug, eine Art Tür, die »Geh da bloß nicht rein, mein Junge« sagte, eine Art Tür, von der er höchstwahrscheinlich immer gedacht hatte, sie stünde weit offen. Margaret war nicht sehr für die öffentliche Zurschaustellung von Gefühlen, das war sie nie gewesen. Doch in letzter Zeit hielt sie ihm sogar für den Gutenachtkuss nicht mehr den Mund hin, sondern nur noch die Wange. Offensichtlich war er in Ungnade gefallen. Er wusste nur nicht, warum. Und sie war ihm ganz allgemein schon lange nicht mehr gewogen. Sehr lange. Während er so über diese Dinge nachdachte, fühlte er tief in der Kehle etwas ganz Seltsames, als würde er gerade eine Krankheit ausbrüten.

Er machte sich ziemlich niedergeschlagen wieder auf den Weg in sein Büro. Hier und da hörte er ein »Fröhliche Weihnachten«, doch er antwortete nicht mehr. Er setzte sich, ließ den Kopf auf den Schreibtisch sinken, nicht weich auf die verschränkten Arme, sondern einfach so auf die Platte – die nicht mal aus Holz war –, und schloss die Augen. Holz hätte angenehm gerochen, wie eine Schreinerei; es hätte ihn besänftigen, trösten können. Doch dieses Material, was immer es sein mochte, entfremdete einen Menschen nur. Kein Wunder, dass wir so wenig Kontakt zu uns selbst haben, dachte er.

Warum hatte er so lange damit gewartet, ein Geschenk für sie zu kaufen?, fragte er sich. Er konnte sich an zahllose Weihnachten erinnern – die Begeisterung beim Planen und Einkaufen, die Spannung bei jedem Bogen Geschenkpapier und jedem Stück Klebestreifen, die Freude, wenn das alles auseinandergerissen wurde – und dann, unweigerlich, das farblose »Oh. Okay. Hübsch. Danke.« Und das mit so viel Liebe ausgesuchte Geschenk ward nicht mehr gesehen. War das immer schon so gewesen? Er versuchte sich zu erinnern.

Da hatte es doch dieses erste Weihnachten gegeben,

oder nicht? Vor dem er wochenlang wachgelegen und versucht hatte, sich das ideale Geschenk auszudenken. Natürlich fiel ihm nichts ein. Vielleicht wäre ein Ring nett gewesen – aber man konnte seiner neuen Freundin keinen Ring kaufen, bloß nicht! Das konnte ja total fehlinterpretiert werden! Oder vielleicht eine Bluse? Die bekam man von seiner Mutter geschenkt! Schuhe? Viel zu verrückt, obwohl er Schuhe mochte. Ganz davon zu schweigen, dass alles in Berkeley so nach Knüpfbatik, Fair Trade und Sportklamotten aussah, eben einfach zu berkeleymäßig für Margaret, wobei ihm nun aufging, dass sie damals vielleicht schon gar nicht mehr der Mensch war, für den er sie hielt (sanft, knuddelig, leicht zu erfreuen und politisch eher links), denn sonst hätte er ihr einfach eine Flasche Patschuli gekauft, und das wär's gewesen. Stattdessen hatte er sich genötigt gefühlt, in die BART zu springen und durch den Tunnel in die Innenstadt zu fahren. Im Union Square-District würden die Sachen wohl weniger selbstgebatikt wirken, hatte er sich gedacht.

»Kann ich Ihnen helfen?«, fragte die erste Verkäuferin.

»Ich schau mich nur um«, erwiderte er ziemlich zaghaft.

»Kann ich Ihnen helfen?«, fragte die zweite.

»Ich schau mich nur um«, sagte er wieder, dieses Mal ein wenig lebhafter.

Und der dritten, der vierten und der fünfzehnten antwortete er recht selbstbewusst: »Ich schau mich nur um.«

Die Entscheidung war wirklich schwer. Alles, was ihm gefiel, war zu teuer. Alles, was er bezahlen konnte, war unter aller Kritik. Doch er sah sich immer weiter um, verwirrt und erstaunt und erfreut von der Auswahl, die die Welt des Handels ihm bot: Eine Handtasche? Ein Paar Handschuhe? Einen kleinen Fotoapparat? Ein Paar Ohrringe? Bis er sich schließlich erkühnte, bei Shreve hineinzuspazieren.

»Ich fragte mich nur gerade«, sagte er und tippte dabei lässig auf den gläsernen Schaukasten, »wie viel das da kostet – nein, nicht der Ring! – dieses andere kleine Ding – das mit den grünen Steinen. Ja, genau das. Was ist das eigentlich?«

Es wurde auf ein kleines schwarzes Samttablett gelegt. »Man nennt diese engen Ketten *Choker*«, erklärte der Verkäufer. »Hübsch, nicht wahr?«

»Ja, das ist sie wirklich.«

»Achtzehnkarätiges Gold. Fast ein halbes Karat an Steinen.« Vorsichtig klappte der Mann das kleine Schildchen um, das bisher noch nicht zu sehen gewesen war. »Oh! Das ist aber ein sehr günstiger Preis!«, rief er aus.

»Tatsächlich?«

»Aber ja. Sie haben wirklich Glück. Nur 1129 Dollar.«

»Wow!«, sagte Henry Quantum.

»Das können Sie wohl sagen! Ich frage mich fast, ob es falsch ausgezeichnet ist. Aber es wird ihr gefallen. Glauben Sie mir.«

»O ja. Es würde ihr sehr gefallen. Es ist unser erstes gemeinsames Weihnachten.«

»Es ist wunderhübsch.«

»Aber ich wollte ja nur …«

Plötzlich legte ihm der Verkäufer die Halskette in die Hand. Wie ein glitzernder Sturzbach floss sie über seine Handfläche und zwischen seine Finger. In dem Schaukasten hatte sie so starr gewirkt, doch in Wirklichkeit war sie feingegliedert und geschmeidig wie der Schwanz eines Drachen mit Schuppen aus reinem Gold, und außerdem war sie schwerer, als er vermutet hatte, daher erlaubte er es sich, sie prüfend in der Hand zu wiegen, die Steine allerdings wagte er immer noch nicht zu berühren. In dem aus den Glaskästen hochstrahlenden Licht schimmerten sie wie ein Schwarm glänzender grüner Glühwürmchen.

»Unwiderstehlich«, sagte der Verkäufer.

»Was sagten Sie noch – wie viel soll sie kosten?«

»Und wenn sie sich nicht auf den ersten Blick in die Kette verliebt, kann sie sie jederzeit umtauschen«, fuhr der Mann fort.

»Nein«, murmelte Henry. »Sie wird sie lieben.«

Und das Wort schien aus dem tiefsten Inneren der grünen Steinchen aufzuscheinen, das Wort *Liebe*; die Buchstaben bildeten Zauberwolken unter seinen Füßen und ließen ihn vom harten Fliesenboden abheben, und während er so schwebte, bemerkte er, dass die gesamte Schmuckabteilung ziemlich verschwommen und vielleicht sogar rosa angehaucht wirkte.

Doch an dieser Stelle wurde auch seine Erinnerung verschwommen, denn er konnte sich nicht mehr genau daran erinnern, dass er in die Tasche gegriffen, die frisch ausgestellte Kreditkarte – seine erste und mit einem Limit von 1400 Dollar – gezückt und sie dem Verkäufer gereicht hatte. Daran konnte er sich nicht mehr erinnern.

Woran er sich aber sehr wohl wieder erinnern konnte war, wie Margaret gekeucht hatte, wie sie geschrien hatte und praktisch in Ohnmacht gefallen war, wie sie ihn mit allen verfügbaren Gliedmaßen umarmt und sich für die Dauer von mindestens zehn Minuten an ihm festgehalten hatte. Ihn nicht geküsst, nur umklammert hatte. Vielleicht war ihm in diesem Moment aufgegangen, dass sie ihn womöglich gar nicht mehr losließ, nie mehr, dass von nun an ein lebenslanges Sichhalten folgen würde, ein Leben, in dem man, endlich, schlafen und atmen konnte.

Jetzt brandeten all die Erinnerungen an: der von kleinen Kerzen und Flitterkram erleuchtete Weihnachtsabend, billiger Wein in Pappbechern und ein gebackener Schinken aus der Dose. Sie rissen die Verpackungen all der anderen kleinen Geschenke – die sie ihm gemacht hatte – auf, lange bevor der Weihnachtsmorgen heraufdämmerte, den sie dann verschliefen, weil sie sich die ganze endlose Nacht lang geliebt hatten.

Oder vielleicht auch nicht. Das konnte er nicht mehr sicher sagen.

KAPITEL 3

• • • • • • • • •

11:46 – 12:38 Uhr

Anscheinend war er eingeschlafen, denn als Nächstes hörte er das Jammern von Gladys, der Empfangsdame, die sich über ihn beugte. »Haben Sie schon wieder Ihr Handy ausgestellt? Ich habe Sie zu erreichen versucht.«

Gladys war – anders, als ihr Name vermuten ließ – sehr jung und hübsch, möglicherweise war das ihr erster richtiger Job. Sie hatte ihren Hochschulabschluss an der Brown University gemacht, er wusste nicht worüber, wahrscheinlich italienische Literatur des späten Cinquecento oder so, aber aus irgendeinem Grund wollte sie in der Werbung Karriere machen. Zu spät, dachte er. Mit der Werbung ist es vorbei. Fernsehen, Radio – das war schon fast Vergangenheit. Jetzt spielte sich alles online ab, Guerilla-Marketing nannte sich das oder Virales Marketing. Um zu werben, musste man so tun, als machte man gar keine Werbung. Auch nur wieder so ein verdammter Deckmantel der Täuschung. Doch Gladys hatte einen herrlichen athletischen Körper und glattes, gesundes blondes Haar, naturblond, wie Henry hoffte, obwohl er in seinem tiefsten Inneren wusste, dass dem nicht so war. Zu viele Highlights und Lowlights. Begriffe, die er von Denise gelernt hatte, als er über Gladys' Schönheit sprach. Denise war schnell bei der Hand gewesen mit Hinweisen auf diesen Makel und noch verschiedene andere, was bei Henry das Gefühl weckte, sie sei vielleicht vage an ihm interessiert. Aber im Augenblick waren Gladys und ihr athletischer Körper sehr nah und mit ihnen der erfrischende Seifenduft, der sie immer umgab.

»O Verzeihung«, sagte er und wischte sich einen Spuckefaden aus dem Mundwinkel.

»Es ist Ihre Frau«, erklärte sie. »Scheint wichtig zu sein. Sie hat schon dreimal angerufen.«

»Oh!«, sagte er. »Mist!«

»Sie ist jetzt am Telefon.«

Er hatte tatsächlich beide Telefone abgeschaltet, Handy und Festnetz. Er hatte nämlich vor der Sitzung, während der Sitzung und nach der Sitzung nicht gestört werden wollen. Der Druck der Worte aus dem Mund eines anderen Menschen war ein bisschen zu viel für ihn. Insbesondere, wenn sie aus Margarets Mund kamen. Dennoch legte er jetzt das Telefon ans Ohr und sagte: »Hi, Babe.«

»Warum stellst du immer deine Telefone aus?« waren ihre ersten Worte.

»Ich weiß nicht«, sagte er.

»Es ist so verdammt unhöflich.«

»Tut mir leid.«

»Aber du machst es immer.«

»Nein, nicht immer.«

»Doch, immer.«

Darauf gab es keine Antwort, also sagte er: »Worum geht's, Honey?«

»Um meinen Bruder.«

»O Gott. Was ist jetzt schon wieder los?«

»Ich habe ihn über Weihnachten eingeladen.«

»Ehrlich?«

»Ich musste es tun, Bones. Er rief mich unter Tränen an. Diese Frau hat ihn verlassen.«

»Schon wieder?«

»Er ist ein Chaot.«

»Margaret, er ist Alkoholiker.«

»Nein, das ist er nicht!«

»Er ist es, aber was soll's«, sagte Henry und spielte mit einer Büroklammer.

»Er kommt ja nur für ein paar Tage, mach dir keine Gedanken.«

Dennoch seufzte Henry schon wieder oder vielmehr, er unterdrückte einen Seufzer. Denn an seinem Seufzen hätte sie erkannt, wie er über die Sache dachte, und er wollte nicht sagen, was er dachte. Schon als er das kaum zu Leugnende erwähnt hatte – den Alkoholmissbrauch –, war sie ihm an die Gurgel gegangen. Sie würde ohnehin ihren Kopf durchsetzen, also wozu noch streiten?

»Du könntest ihn vielleicht vom Flughafen abholen«, schlug sie vor.

»Ich? Warum nicht du?«

»Ich habe dir doch gesagt, dass ich heute Abend zum

Essen verabredet bin. Ich kann das nicht absagen. Es ist beruflich.«

»Er kommt *heute Abend*?«

»Ich habe ihm einen Flug gebucht.«

»Wir zahlen das Ticket?«

»Bones!«

»Himmel!«, sagte er. »Na ja. Mail mir die Details.«

»Danke, Honey«, sagte sie.

»Ja, schon gut.«

»Glaub mir, das wird nett.«

»Sicher.«

»Hab dich lieb!«

»Ja. Ich dich auch.«

Jetzt seufzte er richtig. Er sah noch einmal auf die Uhr. Zwölf Uhr mittags. »Besorg das verdammte Parfum«, hörte er sich sagen.

Also zog er das Jackett an, wickelte sich den Schal um den Hals und ging durch den Flur zur Rezeption, wo Gladys ihn »Alles in Ordnung mit Ihnen?« fragte und er »Ja, zum Teufel!« antwortete, dann sprang er die teakhölzernen Stufen hinunter, drückte die Milchglastür auf und stand wieder auf der Pacific Avenue. Früher war sie die Straße mit den meisten Bordellen gewesen – und das war sie noch immer!

Parfum, ermahnte er sich, Parfum. Und Macy's war sein Ziel. Er konnte natürlich auch vorher noch zu Mittag essen.

Wenn er nach Westen abbog, wäre er in zwei Sekunden

in Chinatown, köstlich, oder er konnte nach Osten gehen und dann die Columbus Avenue hinauf, dann wäre er im North-Beach-Viertel – Calzone! Aber manchmal musste man eben Opfer bringen. Er beschloss, sich Richtung Union Square aufzumachen, also gut zwanzig Minuten zu Fuß zu laufen und in dieses verdammte Macy's zu gehen, um für seine verdammte Ehefrau dieses verdammte Parfum zu kaufen. Finsteren Blicks überquerte er die Columbus Avenue und bog dann nach links in die Grant Avenue ein, um südwärts durch Chinatown zu laufen, wobei er gegen jede Wahrscheinlichkeit hoffte, er würde all die wunderbaren Düfte aus all den wunderbaren Restaurants ignorieren können und den Ausgang von Chinatown – das Dragon's Gate an der Bush Street – durchqueren, ohne auch nur ein Siopao gekauft zu haben. Dann würde er weiterlaufen bis zur Geary Street, dort rechts abbiegen und bei Macy's herauskommen, Ziel erreicht! Als er sich so den Weg zurechtlegte, kam ihm der Gedanke, wie erstaunlich es sei, dass er oder auch sonst irgendjemand sich erinnern konnte, wie man von einem Ort zu einem anderen gelangte. Man hat eine Karte im Kopf, dachte er. Man braucht nicht einmal alles zu planen – man braucht bloß einen Fuß vor den anderen zu setzen, und dann kommt man an; es geschieht fast von allein, wie Atmen. Wunderschön, diese Komplexität des menschlichen Körpers. Der Blutfluss durch die Arterien und Venen, die elektronischen Signale, die von Synapse zu Synapse springen, die Tatsache, dass unsere Körper tatsächlich aus Billionen oder sogar Trillionen getrennter Lebewesen besteht, Bakterien, Viren, Amöben und weiß der Himmel, was noch, und das alles wimmelt in einem, ein lebendiger, herumspazierender makrobiotischer Zoo! Er staunte über die anderen Leute, die auch irgendwohin gingen, als wäre das die einfachste Sache der Welt – sogar Touristen, die doch keine Ahnung hatten und eigentlich richtige Stadtpläne brauchten und dennoch ohne auskamen. Das Hirn ist ohnehin nur eine Art elektronische Landkarte, eine Karte der Erinnerung und der Emotion, eine Karte der Liebe und des Begehrens, eine Karte des Grolls und der Angst. Und deshalb liebte er, wenigstens meistens und trotz allem, die Werbung – weil er dabei eine Karte noch nicht erschlossener Bedürfnisse las. Und eine intellektuelle Karte – schließlich plante man seine Strategie wie auf einer Straßenkarte, oder? Und indem man dann diesen Karten folgte, schuf man in den Köpfen und den Herzen der Menschen Bilder von Erfüllung und Familienglück, die realer waren als die Realität selbst; und wenn das Leben dieser Leute auch alles andere als vollkommen war, so hatten sie doch diese Landkarte der Vollkommenheit im Kopf, einen Plan, den er, Henry Quantum, ihnen eingepflanzt hatte. Und jetzt liefen hier in Chinatown seine Kartenleser-Minions in allen Richtungen an ihm vorbei, und er liebte jeden Einzelnen von ihnen, sogar die sehr Dicken in ihren »World's Best Mom«-Sweatshirts, sogar die verdrossenen Teenager, die zehn Schritte vor ihren Eltern gingen, damit es so aussah, als wären sie allein unterwegs, sogar die völlig außer

Kontrolle geratenen brüllenden Kleinkinder, die es an jedem anderen Tag verdient gehabt hätten, in eine Kleinkind-Besserungsanstalt geschickt zu werden, und sogar, ja wirklich, die aggressiv homophoben Survivaltraining-Dads in ihren Freizeit-Ralph-Laurens – er liebte sie alle!

Vor dem Red Blossom Tea allerdings blieb er unwillkürlich stehen, weil er dem aus dem Geschäft strömenden Jasminduft nicht widerstehen konnte, und überlegte, ob er auf eine Tasse Tee und einen Snack hineingehen sollte; doch nein, er beherrschte sich. Disziplin! Parfum! Als er am Eternity Fine Jewelry vorbeikam, bezauberten ihn all die golden leuchtenden Sachen in der Auslage – unzählige Ringe und Ketten und jede Art steinchengeschmückter Kram. Er konnte Margaret eine Brosche oder dergleichen kaufen – was hier so viel billiger war –, doch von einem Chinatown-Juwelier würde sie nichts haben wollen, er müsste es in eine Schachtel von Tiffany legen, aber früher oder später würde sie den Betrug bemerken, und das wäre dann schlimmer als gar kein Geschenk. Macy's!, rief er innerlich. Parfum! Er ging weiter. Doch die Waren quollen auf die schmalen Bürgersteige: billige Plastikfächer und Slipper aus Kunstseidensatin, verzierte Rückenkratzer, Tüten voller Lychees, fein bestickte Tischdecken, altmodische Chinesenhüte, wie man sie zur Bauzeit der Transcontinental Railroad getragen hatte, traditionelle chinesische Gewänder aus schimmernder roter Seide, raffiniert geschnitzte Elfenbein-Dioramen und hohe blauweiße Porzellanvasen – es hörte gar nicht auf; es war herrlich. Was für eine Kultur!, dachte er. Nur noch wenige Jahre, dann würde die Welt China gehören. Allerdings hatten wir das auch über Japan gedacht, erinnerte er sich. Und jetzt brauchte man sich nur anzusehen, wie die in der Klemme steckten. Er fragte sich, warum all diese verschiedenen Menschenrassen überhaupt entstanden waren. Ob es an der Menge Sonnenschein lag? In Afrika vertragen ja die Dunkelhäutigen die Sonne besser, und in Schweden ist die helle Haut gewissermaßen wie Schnee – aber warum sind die Chinesen gelb? Wobei sie natürlich nicht richtig gelb waren! Wer hatte überhaupt damit angefangen, ihre Haut als gelb zu bezeichnen? Sie war eher wie leicht gebräunt, sogar in einem sehr hübschen Farbton. Ecru. Aber die Sonne konnte doch nicht für dieses Ecru verantwortlich sein, oder? Denn in China gibt es sowohl Wüsten als auch Gebirge, an manchen Orten ist es heiß, an manchen eiskalt. Und wenn es wirklich Rassen gab, wie kam es, dass sie sich mischten? Eins jedenfalls stand fest: Die meisten Leute fühlten sich in der Gesellschaft von Menschen wohler, die ihnen ziemlich ähnlich sahen. Obwohl sich auch das langsam änderte, und mal ehrlich, gab es etwas Schöneres als einen Eurasier? Sehen wir den Tatsachen ins Auge: Mischlinge sind am gesündesten, wenn auch nicht am reinrassigsten. Er selbst war Deutscher, Pole, Ire und noch etwas, vielleicht Sioux oder Cherokee – mit anderen Worten: Was bedeutete so etwas wie Rasse oder Herkunft schon? Manchmal allerdings wünschte er sich, er wäre Papua-Neugineer, würde barfuß in Kokosnusspalmen herumklettern, mit Pfeil und Bogen Affen jagen und mit allen Frauen des Dorfes Gruppensex haben.

Als er das nächste Mal aufblickte, hatte er das Dragon's Gate glücklich durchschritten und stand nun an der Ecke Grant Avenue, Bush Street, gegenüber vom Café de la Presse, wo es ebenfalls sehr leckere Sachen gab. Die Stadt wimmelte von Einkäufern. Und weil es so sonnig war, hatte das Café de la Presse zwei Reihen Tische auf den Bürgersteig gestellt, genau wie die Weinbar zwei Häuser weiter, und alle Tische waren besetzt. Die Leute liefen die Straßen hinauf und hinunter und in die Geschäfte hinein und wieder heraus, bepackt mit Einkaufstüten in allen Farben. Manche gingen in Paaren – homo- oder heterosexuell, jung, alt, Mütter und Töchter –, andere waren allein, aber alle schienen im selben fröhlichen Takt zu tanzen, als würde die Stadt ihn unter ihren Füßen vorgeben. Er lief bis zur Sutter Street und beschloss, schon hier statt in die Geary Street abzubiegen – so plötzlich können sich Pläne ändern –, weil er sich vom Strom dieser Leute mittragen lassen wollte; doch ebenso schnell änderte er seine Meinung erneut, als ihm einfiel, dass er noch bei Prada an der Ecke zur Maiden Lane vorbeischauen wollte. Er war bei Prada in Florenz gewesen und auch im Outlet in Montevarchi, wo Margaret Zeug für mehrere Tausend Dollar gekauft hatte, denn: »Bones, hier ist alles so billig!« Er selbst hätte sich fast ein Paar Schuhe für etwa 400 Dollar gekauft, das, wie man ihm sagte, um 75 Prozent reduziert war, hatte es dann aber doch nicht fertiggebracht. Nicht wegen des Geldes, sondern weil spitze Schuhe irgendwie ungehörig wirkten. Wie auch immer, jetzt gab es Prada auch in San Francisco, und vielleicht war etwas von denen besser als Parfum, deshalb ging er weiter die Grant Avenue entlang, und deshalb geschah als Nächstes, was als Nächstes geschah.

Er war gerade vor SlinkyBlink angekommen, einem neuen Popup-Geschäft für hippe Frauenklamotten, als jemand seinen Namen rief.

»Bones!«

Er drehte sich um.

»Bones, du bist's tatsächlich! O mein Gott!«

»Daisy«, hörte er sich sagen.

»O Gott, Bones! Ich kann es gar nicht glauben. Du siehst gut aus!«

»Tatsächlich?«

»Großartig! Ein herzerfrischender Anblick!«

Aus großen, sinnlichen Augen sah sie lächelnd zu ihm auf.

»Ich freue mich auch, dich zu sehen«, sagte er und fragte sich, wie lange das nicht mehr der Fall gewesen war. Drei Jahre? Fünf? Nein, nicht fünf. Vier.

»Last-Minute-Geschenke?«, fragte sie.

»Yeah. Für Margaret.«

»Ja. Ja, natürlich«, sagte sie.

Endlich entschloss er sich, sie genauer zu betrachten. Er hatte ernsthaft versucht, es nicht zu tun, versucht, sie nicht anzusehen, aber sie stand genau vor ihm, und ihr

Duft, was immer sie benutzen mochte, attackierte schon seine Nasenlöcher. Also erlaubte er es seinem Blick, von ihren in Stiefeln steckenden Füßen, die er bisher zu fixieren versucht hatte, über ihren lachsfarbenen Jackie-Kennedy-Mantel mit den übergroßen korallenroten Knöpfen und dem runden Bubikragen zu ihrem langen, schlanken, nackten Hals hochzuwandern, dann über die Wölbung ihres Kinns zu den vollen, feuchten, lächelnden Lippen und dann über die Stupsnase zu diesen großen, strahlenden meergrünen Augen, um schließlich die wilden fedrigen Spitzen ihres kastanienbraunen Bobs zu betrachten, die wie hungrige Vogelschnäbel unter ihrem schicken Pelzhut hervorlugten. Sie war gekleidet, als wäre es draußen wirklich kalt, aber er wusste, dass sie einfach die Mode liebte, und Herbst war die modisch interessanteste Jahreszeit – obwohl offiziell schon der Winter begonnen hatte. »Den Blick hochwandern lassen« bedeutet übrigens eher, den Blick *über* sie wandern lassen, denn sie war viel kleiner als Henry, zierlich, aber mit einem üppigen Körper, nicht dick, überhaupt nicht dick – ihre Brust war nur einen Tick größer, als ihr Körperbau vermuten ließ, wodurch der Eindruck entstand, sie habe eine kurze Taille, was aber keineswegs stimmte.

In Wahrheit war sie schön. Schön und liebenswert und voller Leben. Und das war das Problem. Er wollte sich nicht daran erinnern, wie schön und liebenswert und voller Leben sie war. Er wollte ganz sicher nicht zulassen, dass sein Körper auch nur von einem Hauch von Verwirrung befallen würde, Verwirrung der außerehelichen Art, wie sie nämlich bereits ihre quälende Reise an seiner Wirbelsäule hinauf begonnen hatte. Er zwang sich, über sie hinweg das Schaufenster auf der anderen Straßenseite ins Auge zu fassen.

»Hey, Großer, hast du diesen Roman schon geschrieben?«, fragte sie gerade.

»Was? Nein, nein.« Er lachte.

»Das wirst du noch«, erwiderte sie und wurde dabei ernst. Dann lächelte sie wieder. »Ich habe mit Noah Schluss gemacht.«

Er hatte keine Ahnung, wer Noah war. »Tut mir leid«, sagte er.

»Das muss es nicht«, antwortete sie. »Er erwies sich als komplettes Arschloch. Alles, was er wollte, waren Sex und Fernsehen. Und Wein. Jeden Abend schlief er über den Teleshopping-Sendungen ein. Ich schwöre es bei Gott. Aber weißt du was? Ich mache tatsächlich noch meinen Doktor. Ja, ich, in meinem Alter! Neurowissenschaften! Genau das, worüber wir damals sprachen, erinnerst du dich? Ich bin an der San Francisco State University. Ich untersuche das Auge. Genauer gesagt, wie Lichtreize auf zellularer Ebene wahrgenommen werden. Und ich liebe es.«

»Wirklich?«, fragte er.

»Und alles deinetwegen, Bones«, redete sie weiter. »Weil du mich ermutigt hast. Du warst der Einzige, der an mich glaubte.«

»Ich?«

»Natürlich.«

»Ach«, sagte er.

»Mit Margaret ist also alles in Ordnung?« Daisy blickte mit ihrem strahlendsten, verführerischsten Lächeln zu ihm auf.

»Wunderbar!«, erwiderte er.

»Das freut mich für dich.«

»Ja, wirklich, wunderbar.«

»Noch keine Kinder?«

»Nein, immer noch nicht. Haha! Vielleicht später.«

»Tasha ist in der fünften Klasse. Stell dir das mal vor! Und Denny fängt nächstes Jahr mit der Highschool an.«

»Wow«, sagte er.

»Yeah.«

So standen sie vor SlinkyBlink und sahen sich für eine Zeit an, die sehr lang erschien, auch wenn es nur zwei oder drei Sekunden waren, und dann flüsterte Daisy: »Ich sammle immer noch Teddybären.«

»Wirklich?«

»Ja. Mit dir hat es angefangen, weißt du noch? Wir hatten den Verpasstes-Wochenende-Bär. Opernabend-Bär. Einen-Monat-Beziehungs-Bär. Weißt du noch?«

»Und du sammelst sie immer noch?«

»Ja.«

»Warum?«

»Wer weiß?« Sie sah auf ihre Armbanduhr. »O Gott!«, rief sie aus. »Ich muss los.«

»Ja, ich auch.«

»Es war toll, dich zu sehen«, sagte sie. »Echt toll.«

»Ja, das war es«, stimmte er ihr zu. »Fröhliche Weihnachten.«

Sie war schon ein paar Meter weg, kam jedoch noch einmal zurück. »Es tut mir wirklich leid«, sagte sie.

»Was?«

»Dass ich dich verletzt habe.«

»Ach, hör doch auf…«

»Nein. Es ist so. Es tut mir wirklich leid.«

»Schon gut«, sagte er. »Mir tut es auch leid.«

»Dir braucht nichts leidzutun«, antwortete sie. Und dann stellte sie sich auf die Zehenspitzen, gab ihm einen federleichten Kuss auf die Wange und eilte in Richtung Sutter-Stockton-Parkhaus davon.

KAPITEL 4

•••••••••

12:39 – 14:23 Uhr

Mit einem Mal wurde die Welt ziemlich stumm für Henry Quantum. Er stand still da und sah Daisy nach, die in der Menge verschwand. Er dachte, er könne sie noch erkennen, wenn sie den Eingang des Parkhauses erreicht hätte, aber es gelang ihm einfach nicht. Trotzdem stand er da und hielt nach ihr Ausschau. Erwartete er, dass sie ihre Meinung ändern und zu ihm zurückkehren würde? Es hatte ganz sicher eine Zeit gegeben, in der er es gehofft hätte. Jetzt jedoch war es nur – was? Neugier? Nostalgie? Er konnte es nicht genau benennen, war jedoch innerlich ein bisschen aus dem Lot.

Als er sie das letzte Mal gesehen hatte, war sie auch von ihm weggegangen, aber damals war sie in ihr Haus gerannt, und es war Sommer gewesen, es war vier Jahre her, sie hatte sehr kurz abgeschnittene Jeans getragen, und das Einzige, was er in jenem Moment hatte denken können, war, dass er diese herrlichen Beine nie wieder würde berühren dürfen – doch sie war kaum im Haus verschwunden, da hatte Henry schon den BMW aus ihrer Einfahrt zurückgesetzt und war davongefahren. Und das bedeutete sicher, dass er sie nicht wirklich geliebt hatte. So etwas denkt man doch bestimmt nicht, wenn man jemanden verliert, den man liebt – ich werde deine Beine vermissen! Und doch hatte er damals schon so lange das Gefühl gehabt, irrsinnig verliebt in sie zu sein, konnte nicht mehr ohne sie leben, traf sich mit ihr, wann immer er konnte, wo immer er konnte, Kaffee in Sausalito, Sex im Hilton mitten in der Stadt und später, als sie schon sehr kühn geworden waren, in ihrem Haus, in ihrem Ehebett, während ihr Mann auf einer seiner ewig langen Geschäftsreisen war und ihre Kinder am anderen Ende des Flurs schliefen. Ob er Reue empfand angesichts seiner Verfehlungen? Nein, das tat er nicht. Sie warf es ihm sogar vor: »Fühlst du dich nicht wenigstens ein winziges bisschen schuldig?« Und als er ihr die Wahrheit sagte, »Nein, gar nicht«, schüttelte sie traurig den Kopf. Aber es war so, er fühlte sich nicht schuldig; wenn er mit ihr zusammen war, fühlte er sich stattdessen so ziemlich zum ersten Mal in seinem Leben echt, als wäre ein Unwetter über ihn hereingebrochen und hätte ihn in ein großes Meer des Fühlens geschwemmt. Er spürte, wie ihn ein ebenso plötzlicher Regenguss auch jetzt überwältigte. Es war wie das, was einem bei einer Wiedergeburt zustieß, dachte er. Von Licht überflutet. Halleluja! Doch schließlich gewannen Daisys Skrupel die Oberhand, sie trennte sich von ihm, und ganz ehrlich gesagt, er war erleichtert. Er kehrte in seine Ehe zurück, als wäre zwischen ihm und Daisy nie etwas geschehen. Auch alles andere war wieder wie vorher. Sein Job. Sein Training im Fitnessstudio. Seine Morgennachrichten. Sein Abendroman. Er hatte sie nie wiedergesehen. Sie nicht einmal gegoogelt. Auch auf Facebook nicht nach ihr geschaut. Margaret hatte nie davon erfahren, Gott sei Dank.

Jetzt wollte er vor allem verstehen, was in seiner Ehe mit Margaret los war. Warum hatte er das, was er mit Daisy getan hatte, getan? Sein Verhalten war seltsam. Beunruhigend. Unmoralisch. Passte überhaupt nicht zu seinem Charakter. Nie zuvor. Nie danach. Er schauderte, wenn er nur daran dachte. Aber Daisy … Ach, Daisy!

Er beschloss, er müsse sich erinnern, wie Margaret und er sich zuerst begegnet waren und wie sie sich ineinander verliebt hatten und warum sie überhaupt zusammen waren. Er wollte sich genau daran erinnern, an seine erste Begegnung mit Margaret. Ja. Sie war ihm schon einen Häuserblock vorher ins Auge gefallen – sie stand vor irgendeinem Restaurant Schlange, er wusste nicht mehr, vor welchem, in Berkeley wahrscheinlich vor dem Shattuck. Er war gerade erst in San Francisco angekommen, hatte das College einen Monat zuvor abgeschlossen und war schon an einer Uni in Chicago angenommen worden, er dachte nicht im Entferntesten daran, in Kalifornien zu bleiben, und war ganz sicher nicht auf der Suche nach einer Freundin. Aber sie hatte etwas an sich, musste etwas an sich gehabt haben, weil ihm das erst den Mut verliehen hatte – vielleicht war er auch betrunken oder anderweitig zugedröhnt gewesen, aber das glaubte er eigentlich nicht. Es hatte an ihr gelegen, sie hatte etwas an sich gehabt. Und die Kraft dieses gewissen Etwas hatte es ihm ermöglicht, seinen Freund Rudy mitzuschleifen, als er einfach auf sie zuging und ein Gespräch mit ihr anfing, als wäre das für ihn eine ganz alltägliche Sache. Was hatte er eigentlich genau gesagt? Er hatte keine Ahnung mehr. Aber er wurde von einer Art Schwung getragen, so viel war sicher, und was immer er gesagt haben mochte, es funktionierte. Sie war von ihm in den Bann geschlagen. Er fühlte sich so machtvoll und attraktiv und cool. Was war nur an ihr gewesen, fragte er sich jetzt – war es einfach nur die Art gewesen, wie sie da gestanden hatte, mit den steifen Schultern und dem leicht durchgedrückten Rücken? Oder die Art, wie sie ihrer Freundin etwas zuflüsterte, als ginge es um ein wichtiges Geheimnis, die Lippen zitternd am Ohr der anderen? Etwas Rätselhaftes, ja, das war es – gespannt wie ein Bogen und ganz in sich gekehrt mit dem gesenkten Kinn und den verschränkten Armen, wobei er selbst aus der Distanz zu spüren glaubte, dass ihre Augen wild und ungezähmt waren, zwei feurige Draufgänger, wachsam, immer in Bewegung und zu allem bereit. Und ihr Haar – sie hatte es zu einem festen, braven Knoten hochgesteckt, aus dem ihr doch immer wieder Strähnen ins Gesicht fielen, als wären auch sie nicht zu bändigen. Aus irgendeinem Grund fand er dieses lehrerinnenhafte Äußere sexy, das stand außer Frage. Aber was er wirklich wollte, war das wilde Geschöpf hinter dieser Fassade. Jedenfalls war es das, was er sich eingeredet hatte.

Sie hatte damals eine Brille getragen, so ein intellektuelles Drahtgestell, obwohl sie alles andere als intellektuell war, einen knöchellangen Indianerrock und, kaum zu glauben!, Birkenstock-Sandalen. Unmöglich, dachte er – hatte sie wirklich so ausgesehen? Meine maßgeschneiderte Margaret mit ihrem Dutzend Paar Jimmy Choos und dem gepflegten kastanienbraunen Haar, das zu einem modischen asymmetrischen kurzen Bob geschnitten war, und zwar so akkurat, dass er an eins dieser Käsedreiecke denken musste? Früher war sie sanft und voller Rundungen gewesen. Jetzt war sie voller Ecken und Kanten. Sie wirkte sogar größer, fünf Fuß, sieben Inches, obwohl er noch gar nicht lange zuvor geschworen hätte, dass es fünf, fünf waren. Ob er sich versehentlich an jemand anders erinnerte?

Die nächste Erinnerung war die an seinen Schock, als Margaret sich in dem eher heruntergekommen Zimmer, das sie in einer Wohngemeinschaft gemietet hatte, zum ersten Mal auszog. Er konnte sich an abblätternde Farbe und einen fleckigen Fußboden erinnern, aber auch an den Lavendel- und Rosenduft, der den Dutzenden von Duftsäckchen entströmte, die sie in einem Korb aufgehäuft hatte, und an die vielen kuscheligen Kissen auf dem Bett, auf diesem Bett, wo er lag, als sie sich direkt vor seinen Augen auszog. Er dachte dabei: So etwas passiert nur im Film. Und sein Staunen, als unter diesem verrückten, übertrieben bunten Stoff ein wahrhaft schöner Körper auftauchte – schlank, wohlproportioniert, mit der Haut eines Engels und Brüsten wie die der Aphroditestatue, die er einmal im Metropolitan Museum of Art gesehen hatte –

hoch, rund und weich –, sie war wirklich vollkommen. Doch worauf er nicht gefasst gewesen war, war die Art, wie sie dann vor ihm gestanden und nervös auf sein Urteil gewartet hatte, und wie er nicht hatte sprechen können, kein Wort hatte er herausgebracht, und sie hatte gedacht, sie gefalle ihm nicht. Das Einzige, wozu er in seiner Verblüffung imstande gewesen war, war, die Arme auszubreiten, so weit er konnte, und als sie sich hineinstürzte, als er sie in seine Arme schloss und ihre herrliche Haut spürte, war er verloren.

Selbst an jenem Tag, an jenem ersten Tag sagte sie: »Ich finde, du solltest deine Nägel kürzer schneiden. Die Fußnägel auch. Es ist ein bisschen eklig.«

Sehr bald darauf begann sie, seine Kleidung auszusuchen.

Und doch erinnerte er sich daran, wie abhängig sie von ihm wurde, wie sie an seinem Arm und auch an seinen Lippen hing und wie ihn das beunruhigte. Er ermunterte sie, selbstbewusster zu sein, ihre Reize und Fähigkeiten realistischer einzuschätzen. Und dann, eines Tages, tat sie es. Es war nach dem Zwischenspiel an der Uni in Chicago. Sie waren nach San Francisco zurückgekehrt, weil sie hier ihre schönste Zeit gehabt hatten, und sahen sich Wohnungen und Häuser an. Nicht, dass sie sich schon ein Haus hätten leisten können, aber es machte ihnen Spaß, sonntags zu Hausbesichtigungen zu gehen und ein erfolgreiches junges Paar zu mimen – und da fing sie eines Tages wirklich an, den Maklern zuzuhören und zu beobachten, wie sie auf die potenziellen Kunden zugingen und Einzelne von ihnen einwickelten. »Das kann ich auch«, erklärte sie, als sie in ihrem alten VW zu ihrer kleinen Wohnung zurückfuhren. »Was?«, fragte er. »Was die Immobilienmakler tun. Was meinst du, wie viel die verdienen? Ich nehme an, eine ganze Menge.« Also ging sie in einen Lehrgang, bekam einen ersten kleinen Job, machte die Maklerprüfung, und bevor er es recht bemerkte, war sie ein anderer Mensch. Als hätte jemand ein Licht eingeschaltet, und sie brenne nun von einem inneren Feuer. Doch nicht für ihn. Das war das Problem. Sie hatte diesen Kippschalter in ihrer Seele, und das Licht brannte nur in der einen Richtung. In diesem verdunkelten Zustand fühlte er zwar ihre Gegenwart, aber er konnte sie nie wirklich berühren. Eine Unendlichkeit von Raum, das war es. Ein Vakuum. Aber Raum war, wie er sich jetzt erinnerte, nie wirklich leer – er wimmelte von geheimen Energien und sich ständig bewegenden Partikeln, denen man nicht entrinnen konnte. Wahrscheinlich war es das, was er all die Jahre empfunden hatte. Die Strahlung ihrer Geringschätzung, die dunkle Energie ihrer Verachtung.

Mit einem Mal war er sehr froh, dass Daisy gerade fortgegangen war. Wenigstens muss ich mich jetzt nicht *damit* auseinandersetzen, dachte er. Parfum für Margaret. Parfum! Also machte er sich wieder auf den Weg die Grant Avenue hinunter und bog, als er die Geary Street erreichte, nach Westen Richtung Union Square ab. Doch genau auf der Ecke, vor dem Herrenschneider Peter Panos spielte ein Mann Saxofon. Er spielte ein weihnachtliches Medley zu einer Hintergrundmusik, die aus zwei großen, mit roten Schleifen und Plastikkränzen verzierten Boxen dudelte; der Mann selbst trug eine hellrote Nikolausmütze, und Henry überlegte, was einen Menschen zu so etwas treiben konnte – unmittelbar vor Weihnachten von einem Ghettoblaster begleitet an einer Straßenecke Saxofon zu spielen. Liebe zur Musik? Extreme Armut? Übermächtiger Exhibitionismus? Der Kerl lieferte gerade einen Jazz-Riff über »Stille Nacht« ab, der einfach nur furchtbar war, und Henry fragte sich, ob der Mensch, wer auch immer, der »Stille Nacht« geschrieben hatte, entsetzt gewesen wäre; vielleicht war es ja Irving Berlin gewesen, denn Irving Berlin hatte »White Christmas« und »Easter Parade« geschrieben, und Sammy Cahn hatte »Chestnuts Roasting on an Open Fire« geschrieben – halt, nein, das war Mel Tormé gewesen –, war der eigentlich auch Jude? Witzig, wie viele Juden Weihnachtslieder geschrieben hatten, aber vielleicht täuschte er sich auch, weil viele dieser Lieder Volkslieder waren und aus dem guten alten England kamen. Hatte nicht Charles Dickens Weihnachten erfunden? Irgendwo hatte er das mal gelernt, wahrscheinlich an der Uni, wo damals alles dekonstruiert wurde. Aber der *Yule Log* beziehungsweise die *Bûche de Noël*, das war doch etwas ganz Altes. Heidnisch. Eigentlich war dieser ganze Weihnachtskram irgendwie heidnisch und deshalb ja auch so beliebt. Denise' Tattoos. Ihre Finger. Wie es wohl wäre, so als

Heide? Überall Geister sehen, die Bäume und Flüsse und Wolken bewohnen, und fühlen, dass die Welt voller Bedeutungen ist. Schrecklich, das musste es sein. Gespenster und Kobolde! Aber wäre es nicht auch wundervoll? Wundervoll im eigentlichen Sinne des Wortes – im Sinne von Wunder, von Ehrfurcht. Jetzt ging der Saxofonspieler zu »Have Yourself a Merry Little Christmas« über, doch nun lag über dem, was trotz seiner absoluten Talentlosigkeit aus dem Instrument kam, ein süßer melancholischer Glanz, und Henry stiegen die Tränen in die Augen, weil er Weihnachten eigentlich doch liebte und … Und … Wenn er bloß Kinder gehabt hätte, wäre es perfekt gewesen … Wenn Margaret bloß welche gewollt hätte … Und Scheiße aber auch, Mel Tormé *war* Jude …

»Was hast du jetzt vor?«

Er schreckte auf, denn da war schon wieder Daisy.

»Ich dachte, du wärst nach Hause gefahren«, sagte er.

»Nö. Was machst du?«

»Einfach hier stehen.«

»Warum?«

»Es bleibt nie jemand stehen, um diesen Leuten zuzuhören«, erklärte er. »Deshalb dachte ich, ich tu's mal.«

»Das ist so typisch für dich«, sagte sie.

Sein Herz begann zu klopfen, aber er wusste nicht, ob es ein gutes oder ein schlechtes Zeichen war.

»Lass uns einen Kaffee trinken gehen«, schlug sie vor.

»Ich weiß nicht … Ich muss einkaufen.«

»Hier muss es doch irgendwo einen Kaffee geben«, fuhr

sie fort. »Beim Sutter-Stockton-Parkhaus ist doch ein Starbucks, oder?«

»Ich glaube ja«, sagte er. »Aber ich …«

»Ich hab eine Idee!«, rief sie. »Lass uns ins Café Claude gehen!«

»Da können wir nicht einfach nur Kaffee trinken«, sagte er. »Jetzt ist Mittagszeit.«

»Hast du denn schon zu Mittag gegessen?«

»Nein, eher nicht.«

Lächelnd nahm sie ihn bei der Hand. »Gut, dann komm mit.«

»Lass mich wenigstens dem Mann erst noch was geben.« Henry warf ein paar Dollar in den Saxofonkasten. Der Musiker nickte, ohne eine Note auszulassen, und Daisy drückte Henrys Finger.

»Ich mag es, wie du die Dinge tust«, sagte sie.

Es war nur ein kleiner Fußmarsch bis zum Café Claude, fünf Minuten, vielleicht auch nur drei, aber er führte ganz klar nicht Richtung Macy's. Sie liefen die Grant Ave zurück, die Sutter Street hinunter bis zur Claude Lane und dann durch diese schmale Straße bis zum anderen Ende an der Bush Street. Der kleine Chanel-Flacon schien immer ferner zu rücken.

»Lass uns lieber drinnen sitzen«, sagte sie, obwohl fast alle anderen gern draußen unter der rostbraunen Markise saßen, weil es sich dort anfühlte wie in Paris, nur dunstiger. An einem Tag wie heute, mit einem wolkenlosen blauen Himmel und der Sonne, die so warm auf der Haut lag, dass man die Jacke ausziehen musste, wollte jeder auf der Terrasse essen. Doch wie Daisy wusste, speisten all diese fröhlichen Gäste nach Henrys Meinung auf ihren Gräbern, das wolkenlose Blau war ein Zeichen von Dürre, weiter nichts. Draußen würde er nur wie besessen an all die versengten Wiesen, die verdurstenden Rehe und erstickenden Lachse denken und das Mittagessen nicht genießen können.

Also führte sie ihn nach oben in den Speiseraum und dort ganz nach hinten, um möglichst viel Distanz zum blauen Himmel herzustellen. Sie setzten sich an den letzten Tisch, und in diesem grottenartigen Winkel begann er endlich, sich zu entspannen. Er beugte sich sogar zu ihr vor, sodass der Raum zwischen ihnen auf wenige verführerische Inches zusammenschrumpfte. Wie lange war er diesen erstaunlichen Lippen, dieser hinreißenden Nase und diesen lebhaft blitzenden Augen nicht mehr so nahe gewesen? Er zog sich rasch zurück, obwohl der Duft ihres Haars und der Hauch ihres Atems das reinste Manna für ihn gewesen waren.

»Du hast diesen Tisch immer gemocht«, sagte sie.

Das stimmte, er hatte ihn immer gemocht.

Er beschloss zu schweigen. Sie war vom Parkhaus zurückgekommen, um ihm etwas zu sagen, und er wollte, dass sie es ihm jetzt sagte.

Aber natürlich tat sie nichts dergleichen. Stattdessen rief sie den Kellner und bestellte ein Glas Rosé. Das war sein Stichwort, und ihm war klar, dass er jetzt ein Glas Pouilly

Fumé bestellen musste. Sie bestellte immer einen Rosé. Er bestellte immer einen Pouilly Fumé. Sicher spürte sie sein Zögern, aber da saß sie und lächelte, und ihr Gesicht war wie ein offenes Buch.

»Den Pouilly Fumé, bitte«, sagte er schließlich zum Kellner.

»Und *pommes frites*!«, rief sie.

»Oui, Madame.«

»Dann haben wir etwas zu knabbern, während wir unser Essen aussuchen.«

Denn so hatten sie es immer gemacht.

Der Kellner verschwand, und Daisy faltete die Hände auf dem Tisch. Sie sah Henry an, als betrachtete sie ein großes Kunstwerk.

»Okay, Daisy«, sagte er ergeben. »Was ist los?«

»Warum sollte etwas los sein?«

»Bitte.«

»Ach, ich weiß auch nicht«, erwiderte sie. »Als ich dich sah, konnte ich mich einfach nicht zurückhalten.«

»Zurückhalten in Bezug auf was?«

Sie senkte den Blick. Er fragte sich, warum Frauen das tun – den Blick senken. Er wusste, dass es diese universalen Gesichtsausdrücke gab: Man zieht beispielsweise die Brauen hoch, wenn man jemandem begegnet, den man kennt – um auszudrücken, dass man nichts Böses im Schilde führt –, und das macht jeder Mensch auf der Welt so, völlig unabhängig von der Kultur. Aber was hat dieses Senken des Blicks zu bedeuten? Senken Jungs etwa den

Blick? Senkte er ihn? In China lächeln die Leute nicht einfach so, ohne jeden Grund, wie wir es tun. Wir lächeln andauernd. Das bedeutet sicher nicht, dass wir glücklich, sondern lediglich, dass wir Schwachköpfe sind. Gefühle sind so schwer zu definieren! Er hätte gern gewusst, welches Gefühl sein eigenes Gesicht ausdrückte und was Daisy aus der Krümmung seiner Mundwinkel und seiner Augenbrauen herauslas, aber er wusste, dass nicht einmal er selbst, auch wenn er einen Spiegel gehabt hätte, in der Lage gewesen wäre, seine eigenen Gefühle zu erkennen. In einem Spiegel sah er nie natürlich aus. Es war wie in der Quantenphysik: Während man den Gegenstand betrachtet, verändert er sich. Also sieht man sich selbst nie so, wie man ist. Tatsächlich wurde ihm, wenn er in den Spiegel sah, vom Eindruck seiner eigenen Irrealität geradezu übel.

Es sei denn, er kämmte sich.

»Worüber denkst du nach?«, fragte sie.

»Über dich.«

»Über was im Zusammenhang mit mir?«

»Alles«, antwortete er.

Der Kellner kam mit den Pommes frites und stellte ihnen auch die Weingläser hin. Sie bestellten ihr Mittagessen, und als der Kellner wieder weg war, hoben sie ihre Gläser, ihr leuchtend rosa Glas und sein strohblondes …

»Auf unsere gemeinsame Zeit«, sagte sie und stieß mit ihrem Glas gegen seins.

Er nahm einen Schluck Wein und knabberte dann ein paar Fritten.

»Deine Scheidung ist jetzt also endgültig?«, fragte er.

»O Gott ja, schon lange.«

»Wie lange?«

»Schon seit zwei Jahren.«

»So lange ist das nun auch wieder nicht, Daisy. Wie haben die Kinder es verkraftet?«

»Denen geht es gut. Nun ja, Denny war eine Zeit lang sehr wütend, aber Tasha war zu jung, um es in seiner ganzen Tragweite zu verstehen. Sie nahm es einfach hin. Und dann nahm auch Denny es hin. Sie haben ihren Vater ja schon während unserer Ehe selten gesehen, also war die Veränderung für sie so groß nun auch wieder nicht. Ehrlich, er sieht die Kinder jetzt häufiger als früher. Er hat eine Mission, er will beweisen, dass er der beste Dad der Welt ist. Hattest du nie Kinder?«

»Nein, wie ich schon sagte …«

»Es ist ein Jammer. Du wärst nämlich wirklich der beste Dad der Welt.«

»Das bezweifle ich.«

»Ich nicht.«

Sie verfielen wieder in Schweigen.

»Ich weiß nicht, warum ich mit dir Schluss gemacht habe«, sagte sie.

»Ich schon.«

»Dann sag's mir.«

»Weil wir mit anderen Menschen verheiratet waren, weil es falsch war und weil ich ein Idiot war.«

»Du warst kein Idiot.«

»Doch. Es war mir egal, dass wir andere verletzen konnten. Deine Kinder, deinen Mann, meine Frau. Ich war ein egoistischer Idiot.«

»Ich glaube nicht, dass ich deshalb Schluss gemacht habe.«

»Doch, genau deshalb.«

»Nein. Ich glaube, ich habe es getan, weil ich Angst hatte.«

»Das sage ich doch. Du hattest Angst, deine Familie zu verletzen.«

»Nein. Ich hatte Angst vor dem, was du von mir verlangtest. Du wolltest, dass ich mich ganz gab. Wirklich da war. Mit dir gemeinsam Dinge durchstand. Du warst ein sehr anspruchsvoller Geliebter. Ich meine das im positiven Sinne.«

»Ich war ein Idiot«, wiederholte er. »Ich habe dich erstickt, geradezu bevormundet. Bei Margaret bin ich allerdings nicht so, wenn ich es recht bedenke. Von ihr verlange ich nichts.«

»Weil du sie nicht liebst.«

Er war erleichtert, als das Essen kam und er seinen Fisch kommentieren und sich nach ihrer Pasta erkundigen konnte. Aber was sie da gerade gesagt hatte – dass er Margaret nicht liebe. Natürlich liebte er sie. Warum sonst hätte er so lange durchgehalten? Vielleicht empfand er für sie nicht dasselbe wie für Daisy, aber war das mit Daisy denn Liebe? War es nicht eher das Erregende an einer Affäre? Die verbotene Frucht? Man brauchte sie ja bloß anzusehen. Sie war so verdammt sexy. Mit diesen roten Locken und den Sommersprossen und …

»Ist deine Pasta gut?«, fragte er.

»Das hast du mich schon gefragt.«

Er senkte den Blick auf seine Forelle. So war es viel besser: Die war kein bisschen sexy. Sie war ein Fisch.

Wirklich, in diesem Augenblick liebte er seine Forelle. Wenn er seine Forelle anschaute, kribbelte es nicht in seinen Lenden. Wenn er seine Forelle anschaute, zweifelte er nicht an sich selbst, stellte er seine Vergangenheit nicht in Frage und malte sich auch keine andere Zukunft aus. Allerdings fragte er sich, wie es dieser Forelle auf seinem Teller vorher ergangen war. Ein Teil von ihm hoffte, dass sie durch weiß schäumende Gewässer weit gereist war, aber er wusste, dass sie höchstwahrscheinlich ein hartes Leben in einem überfüllten Zuchtbecken hinter sich hatte. Und jetzt lag sie in einer weißen Sauce auf einem weißen Teller, der auf einem weißen Tischtuch stand, und wartete darauf, von einem weißen Mann gegessen zu werden. Eigentlich war das weiße Tischtuch mit einem weißen Papierbogen bedeckt, es handelte sich also im Grunde nicht um ein besseres Restaurant mit weißen Tischdecken und Stoffservietten. Es war nur eins mit weißen Papiertischdecken. Weiß war auch die Farbe des Todes, wie ihm jetzt einfiel. Obwohl er zugeben musste, dass es sehr appetitlich wirkte. Es schwammen auch ein paar Wildpilze in der Sauce und verschafften einem einen angenehmen Angstschauder, denn Pilze – wilde Pilze – sind ja nicht ungefährlich, man denke nur an all die Leute, die Knollenblätterpilze mit Champignons verwechselt haben. Vorwiegend Italiener. Deshalb hielt er sich immer an Röhrlinge und Pfifferlinge. Die kann man nicht verwechseln. Die waren im Augenblick überall, sogar auf seinem Teller, obwohl Pfifferlinge meistens im Januar und Februar aus der Erde kamen, jedenfalls in der Gegend des Lake Lagunitas, wo er gern danach suchte, aber heutzutage fand man fast alle exotischen Lebensmittel im Geschäft, meistens aus Oregon, weil wir eben verdammt nochmal keinen Regen haben in Kalifornien, und so dachte er wieder an die Dürre und an die Menschen, die draußen in der Sonne aßen, und... *Kümmer dich nicht drum!*, rief er (innerlich und Gott sei Dank nicht laut), *Kümmer dich nicht drum! Halt's Maul! Halt's Maul! Halt's Maul!* Denn ausnahmsweise wollte er sich auf das Hier und Jetzt konzentrieren. Ja. Er gab es zu: Er *wollte* sich auf Daisy konzentrieren... Ja, Daisy... Ja, hier mit Daisy sein... Ja, herausfinden, was zum Teufel sie beide hier eigentlich trieben... Ja, er wollte... Er wollte... Er wusste auch nicht was. Und in diesem Augenblick wurde ihm klar, dass er nicht immer so gewesen war, dass sein Geist nicht immer so herumgewandert war – natürlich hatte er es immer geliebt, über die Dinge nachzusinnen, die ihm im Laufe des Tages begegneten, oder über die Ideen, die ihm zufällig gekommen waren; seine innere Stimme war, milde gesagt, immer schon sehr gesprächig gewesen, aber dieser ständige Monolog, dieses unablässige Artikulieren noch der schwachsinnigsten Gedankenfetzen, das hatte sich erst in den letzten zwei oder drei Jahren zu etwas Zwanghaftem entwickelt. Und mit einem gewaltigen Schrecken erkannte er es: erst seit Daisy. Es hatte angefangen, als er Daisy verloren hatte und zu Margaret zurückgegangen war. Was mochte das bedeuten?

Er riss seinen Blick vom Weiß der Tischdecke, der Forelle und der Sauce los und sagte zu Daisy: »Warum hast du dich von Edward scheiden lassen?«

Sie lachte. »Du bist wirklich ein Idiot. Deinetwegen.«

»Meinetwegen? Warum?«

»Weil ich sah, wie eine Beziehung sein konnte. Ich verstand, wie es sich anfühlte, wenn man jemanden wirklich liebte und zurückgeliebt wurde. Ich konnte mich nicht mehr arrangieren.«

»Aber Daisy, es war doch so kurz. Wie oft haben wir miteinander geschlafen? Einmal? Zweimal? Und wir wussten, dass es nicht richtig war.«

»Was macht es schon aus, wie oft man miteinander geschlafen hat! Übrigens war es achtzehnmal!«

»Aber war es je eine echte Beziehung?«

»Sag du es mir.«

Auf diese Frage wusste er wirklich keine Antwort, deshalb frage er: »Und das war's dann mit Edward?«

»Das war's dann.«

»Verrückt«, sagte er. »Erst machst du mit mir Schluss, und dann lässt du dich meinetwegen scheiden? Und dann lässt du dich mit einem Kerl ein, von dem du sagst, er sei schrecklich gewesen?«

»Warum bist du bei Margaret geblieben?«, schoss sie zurück.

»Weil ich mit ihr verheiratet bin. Eine Ehe sollte eine Bedeutung haben.«

»Aber du liebst sie nicht.«

»Das kannst du nicht wissen.«

»Ich weiß es«, beharrte sie.

»Warum glaubst du, dass ich sie nicht liebe?«

»Und glaubst du, dass sie dich liebt?«, fragte sie zurück.

»Ja, natürlich.«

Sie legte ihre Gabel ab und klammerte sich an die Tischkante. »Sieh mir in die Augen, Henry, und sag mir: Liebst du Margaret?«

»Ja«, verkündete er. »Ich liebe sie.«

»Dann, denke ich, haben wir uns nichts mehr zu sagen.«

»Warum nicht?«

Sie stieß ihren Stuhl vom Tisch zurück, schlüpfte hastig in ihren Mantel und zog Pelzhut und Handschuhe an.

»Ich weiß auch nicht, was ich mir gedacht habe«, sagte sie.

»Ich verstehe dich nicht …«

»Bones, ich möchte mich entschuldigen. Ich hätte das nicht tun sollen. Aber ich habe nun mal in den letzten vier Jahren jeden Tag an dich denken müssen. Ich träume sogar von dir, verdammt noch mal. Es ist dumm und verrückt, und es tut mir leid.«

Und damit floh sie aus dem Café Claude.

Einige der Gäste hatten aufgeblickt, der Kellner hielt sich in der Nähe der Theke auf und versuchte abzuschätzen, ob er die Rechnung bringen solle oder nicht, und dann kehrte alles wieder in den Normalzustand zurück. Doch Henry Quantum zitterte immer noch im eiskalten Wind ihres Aufbruchs. Er atmete mehrmals tief durch, um sich zu beruhigen, wie er es in seiner einzigen Stunde im Green Gulch Zen Center und danach in der Freizeit im Spirit Rock-Meditationszentrum gelernt hatte, und schloss die Augen, um seine Chakras wieder zu sortieren, vor allem aber, um den Stuhl nicht sehen zu müssen, auf dem sie eben noch gesessen hatte. Was war da gerade passiert?, fragte er sich. Was hatte sie gesagt? Was hatte er gesagt? Er öffnete die Augen nur halb, als er dem Kellner einen Wink gab und ihn bat, ihren Nudelteller wegzuräumen.

»Stört Sie das Licht?«, fragte der Kellner.

»Ich hab was im Auge«, antwortete er.

Er beschloss, seinen Fisch aufzuessen. Dieser Fisch hatte die lange Reise von der Fischfarm auf seinen Teller hinter sich. Henry würde dieses Fischleben nicht verschwenden. Wie sein eigenes verschwendet worden war. Habe ich wirklich mein Leben verschwendet?, überlegte er. Ich bin vierzig. Sogar drei Scheiß-Monate über vierzig.

Er nahm noch einen Bissen. Es schmeckte wie Staub. Nein, das stimmte nicht. Es schmeckte wie Fisch. Aber er hörte seine innere Stimme sagen, es schmecke wie Staub. Himmel noch mal! Warum war er so dramatisch? Du hattest eine Affäre. Du hast sie platzen lassen. Und jetzt iss deinen Fisch.

Du bist verheiratet, denk dran.

Und das erinnerte ihn an das Parfum.

Er bestellte die Rechnung, gab ein mehr als großzügiges Trinkgeld und trat auf die Claude Lane hinaus.

»Parfum«, sagte er zu niemandem im Besonderen. »Parfum!«

Und so machte er sich wieder auf den Weg zu Macy's, doch trotz seiner frisch gewonnenen Entschlossenheit bewegte er sich im Schneckentempo vorwärts und mit nachdenklich verschränkten Armen.

KAPITEL 5

14:24 – 16:16 Uhr

Warum musste er gerade an diesem Tag – und noch dazu mitten in dieser schwierigen Mission des Parfumkaufs für Margaret – unter allen Menschen ausgerechnet Daisy in die Arme laufen? Warum nicht – es fiel ihm, warum auch immer, sonst niemand ein – Donald Trump? Selbst Donald Trump wäre ihm lieber gewesen als Daisy.

Und warum Physiologie des Sehens? Das war es doch, was sie studierte, oder? *Wie wir sehen.* Wie kann man sehen, wie wir sehen? Was erfährt man denn wirklich über das *Sehen*, bloß weil man rausfindet, dass so ein Neuron bei einer bestimmten Lichtfrequenz durchstartet? Trotzdem, es war toll, dass sie studierte. Sie würde tatsächlich mit dem Doktortitel dastehen, den er nie erworben hatte. Aber was sollte das heißen, sie habe nie aufgehört, von ihm zu träumen? Sie hatte schließlich mit einem anderen Mann zusammengelebt: mit diesem Kerl im weißen Anzug und mit Panamahut – er hatte ihn auf einer Wohltätigkeitsveranstaltung kurz zu Gesicht bekommen, auf der Daisy und er sich zufällig begegnet waren, etwa ein Jahr, nachdem sie aufgehört hatten, sich zu sehen. Sich zu sehen. Hatten sie sich wirklich gegenseitig gesehen? Ja, vielleicht hatten sie es getan. Vielleicht meinte sie genau das. Sie war gesehen worden. Das war es, was ihr Angst eingejagt hatte und was sie zurückhaben wollte. Aber du kannst Dinge nicht zurückhaben. Es ist wie zweimal am selben Ort Urlaub machen. Es ist nie wie beim ersten Mal.

Er schlenderte zu der Stelle zurück, wo er über Daisy gestolpert war, vor dem SlinkyBlink, und hier blieb er endlich stehen und holte Luft. Im Schaufenster waren zerrissene Jeans, mit Klunkern besetzte T-Shirts, Volantröcke, Plateauschuhe und grellfarbene Handtaschen mit riesigen Metallschließen ausgestellt – lauter Sachen, bei denen er sich kaum vorstellen konnte, dass jemand sie tragen würde, außer vielleicht Art Director Denise und Gladys, die Empfangsdame, aber die eigentlich auch nicht – Gladys kleidete sich ultrakonservativ, weil sie ernst genommen werden und irgendwann Werbetexte schreiben wollte. Und er war ziemlich sicher, dass der Kram von SlinkyBlink für Denise nicht gothic genug war, soweit solche Leute überhaupt noch als Goths bezeichnet wurden, was Henry stark bezweifelte. All das führte zur Frage des *Sehens* zurück. Mode sah im einen Jahr toll aus und im nächsten blöd. Doch die Kleidungsstücke blieben eigentlich dieselben. Wie kam es, dass sie ein Jahr später anders aussahen? Wie kam es, dass die Frau, die man im vergangenen Jahr liebte, nicht mehr die Frau ist, die man in diesem Jahr liebt? Und an wen dachte er dabei? An Daisy oder an Margaret?

Doch Daisy behauptete, sie träume jeden Tag von ihm.

Wenn er darüber nachdachte, dann war das alles verrückt. Vor der Scheidung hatte Daisy alles gehabt. Die Villa in Ross, den reichen, schönen Ehemann, zwei tolle Kinder, Gartenpartys, den kleinen Tesla für die Kurzstrecken und den großen Land Rover, einen Lynch Bages (200 Dollar die Flasche!) als Hauswein und im Kühlschrank immer einen Dom Pérignon. Warum hatte sie das alles weggeworfen?

»Hast du diesen Roman schon geschrieben?«, hatte sie gefragt. Er hatte vergessen, dass er überhaupt ein Buch hatte schreiben wollen, dass er tatsächlich Notizen gemacht, ein paar Szenen entworfen und ein bisschen recherchiert hatte. Wo war der ganze Kram? Er wusste es sehr genau: in einer Kiste in dem in die Erde gegrabenen Abstellraum hinten in der Garage, ganz verschimmelt und nach Pilzen und Mäusekötteln stinkend. Vielleicht sollte er die Kiste herausholen und es noch einmal versuchen. Doch nein. Das würde bedeuten, auch Daisy wieder in sein Leben zu lassen. Das war es, was sie mit ihm machte. Trügerische Hoffnungen wecken, anders konnte er es nicht nennen. Er hatte null Talent und wusste es.

Na schön, er hatte kleine Gedichte und Geschichten für sie geschrieben. »Ich liebe, was du schreibst!«, hatte sie gesagt und war rot geworden dabei, und Tränen waren ihr in die Augen gestiegen. Er glaubte ihr zwar nicht, stolz war er aber natürlich trotzdem sehr. Selbst jetzt spürte er noch, wie ihr Enthusiasmus ihn durchströmte. Sie lag auf der Couch, den Stapel der von ihm betippten Seiten nebensich, und breitete begeistert die Arme aus, als hätte er gerade *Moby Dick* oder *Love Story* oder so etwas geschrieben, um ihn anschließend fest an sich zu drücken. Damals hatte er angenommen, das sei einfach nur Ausdruck ihrer Freude darüber, der Gegenstand all dieses Schreibens gewesen zu sein. Sie übersäte ihn mit Küssen, schlang ihre Beine um ihn und schien neben ihm dahinzuschmelzen. Aber vielleicht hatte er diese Momente nie richtig verstanden. Vielleicht war ihre Leidenschaft viel tiefer gegangen. Vielleicht lag es nicht nur daran, dass sie sich geschmeichelt und überwältigt fühlte, weil nie zuvor jemand Gedichte für sie geschrieben hatte, ganz zu schweigen von den kleinen Liebesgeschichten. Vielleicht war es mehr. Vielleicht konnte er letzten Endes doch schreiben.

Diese ganze Schreiberei ging ihm jetzt durch den Sinn und wie sehr er damit zu kämpfen gehabt hatte. Auf der Uni hatte er bemerkt, dass er ganz gute Hausarbeiten schreiben konnte, doch Daisy hatte etwas anderes in ihm freigesetzt. Für sie erfand er mittelalterliche Minnesänger, Schäferstündchen, geheime Verabredungen, lauschige Inseln und von Brieftauben beförderte erotische Briefe. Erzgewöhnliche Mädels und Jungs wurden von der Liebe verklärt oder in bodenlose Abgründe der Verzweiflung gestürzt. In diesen Erzählungen ging es nie explizit um Sex, vor allem, weil er Hemmungen hatte, darüber zu sprechen, aber das schien für sie keine Rolle zu spielen. Daisy schrieb solche Passagen dann in ihrer eigenen Fantasie, und der Sex im wirklichen Leben war überwältigend und unmittelbar und, wie er zugeben musste, wilder als alles, was er je hätte zu Papier bringen können.

Warum hatte er darauf beharrt, er liebe Margaret?

Doch er wusste, er durfte Daisy nicht anrufen, durfte nicht wieder mit alledem anfangen. Ein Leben ohne Geheimnisse war so viel einfacher, so viel sauberer, das jedenfalls redete er sich erfolgreich ein. Geheimnisse tun weh, und Schmerzvermeidung war derzeit sein Hauptanliegen. Also entfernte er sich vom Schaufenster des SlinkyBlink – solche Geschäfte kommen und gehen so rasch, dachte er, wie alles andere auch, wie alles andere – und setzte seinen Weg Richtung Macy's fort. Diesmal allerdings wollte er lieber die Sutter Street als die Geary Street nehmen, um nicht wieder an dem Saxofonisten vorbeizukommen. Oder – er verharrte, als sein Fuß gerade den Bürgersteig auf der anderen Straßenseite berührte – eigentlich vielleicht auch, weil er insgeheim hoffte, wieder Daisy zu begegnen, denn er wusste ja, dass ihr Wagen im Sutter-Stockton-Parkhaus stand, und sie würde da entlanggehen müssen, wenn sie zum Parkhaus wollte, und vielleicht trödelte sie noch vor dem Blumengeschäft neben der Einfahrt herum oder wartete dort sogar auf ihn. Vor dem Blumengeschäft, das von der schönen blonden Osteuropäerin betrieben wurde. Henry hielt sie für eine Serbin, wegen des entschlossenen Kinns und ihrer Art, Leute abzufertigen, die sie irgendwie ärgerten – aber sie war eindeutig eine echte Schönheit, und er fragte sich, warum eine solche Schönheit in einem Blumengeschäft arbeitete. Nun ja, vermutlich, weil es ihr Geschäft war und das ihres Ehemanns, der ein ganzes Stück älter war und einen Büffelschädel hatte – hätte sie es nicht besser treffen können? Hätte sie nicht einen reichen Mann heiraten oder als Model arbeiten können oder so? Wirklich, er bewunderte sie. Weil sie nicht versuchte, durch ihr gutes Aussehen weiterzukommen. Denn machen wir uns nichts vor, wer extrem gut aussieht, kommt einfach weiter im Leben. Da wirkte eine darwinistische Kraft. Es gab sicher Studien darüber. Er würde danach suchen, wenn er wieder im Büro wäre.

Henry stapfte die Sutter Street hinauf, und als er am Eingang des Parkhauses angelangt war, schaute er hinein, und die serbische Schönheit saß tatsächlich auf ihrem Hocker und beschnitt Rosen, doch Daisy war nirgends zu sehen. *Woher weiß man, dass man in Serbien ist?*, kam ihm plötzlich in den Sinn. *Wenn man sich bei der Präsidentenwahl zwischen mehreren Kriegsverbrechern entscheiden kann.* Das hatte er im Internet gelesen, und es war ihm aus irgendwelchen Gründen im Gedächtnis haften geblieben. Da saß eine der schönsten Frauen von San Francisco und schnitt Blumen. Und wie sah es mit den Juden und den Palästinensern aus? Und dem Islamischen Staat und al-Qaida und dieser schrecklichen Sache mit der Zeitung in Paris und dann mit dem Konzertsaal, und diese Wahnsinnigen in Somalia oder Nigeria oder wo immer dieser Boko-Sowienoch sein Unwesen trieb. Und dann Russlands Übergriffe in der Ukraine und Chinas in Tibet und dieser neue Kerl in Nordkorea und der Iran und – der Dritte Weltkrieg konnte jede Sekunde ausbrechen. Wir denken nicht darüber nach. Wir machen weiter, als wäre alles gut. Aber so eine Bombe, eine Atombombe, warum nicht? Jeder in der Welt fürchtet sich vor irgendetwas. Die Serben fürchten sich vor den Moslems, weil sie fürchten, alle Moslems wollten zurück ins finsterste Mittelalter und würden einen töten, wenn man nicht glaubt, was sie glauben. Übrigens fürchtete auch er sich vor den Moslems, wie er leider zugeben musste. Wie im Flugzeug. Man versucht, cool zu bleiben, aber seien wir doch mal ehrlich. Andererseits, wenn man dann wieder richtig darüber nachdenkt, was dann? Auch sie fürchten sich. Fürchten, dass ihre Kinder von uns anderen verdorben werden. Fürchten, dass sie dominiert und unterdrückt werden, weil sie schon einmal dominiert und unterdrückt wurden. Fürchten, dass von ihnen Profile erstellt und sie ausgenutzt werden von – Leuten wie mir!

Und hier wurde Weihnachten gefeiert!

Bei Jesus geht es um Liebe und Vergebung und Freude und Brüderlichkeit, nicht wahr? Nicht, dass Henry an Jesus geglaubt hätte. Nicht wirklich. Nur wenn er Angst hatte vielleicht. Oder wenn er richtig, richtig allein war. Vielleicht, weil er an Jesus glauben *wollte*. Wie damals als Kind. Also mit der Einstellung eines Anfängers. Das war's, worauf er aus war. Die Einstellung des Anfängers. Zu seiner Schande musste er zugeben, dass er meistens zu Jesus betete, wenn er nicht schlafen konnte oder wenn er glaubte, jemand würde sich Zugang zum Haus verschaffen, was ziemlich häufig vorkam. Als würde sich Gott damit befassen können, ob Henry Quantum Einschlafprobleme hatte oder ob sich jemand in sein Haus schlich. Auch Jesus musste realistisch mit seinen Ressourcen umgehen, schalt er sich selbst.

Und dennoch – wenn es Gott nicht kümmerte, wenn Gott nicht auf Henry Quantum, nicht auf jedes einzelne seiner Geschöpfe einzeln schaute, wenn er nicht die Macht hatte, sich zur selben Zeit um jede einzelne Seele zu sorgen, dann war er nicht Gott, oder? Die mystischen Juden, die Kabbalisten, dachten, Gott habe sich von der Welt abgewandt, weil sie ihm zu verdorben war, oder vielleicht war sie auch verdorben, weil er sich von ihr abgewandt hatte, Henry wusste es nicht mehr so genau. Aber es stimmte. Die Welt war verdorben. Verdorben, verdorben, verdorben. Das ist göttliche Wahrheit.

Henry Quantum stand an der Kreuzung der Stockton mit der Sutter Street und hatte den JoS.A.Bank-Laden im Rücken und die neue CVS-Apotheke schräg rechts gegenüber, als er sich von Gott verlassen fühlte; auf dem Starbucks auf der anderen Straßenseite schien jedoch ein Segen zu ruhen, denn es gingen durstige Leute hinein und kamen mit einem Pappbecher voller Kaffee heraus, das Geld klingelte in der Kasse, und die Leute drinnen tippten auf ihren Laptops herum, während sie auf irgendetwas in ihren Ohrhörern lauschten. Schon fühlte er sich ein wenig besser.

Vielleicht ist sie im Starbucks, dachte er.

Er überquerte die Sutter Street, zögerte jedoch, das Café

zu betreten. Stattdessen spähte er durch die großen spiegelnden Fenster und ließ den Blick über sämtliche Tische schweifen. Keine Daisy, leider.

»Parfum!«, sagte er. »Parfum!«

Er ging also weiter über die Stockton Street Richtung Geary Street und kam dabei am Campton Place Hotel vorbei, das jetzt das Taj Campton Place war, wie grellgoldene Lettern auf der Markise verkündeten, und das machte ihn wieder traurig, denn warum ändert sich immer alles? Warum kann man nicht an etwas festhalten? Warum? Frag Buddha! Der wird's dir sagen! An etwas festhalten ist eine Quelle des Schmerzes. Und Schmerz ist etwas, das wir nicht wollen. Er hatte sich kürzlich mit dem Buddhismus beschäftigt. Und jetzt brachten ihm die Inder, denen das Taj gehörte, diese Lehre wieder nahe. Allerdings zog er das Zen vor, und das war japanisch.

Wenn man es näher betrachtete, sagte das Zen nicht viel über den Schmerz. Es ging dabei mehr um die Unmittelbarkeit von Erfahrung, darum, dass Nichts alles ist und alles Nichts. Außerdem gefiel ihm dieses Zen, das auf Erleuchtung abzielte, und die konnte man erfahren, indem man sich die Schuhe auf den Kopf setzte, er hatte es tatsächlich einmal ausprobiert. Ausgerechnet da kam Margaret ins Schlafzimmer. Sie machte kehrt und verschwand wieder.

Er las auch gern diese Zen-Kōans. Sein Lieblings-Kōan war:

Blitze zucken,
Funken sprühen.
Mit einem Blinzeln deiner Augen
hast du das Sehen verpasst.

Und schon war er wieder beim Thema. Daisy, die das Auge studierte. Er, der zu sehen versuchte, was sie vorhatte. Aber das ist das Problem, das ganze Quanten-, Zen- und Heisenberg-Problem: Wenn man hinsieht, verpasst man das Sehen. Wenn man nicht hinsieht, hat man auch keine Chance, etwas zu sehen.

Sinnierend und sehr langsam war er die Stockton Street hinuntergegangen. Zur Erleuchtung gelangt man nur durch Tätigsein, aber alles Tun ist nutzlos. Und da alles Tun nutzlos ist, blieb er stocksteif stehen. Man setzt einen Fuß vor den anderen, um irgendwohin zu kommen, doch was man bekommt, ist das Nirgends. Es war wie Zenons Paradox, nur für die Seele.

Das war der Augenblick, in dem er die Frau bemerkte.

Die Frau mit den drei Kindern.

Sie standen vor dem Nike-Store und hatten einen Zusammenbruch. Genauer gesagt hatte die Mutter den Zusammenbruch, und ihre Kinder starrten sie mit verzweifelten Gesichtern und vermutlich nassen Hosen an. Die Mutter schrie sich die Seele aus dem Leib und stampfte mit den Füßen auf.

Was für eine interessante Familie!, dachte er. Warum? Weil die Mom weiß war, die älteste Tochter schwarz, der kleine Junge ein Chinese und das Zweijährige irgendwie nach einer Latina aussah. So ist Amerika. Natürlich kamen sie nicht miteinander zurecht.

»Wenn ihr noch ein einziges Mal heult – wenn ihr noch eine einzige Cola oder ein Eis haben wollt – wenn ihr euch noch einmal haut, auch wenn es nur ein kleines bisschen ist, wenn ihr noch einmal schreit, jammert, weglauft oder um irgendetwas bettelt oder …«, brüllte sie, »auch nur ein einziges Wort sagt – dann, dann – *passiert* was!«

Die beiden älteren Kinder wurden so still wie ein Stein, doch das Baby, die kleine Latina, oder vielleicht war es auch ein kleiner Latino – wer kann das in diesem Alter schon sagen? –, heulte lauter denn je.

»Verdammt! Verdammt!«, gellte die Stimme der Frau.

»Schon gut, Mom«, sagte das mittlere Kind und nahm ihre Hand. »Wir kümmern uns drum.«

Das ältere Mädchen streckte schon die Hand in den Kinderwagen und kitzelte unter beruhigenden Lauten das Kleine. »Siehst du?«

Oh, welch tiefe Sympathie Henry für diese Kinder und ihre Mutter empfand. Er wusste genau, was sie fühlte! Sie kann es nicht mehr ertragen. Sie hat genug. So ist das.

Doch was das kleine Mädchen auch anstellte, das Baby hörte einfach nicht auf zu schreien. Die Mutter ließ sich halb gegen die Schaufensterscheibe des Nike-Ladens fallen und brach in Schluchzen aus. Und Henry dachte dabei, da ist sie, die Frau, die bekommen hat, was sie wollte. Sie hat diese Kinder haben wollen, hat von ihnen geträumt, hatte sogar schon Namen für sie ausgesucht, als sie längst noch nicht wusste, wie sie aussehen könnten oder auch nur, aus welchem Land sie stammen würden; sie hat ihren Mann davon überzeugt, dass sie mindestens drei haben musste, obwohl er schon mit einem glücklich gewesen wäre, sie hat fünfzehn verschiedene Agenturen aufgetrieben und beschäftigt, Dutzende von Adoptiveltern interviewt, eine komplette Anwaltskanzlei engagiert und für jedes dieser Kinder zwanzig-, dreißig- oder vielleicht fünfzigtausend Dollar hingeblättert, obwohl sie sich das eigentlich nicht leisten konnten – und schließlich wurde ihr Traum wahr: Sie reiste in ferne Länder – drei Kontinente in fünf Jahren –, um jedes einzelne dieser Kinder aus ihren dubiosen Waisenhäusern und vor korrupten Vormunden zu retten; triumphierend entstieg sie in San Francisco dem Flugzeug und stellte ihre neue Babytrophäe den neuen Großeltern, Onkeln und Tanten vor, um sie dann eifrig zu füttern und zu kleiden, sie mit Spielzeug und Büchern, Fernsehern und Computern sowie Spielkonsolen verschiedenster Hersteller zu überhäufen, wobei sie über das alles täglich auf Facebook, Twitter und Pinterest berichtete – und wozu? Damit sie in genau diesem Augenblick der Hellsicht begreifen konnte, dass ihr Leben nicht länger ihr gehörte, dass es zu einem Trümmerfeld, einem Albtraum geworden war, dass es die Kinder einen Dreck scherte, was sie durchgemacht hatte, um sie zu bekommen, dass sie verzogen und verwöhnt waren und dass sie sie hasste, aus tiefster Seele hasste und sich nichts sehnlichster wünschte, als noch in dieser Sekunde ins Nordstrom zurückzurennen, und zwar *allein* – als hätte es diese Kinder nie gegeben, als könnte sie die Schlinge, die sie sich selbst um den Hals gelegt hatte, abstreifen und wieder frei sein.

Doch natürlich geschah eben das nicht. Stattdessen berührte sie ihre älteste Tochter zärtlich an der Schulter, nahm das Kleinkind aus dem Kinderwagen, sagte »Ha-ha-ha« und »Gu-gu-gu«, schob ihm vorsichtig ein Fläschchen in den Mund und zog die beiden anderen an sich. Schon boten sie wieder das Bild einer harmonischen Familie mit dem Kinderwagen in der Mitte und setzten ihren Weg die Straße hinauf gelassen fort. Henry konnte den Blick nicht von ihnen lösen: diese Vereinten Nationen von Kindern, die so brav und umsichtig und elastisch neben ihrer Mutter einherschritten, und ihre Mutter, die, als wäre nie etwas gewesen, dem Kleinkind beruhigende Laute zumurmelte und die anderen Kinder anhielt, an der Ecke stehen zu bleiben und auf die Ampel zu achten.

Margaret hatte keine Kinder gewollt. Vielleicht hatte sie mal welche gewollt, doch irgendetwas in ihr änderte sich, und sie wollte keine mehr. Wahrscheinlich dachte sie, Kinder würden ihre Karriere und ihre Figur zerstören. Sie war inzwischen eine bedeutende Immobilienentwicklerin. Doch er, Henry, hatte sich nach Kindern gesehnt, und als er Zeuge des Zusammenbruchs dieser verzweifelten Mutter gewesen war, hatte er kein bisschen Übereinstimmung mit Margaret gefühlt, denn aus der schlichten Geste des mittleren Kinds, das die Hand der Mutter ergriffen hatte, und der Art, wie die Älteste ihr Bestes getan hatte, um das Baby vom Schreien abzubringen, hatte er geschlossen, dass er die befreiende Kraft kindlicher Liebe gesehen hatte.

War es für sie zu spät für Kinder? Margaret war zweiundvierzig. Mit zweiundvierzig kann man doch noch Kinder bekommen, oder? Außerdem konnten sie ja auf jeden Fall welche adoptieren. Vor seinem geistigen Auge stand der Weihnachtsmorgen, und beim ersten Tageslicht würden sie die Treppe heruntergehüpft kommen und rund um den Weihnachtsbaum zielbewusst den Geschenkestapel ansteuern, seine Kinder, und sie würden das Papier von ihren Geschenken reißen, während sie – ob das Margaret war in diesem Bild, konnte er nicht sicher sagen – mit ihren Kaffeebechern dasaßen und gerührt diesem fröhlichen Tumult zuschauten. Sie hätten drei Kinder, genau wie diese Frau, nur wären es zwei Jungs und ein Mädchen, der Älteste würde die beiden anderen beschützen, und er würde Hunter heißen, weil sich Henry diesen Namen immer für sich selbst gewünscht hatte. Hunter war rotblond und konnte schon mit sechs einen Football werfen, und Charlotte, die von allen nur Charlie genannt wurde, war fünf Jahre alt und hatte wilde rote Locken – woraus er ziemlich sicher schloss, dass die Frau neben ihm nicht Margaret war –, aber darüber konnte er jetzt nicht länger nachdenken, denn Charlie sang und tanzte gern, und jetzt wirbelte sie gerade auf Henry zu, sprang ihm auf den Schoß, küsste ihn und sagte: »Oh, liebster Papa, was sind wir doch für eine glückliche Familie!« Was den Jüngsten anging, den Dreijährigen – nun, er sollte Dylan heißen, ein Flachskopf mit hübschen rosigen Wangen –, er war mit der handbemalten Holzeisenbahn absolut glücklich, er wusste ja nicht, dass im Abstellraum sein allererstes Dreirad stand. Aus der Küche kam der Duft nach Pfefferkuchen und French Toast und aus der Stereoanlage Bach oder Händel, und dann klingelte es an der Haustür, und draußen im Vorgarten standen die Sternsinger knietief im Schnee …

Doch dann war das Bild weg, weil jemand in ihn hineingerannt war.

»Oh, tut mir leid«, sagte sie.

Er antwortete: »Nein, nein, es war meine Schuld.«

Und sie sagte: »Ja, vielleicht wirklich. Sie stehen nämlich irgendwie mitten auf dem Bürgersteig.«

Und das war sein Stichwort, er machte sich wieder auf und lief die Stockton Street hinunter Richtung Macy's.

Er musste nicht lange gehen, bis er die lebende Statue am Eingang zum Union Square bemerkte. Sie hatte sich von Kopf bis Fuß silbern angemalt – Kleider, Haut, Schuhe und Bowler – und stand gerade stocksteif da, weil niemand Geld in die ebenfalls silbern angestrichene Suppenbüchse geworfen hatte. Obwohl Henry diesen Kerl Millionen Male ignoriert hatte, überquerte er heute den Platz, um ihn zu beobachten. Er wollte sehen, wie er sich roboterhaft bewegte. Doch die lebende Statue stand wie aus Stein, sie war eben kein Roboter, sondern eine menschliche Statue oder vielleicht ein Roboter, bei dem der Stecker gezogen war. Trotzdem erwies sich die Sache als weit erstaunlicher, als Henry vermutet hätte. Denn dieser Mensch zuckte mit keinem Finger, keiner Wimper, man konnte ihn nicht einmal atmen sehen. Wer war zu so etwas imstande? Wie konnte er die strömende Vielfalt seiner selbst derart zur Stille zwingen? Henry wusste, dass er bloß ein oder zwei Dollar in die Suppendose fallen lassen musste, und die Statue würde sich wie ein Automat bewegen, was natürlich die eigentliche Attraktion war, doch plötzlich wollte Henry sehen, wie lange der Kerl diese Statuen-Haltung durchstehen konnte: den rechten Arm ausgestreckt, als wollte er jemandem die Hand schütteln, den linken zu einem seltsamen linkshändigen Gruß verdreht, die Augen starr geöffnet und die Lippen in einem Lächeln gefroren. Einen Moment lang fragte er sich, ob dieser Mensch nicht vielleicht doch aus Metall war. Da bewegte sich wirklich überhaupt nichts.

Und dann merkte Henry Quantum mit einem Auflachen, dass auch er keinen Muskel bewegt hatte; unbewusst hatte er die lebende Statue in den letzten zwei Minuten nachgeahmt. Na, wenn das keine Zen-Erleuchtung war! Aber natürlich war es schon vorbei, als es Henry bewusst wurde – wieder so wie bei dieser Heisenberg-Sache. Doch die lebende Statue, dieser Roboter, hatte irgendwie gelernt, seine Reglosigkeit zu vergessen, sie aus seinem Bewusstsein zu verbannen und sich auf einer anderen Lebensebene loszulassen, vielleicht indem er diese Augen, die nie mit der Wimper zuckten, auf einen entfernten Gegenstand richtete. Und dabei kam Henry wieder die Sombrerogalaxie in den Sinn. Denn ihm schien, die Weite des Universums unterschied sich nicht sonderlich von der Weite der menschlichen Seele, und dass beides sich jedem Verständnis verschloss, bedrückte ihn derart, dass er laut rief: »Um Gottes willen, tu doch was!« Und jeder dachte, der Ruf habe der lebenden Statue gegolten, doch Henry wusste es besser.

Jemand neben ihm erklärte: »Sie müssen ihm Geld geben.«

»Ja, ich weiß«, antwortete Henry.

»Aber letzten Endes wird er sich auch ohne das Geld irgendwann bewegen müssen.«

»Ich glaube, dass die stundenlang so stehen können«, sagte Henry, denn er erinnerte sich an etwas, das er mal gelesen hatte. »Ich gebe ihm fünf Dollar.«

»Nein, tun Sie das nicht«, sagte der Mann. »Er sollte irgendeine Bewegung machen, um uns zu zeigen, dass wir ihm wichtig sind.«

»Aber wir sind doch nur dazu da, ihm Geld zu geben.«

»Nein, sein Publikum sollte ihm wichtig sein. Er sollte den Wunsch haben, mit uns in Beziehung zu treten.«

»Es macht mir nichts aus, ihn zu bezahlen«, sagte Henry.

»Von wo kommen Sie?«, fragte der Mann.

»Von hier.«

»Ach? Aber irgendwie cool, dass sie sich immer noch die Zeit nehmen, solche Leute zu beobachten. Wir kommen aus Oklahoma City.« Mit einer Handbewegung zeigte er auf seine Familie. »Man könnte doch meinen, er würde was für meine Kinder tun«, sagte er. Aber Fakt war, dass seine Kinder kein Interesse hatten. Sie spielten auf ihren Smartphones herum. »Sie hätten genauso gut in Oklahoma bleiben können«, bemerkte der Mann.

»Vielleicht würden sie sich für ihn interessieren, wenn wir ihn dazu brächten, etwas vorzuführen«, schlug Henry vor, denn inzwischen fühlte er sich für das Wohl der lebenden Statue verantwortlich, und dieser Kerl aus Oklahoma City machte ihm eher Angst.

»Nein, nein, lassen Sie das. Glauben Sie mir, er wird einknicken. Wie lange kann man so was durchhalten?«

»Keine Ahnung. Aber lange.«

»Jeder hat einen Punkt, ab dem er nicht mehr kann, mein Freund.«

»Ich vermute, die Leute in Oklahoma City sind ziemlich *tough*«, bemerkte Henry.

»Waren Sie schon mal in Oklahoma City?«

»Nein, ich war noch nie in Oklahoma City. Ich weiß nur, dass es was mit Kühen oder so zu tun hat.«

»Das ist Kansas City.«

»Oh, ja, ja. Ihr seid das mit dem Bombenanschlag.«

»Herrgott noch mal.«

»Nein, ich meine doch … Himmel, es tut mir leid.«

»Wir sind weit mehr als ein Bombenanschlag.«

»Aber natürlich. Restaurants, Theater, Oper.«

»Oper?«

»Steaks?«

»Leute wie Sie denken, San Francisco wäre das Höchste und Größte und das restliche Land voller Bauerntrampel und Hinterwäldler.«

»Das habe ich nicht gesagt.«

»Sie haben hier doch bloß Schwuchteln und Chinesen.«

Henry wollte weg, doch wenn er jetzt floh, dann mit dem Gefühl, er würde vor den Einschüchterungsversuchen dieses Kerls kapitulieren. Also blieben sie nebeneinander stehen und sahen zu, wie die menschliche Statue nichts tat. Henry fühlte sich schrecklich. Warum hatte er mit dieser blöden Bombengeschichte anfangen müssen? Und der Oper? Und dann noch *Steaks*. Okay, der Mann war ein selbstgerechtes Arschloch, aber hatten sie nicht gerade etwas miteinander geteilt? Ein wenig menschliche Interaktion, einen Moment intellektuellen Austauschs, der Würdigung eines Künstlers?

»Wir haben nicht bloß Schwuchteln und Chinesen«, sagte Henry. »Wir haben auch Japaner. Und eine ganze Menge Russen.«

Der Kerl wandte sich ihm zu, er wirkte verwirrt.

»Was sind Sie?«, fragte er. »Blöd?«

Henry griff in die Jackentasche, fand fünf Dollar, warf sie in die silbern angemalte Suppenbüchse und sprang die Stufen zur Plaza hinauf. Aus den Augenwinkeln sah er, wie die menschliche Statue abrupt lebendig wurde. So beginnen Kriege!, dachte er. Jemandem rutscht ein verletzendes Wort heraus, und obwohl es gar nicht böse gemeint war, sagt der andere etwas zurück, und ehe man sich's versieht, herrscht nuklearer Winter! Das erinnerte ihn an *Krieg und Frieden* und an Levin und seine vom Morgenlicht beendete Himmelsvision und die großen Armeen, die sich wie von den Generälen gesetzte Schachfiguren bewegten, doch auf dem Schlachtfeld ein Durcheinander von Streit und Verwirrung und unerhörtem Glück und fürchterlichem Pech – ganz zu schweigen von Pierre! Weil niemand je etwas wirklich unter Kontrolle hat, oder? Nicht, wenn man mittendrin steckt. Vielleicht denkt man, man habe irgendwas kapiert, zum Beispiel die Geschichte, aber das hat man nicht, das kann man nicht. Es ist nur eine Frage der Perspektive, ein Spiegelkabinett, irgendeine Version der Welt, die nichts mit der Wirklichkeit zu tun hat, denn niemand von uns weiß, was uns zustößt – niemals. Moment mal, Levin war doch der in *Anna Karenina*.

Henry konnte, wie Lots Weib, der Versuchung nicht widerstehen und sah sich um, doch es war der Kerl aus Oklahoma, der, vermutlich vor Wut, zur Salzsäule erstarrt war, obwohl Henry hoffte, dass ihn lediglich die lebende Statue in den Bann geschlagen hatte. Die Kinder blickten immer noch hoch konzentriert auf ihre Smartphones.

Weiter oben auf dem Platz stieß Henry dann auf etwas, worauf er nicht gefasst gewesen war. Es war nicht der große Weihnachtsbaum – der war schon aus einem Block Entfernung zu sehen –, nicht einmal der riesige Chanukkaleuchter am östlichen Ende des Union Square, nein, es war die Eislaufbahn. Sie war dort aufgebaut, wo normalerweise die Bühne war, und die Leute glitten über die kleine

Eisfläche, als befänden sie sich in irgendeinem Wald in New Hampshire. Sie trugen Fausthandschuhe und Wollmützen mit Ohrenwärmern, obwohl es achtzehn Grad warm war. In einem mit Seilen abgezäunten Bereich wartete eine lange Schlange von Menschen begierig darauf, selbst an der Reihe zu sein. Dass sie, wie ein großes handgeschriebenes Schild verkündete, nur jeweils für eine halbe Stunde aufs Eis durften, schien ihnen nichts auszumachen. Die Kinder konnten ihre Aufregung kaum bezähmen, und die Eltern taten zwar ihr Bestes, um sie zur Ruhe zu ermahnen, wurden jedoch früher oder später von derselben Vorfreude ergriffen. Aus den Lautsprechern dröhnte Weihnachtsmusik, und an der Seite verkaufte das Emporio Rulli heiße Schokolade und Espresso. Das Ganze wirkte wie eine seltsame Karikatur des Rockefeller Center mit roten und grünen Girlanden und haufenweise Watteschnee und Santas glitzerndem Schlitten auf dem Dach der Hütte, in der man sich die Schlittschuhe auslieh. Doch trotz all dieser Ersatz-Atmosphärestifter lag über der Szene eine echte Fröhlichkeit und Freude, so dass Henry sich fragte: Was macht uns eigentlich Freude? Ein Mensch imitiert eine Statue, eine gekühlte Betonplatte imitiert ein Wintermärchen – und erfüllt uns mit Freude. Er erinnerte sich, dass Margaret, als sie zu diesem Zentrum ging, EST oder wie immer das damals hieß, Forum oder Landmark oder so, immer von »Authentizität« gesprochen hatte. Vielleicht hatte es ihr geholfen, doch er bezweifelte stark, ob sie oder sonst jemand *authentisch* authentisch sein konnte. Sartre nannte es authentisch, dem Druck der äußeren Welt standzuhalten. Aber wer in der äußeren Welt lebte, stand immer in Beziehung zu ihr, wie also sollte man je in einer kulturell geprägten Welt authentisch sein? Er dachte wieder an seine Papua-Neuguinea-Fantasien – sah vor seinem geistigen Auge die barbusigen Frauen und weitgehend nackten Männer. Aaah, seufzte er. Aber sie bohren sich Tierknochen durch die Unterlippe, oder? Das muss unangenehm sein. Und die Frauen werden recht schnell alt und hässlich, mit Brüsten, die aussehen wie zwei hängende Bratpfannen, und zerklüfteten Brustwarzen, die an Winterreifen mit Spikes erinnern.

Und sie essen Sago! Was zum Teufel ist das eigentlich? Er hatte genug darüber gelesen, um zu wissen, dass es unverarbeitet giftig war – und was, wenn man es falsch zubereitete? Wie schmeckte es überhaupt? Ein Rätsel. Und auch noch Grillen. Sie essen Grillen und Maden. Mit dem gelegentlichen Affen auf dem Speisezettel käme er vielleicht noch zurecht. Dann ging ihm auf: Auch das war Kultur. Und damit war selbst der Rückzug nach Papua-Neuguinea sinnlos! Auch da gab es keine Authentizität. Wie also kann man man selbst sein? Kann überhaupt jemand *sein*? Gibt es wirklich ein Ich? Und wenn es kein Ich gibt, wie kann ich je *frei* sein?

Er dachte dann noch über Sartre nach – den er seit dem College nicht mehr gelesen hatte und auch da nur oberflächlich – und meinte sich zu erinnern, dass die Vorstellung der Freiheit Sartre zufolge derart erschreckend und grenzenlos war, dass einem davon übel wurde. Und ihm war jetzt tatsächlich ein bisschen schlecht.

Währenddessen beobachtete er weiter die Eisläufer, die auf der kleinen Bahn ihre engen Kreise zogen, und auf der anderen Seite die Souvenirhändler, die Obdachlosen, die auf ein paar Dollar hofften, die Straßenkünstler, die sich entlang der Warteschlange produzierten; etwas weiter entfernt schlug eine Rasta-Gruppe auf Blechtrommeln, und ein Junge klimperte auf der Gitarre und sang Songs von Bob Dylan, und dahinter lag die Geary Street mit dem Weihnachtsverkehr und dem Fußgängergedränge auf den Bürgersteigen, und hinter der Geary Street, gleich hinter den Fußgängern, erhob sich, alle Schaufenster voller goldener Kränze und silbriger Lichter, das Macy's.

Die Übelkeit wurde ein bisschen stärker, deshalb suchte er sich eine leere Bank und setzte sich. Er sah auf die Armbanduhr. Schon nach drei. Er hatte mal etwas über ein physikalisches Experiment gelesen, bei dem man die Zeit zum Verschwinden gebracht hatte, jedenfalls was den Beobachter betraf. Sie stellten ein Zeitloch her, indem sie die Lichtgeschwindigkeit beim Eintreten in ein Ereignis beschleunigten und beim Austreten aus diesem Ereignis verlangsamten, oder vielleicht war es auch umgekehrt, doch wie auch immer, das Ereignis verschwindet einfach, als hätte es nie stattgefunden. Was es aber doch getan hat. Direkt vor unseren Augen. Natürlich hatten sie das in einem winzigen Zeitraum von vielleicht einer vierzigtrillionstel Sekunde ausgeführt – aber für diese vierzig Attosekunden hatte die Zeit aufgehört zu sein. Er sah noch einmal auf die Uhr. Er hätte schon seit zwei Stunden wieder im Büro sein sollen. Aber es war fast Weihnachten! Warum sollte er in diesem Moment des Jahres an Arbeit auch nur denken? Und am nächsten Tag war sowieso die Weihnachtsfeier der Firma, und dann würden alle drei Tage lang weg sein, und dann kam das Niemandsland zwischen Weihnachten und Silvester, wo nichts erledigt wird und jeder in den Skiurlaub fährt oder nach Maui fliegt. Wir machen uns unsere eigenen Zeitlöcher, aber ach, wenn die Zeit doch wirklich verschwinden könnte! Er hob den Blick vom festlichen Getümmel. Drohend wie ein großer Schatten ragte das Macy's über ihm, über dem ganzen Platz auf.

Ich könnte das Parfum auch anderswo kaufen, dachte er. Schräg gegenüber lag Neiman. Und auf der anderen Seite des Platzes Saks. Oder in der kleinen Parfümerie, die von dem alten französischen Ehepaar betrieben wurde, sie war nur einen Block oder so entfernt. Er konnte es sogar online kaufen und über Nacht liefern lassen. Warum bin ich so auf Macy's fixiert?, fragte er sich.

Es war ein Riesengebäude, es nahm fast den gesamten Block ein. Und das war noch nicht alles. Die Herrenabteilung befand sich in einem anderen Haus auf der anderen Seite der Stockton Street. Macy's war so riesig, dass es den Verstand überstieg.

Wenn er bloß Daisy nicht begegnet wäre!

Wie konnte man Daisy nicht lieben? Jeder sah auf Anhieb, wie toll sie war. Es lag nicht nur daran, dass sie intelligent war – Margaret war auch smart. Oder dass sie schön und witzig und abenteuerlustig im Bett war. Das Besondere an Daisy war, wie er jetzt begriff, dass sie Herz hatte. Und ihr Sosein sie zu der Erfahrung befähigte, dass andere Leute auch Herz hatten. Dass Henry Quantum ein Herz hatte, obwohl er dachte, dass er vielleicht keins habe.

Aber er hatte ihr gesagt, dass er Margaret liebe. Warum also lastete das Chanel No. 5 wie ein Felsbrocken auf ihm? Parfum ist ein Last-Minute-Geschenk, und er wusste es, ein Geschenk, das kein Nachdenken erforderte, und so würde es auch aufgenommen werden: als erbärmliche, eigennützige Beschwichtigungsgeste. Und auch wenn niemand sonst Margaret Parfum schenken konnte – nur ein Ehemann oder Liebhaber kann einer Frau Parfum kaufen –, war es immer noch so unpersönlich wie ein Scheck. Wenn der Kauf des Parfums ein Ritual zwischen ihnen gewesen wäre, wenn er ihr beispielsweise zu jedem Weihnachten ihren Lieblingsduft mit einem liebevollen Kärtchen geschenkt hätte, sozusagen als Wegmarke des Zusammenlebens, das wäre etwas anderes gewesen – aber Hand aufs Herz, er hatte ihr praktisch nie Parfum gekauft, übrigens auch sonst nichts. Früher schon. Aber wieder rief er sich ins Gedächtnis, dass sie seine Geschenke nie wirklich gemocht hatte. Und in letzter Zeit hatte er selten den dringenden Wunsch verspürt, ihr eine Freude zu machen. Und warum? Vielleicht war Margaret nicht der freundlichste Mensch der Welt, nicht wie Daisy, aber sie sah sehr gut aus und konnte unglaublich witzig sein, und früher einmal war auch sie abenteuerlustig im Bett gewesen. War Margaret etwa keine gute Ehefrau, mit der man sich gut unterhalten konnte? Und kam sie nicht mit seinen Schwächen zurecht, von denen er, wie er wusste, reichlich hatte? Sie hatten nie Probleme bei der Aufteilung der Haushaltspflichten, und es gab immerhin eine Art Zärtlichkeit zwischen ihnen, oder?

Also musste sich Henry fragen: Was steckte in Wahrheit hinter dem Parfum?

Auch wenn es so etwas wie eine authentische Tat nicht gab, wollte Henry an diesem Tag, auf dieser Bank wissen, wirklich wissen, was er tun wollte, zu wem er geworden war und wer er werden wollte.

Und das war der Moment, in dem sich Santa Claus neben ihn setzte.

Es war eigentlich nicht wirklich der Weihnachtsmann – kein roter Anzug, keine schwarzen Stiefel, keine Zipfelmütze –, nur ein normaler Kerl mit weißem Rauschebart und einem runden dicken Bauch. Sein langes grauweißes Haar war zu einem dünnen Pferdeschwanz zusammengebunden, und er trug Hosenträger über einem hellblauen Hemd mit kurzen Ärmeln, denn ihm war selbst im Winter zu warm, seine Hose war dunkelgrau, und seine Schuhe hatten dicke Kreppsohlen – und als Henry ihn anstarrte, sagte der Mann: »Ja, ich weiß. Das ganze Jahr über bin ich nur ein dicker Mann mit Bart, aber im Dezember bin ich plötzlich Santa Claus. Vor allem jetzt, wo wir praktisch schon Weihnachten haben. Mir macht das nichts.

Die Kinder kommen zu mir, und ich frage sie, ob sie brav waren, und selbst die Mütter fürchten sich nicht vor mir wie an den restlichen Tagen im Jahr. Aber das hier ist nicht *Das Wunder von Manhattan*, und ich bin nicht der Weihnachtsmann.«

»Ich nehme an, ich habe Sie angestarrt«, sagte Henry.

»Schon gut. Manchmal macht es mir Spaß. Ich habe nur heute einen schlechten Tag. Manchmal hat selbst der Weihnachtsmann einen beschissenen Tag.«

»Mein Tag ist auch eher seltsam.«

»Ja, Sie wirken ein bisschen hilflos, wenn ich das so sagen darf.«

»Hilflos?«, fragte Henry.

»Überfordert.«

»Was sind Sie, Englischprofessor?«

»Taxifahrer. Aber das heißt nicht, dass ich ein Schwachkopf bin. Ich war in Princeton.«

»Tatsächlich?«

»Ja, alle Princeton-Absolventen fahren Taxi.«

»Oh. Tut mir leid.«

»Ist schon okay. Schlechter Tag für Santa Claus.«

»Sehe ich wirklich hilflos und überfordert aus?«

»Allerdings. So vorgeneigt und mit dem Kopf zwischen den Händen.«

»Das habe ich gar nicht gemerkt.«

»Ja, aber so war's.«

»Witzig – der Tag fing damit an, dass ich über Entfernung und Lichtgeschwindigkeit nachgedacht habe – ich meine, darüber, wie weit alles eigentlich von uns entfernt ist und dass es nicht möglich ist, irgendetwas wirklich im Moment zu erfahren, nicht mal sich selbst. Da ist immer eine Art Vermittlung durch Zeit oder Raum, durch etwas, das sich zwischen das Ich und alles andere schiebt. Das hat mich irgendwie deprimiert. Klingt verrückt, oder?«

»Aber gar nicht. Sie sind eben ein Philosoph.«

»Wissen Sie, das Licht der Sombrerogalaxie braucht dreißig Millionen Jahre, um uns zu erreichen, wenn wir also die Bilder vom Hubble-Teleskop sehen, sehen wir diese Galaxie, wie sie vor dreißig Millionen Jahren aussah.«

»Ja, das ist mir bekannt.«

»Also haben wir keine Ahnung, wie sie jetzt aussieht und ob sie überhaupt noch existiert.«

»Aber für uns existiert sie.«

»Als Fotografie. Als Bild auf unserer Netzhaut. Und die Sache ist die, heute Morgen konnte ich an nichts anderes denken als an diese schreckliche, schreckliche Distanz. Und dann bin ich zufällig dieser alten Freundin begegnet, genauer gesagt, dieser ehemaligen Beziehung, und da befiel mich wieder genau dieses Gefühl – dass das Timing durch die Entfernung Zeitgleichheiten unmöglich macht, sofern das überhaupt irgendeinen Sinn hat.«

»Jaja, schon kapiert.«

»Und jetzt muss ich entscheiden, ob ich meiner Frau bei Macy's ein Parfum kaufe.«

»Ich verstehe.«

»Es macht mich fertig.«

»Nun ja, wissen Sie, es gibt da noch eine andere Theorie.«

»Was für eine?«

»Dass das Universum in Wirklichkeit zweidimensional ist und dass es gar keinen Raum gibt. Dass alles Räumliche nur Illusion ist und dass wir so etwas wie Hologramme sind.«

»Das ist Quatsch.«

»Es ist die neuste Theorie.«

»Sind Sie außerdem Physiker?«

»Nein, nur daran interessiert, wie die Welt funktioniert.«

»Ja, es wäre toll zu wissen, wie die Welt funktioniert.«

»Nun, diese Theorie baut auf einem weithin bekannten einfachen Fakt auf. Dass nämlich ein Quantenteilchen gleichzeitig an zwei Orten sein kann. Das war ein großes Rätsel – wie kann etwas gleichzeitig an zwei Orten sein? Und die Antwort, die sie aus dem Hut gezogen haben, war, dass es etwas wie zwei verschiedene Orte nicht gebe. Weil Raum an sich Illusion sei. Es hat was mit schwarzen Löchern und der Energie zu tun, die sie schlucken, und der, die wieder herausgedrückt wird, und wie tatsächlich mehr Energie rauskommt als reingeht oder so, aber die Sache ist die, sie sagen, am Rand des schwarzen Lochs bleiben alle Daten von allem verschluckten Material gespeichert wie ein Überrest oder ein Hologramm, und deshalb geht nichts verloren, und deshalb ist unser gesamtes Universum nichts anderes als ein riesengroßes schwarzes Loch, und wir sind nur Darstellungen von dem, was drin ist. Wie wenn man das Hologramm auf einer Kreditkarte betrachtet. Wir sind nur Daten auf einer flachen Oberfläche, die durch das Hinzukommen von Licht dreidimensional werden.«

»Es ist also kein Raum zwischen uns? Zwischen Ihnen und mir?«

»Eigentlich nicht.«

»Und es ist auch kein Raum in uns?«

»Nein.«

»So ein bisschen wie in der buddhistischen Philosophie?«

»Ja, in etwa.«

»Und Sie sagen, dass ein Quantenteilchen gleichzeitig an zwei verschiedenen Orten sein kann?«

»Ja, das kann es.«

»Weil Raum Illusion ist?«

»Ja, ich denke, so ist es.«

Henry lehnte sich auf der Bank zurück. Wow, dachte er, ich muss in allem falschgelegen haben. Vielleicht ist es wirklich möglich, mit einem anderen Menschen auf tiefster Ebene eine Verbindung einzugehen. Aber noch mehr erstaunte ihn, dass man an zwei Orten gleichzeitig sein konnte. Das war die atemberaubende Offenbarung, nach der er sich den ganzen Tag gesehnt hatte. Dass beides möglich war, Margaret zu lieben und nicht zu lieben, Daisy von ganzem Herzen zu begehren und Daisy mit allen Mitteln auszuweichen, ins Macy's zu gehen und dieses verdammte Parfum zu kaufen und sein Leben lang keinen Fuß mehr ins Macy's zu setzen; und mehr noch, man konnte seine Arbeit zügig erledigen und sie zugleich bis ins Unendliche aufschieben, den Schwager am Flughafen abholen und ihn auch warten lassen, bis er schwarz wurde, und wenn er wirklich wollte, könnte er für immer auf dieser Bank sitzen bleiben und mit diesem Mann reden, der beides war, der Weihnachtsmann und nicht der Weihnachtsmann, und zugleich konnte er nach Papua-Neuguinea fliegen und nie mehr zurückkommen.

Über all das dachte er nach, und dann, mit einem Mal und ziemlich unerwartet, erzählte er dem weißbärtigen Mann alles, was ihm durch den Kopf ging.

Der ältere Herr lächelte ihn freundlich an, stand auf und legte Henry die Hand auf die Schulter.

»Das einzige Problem ist«, sagte er, »dass Sie kein Quantenteilchen sind.«

»Ja.« Henry seufzte. »Und Sie sind nicht der Weihnachtsmann.«

»Aber da«, erwiderte der Dicke, »haben Sie sich geirrt.« Mit zurückgelehntem Oberkörper brach er in das schönste Weihnachtsmann-Lachen aus, das Henry je gehört hatte.

Und dann war Henry allein auf seiner Bank, mit dem Macy's vor und der Eisbahn hinter sich, und die Sonne über ihm begann langsam Richtung Meer zu sinken.

Wieder blickte er über die Geary Street hinweg auf all die Menschen, die an den großen Bronzetüren von Macy's vorüberströmten – und merkte, wie weit entfernt sie doch waren.

TEIL 2

MARGARET

KAPITEL 6

23. Dezember, 9:15 – 12:03 Uhr

Als Margaret hörte, wie der BMW aus der Garage gesetzt wurde, stand sie vom Tisch auf und ging zum Fenster, damit sie besser zusehen konnte, wie ihr Mann davonfuhr. Danach duschte sie, wählte sorgfältig Unterwäsche, Rock, Bluse, Blazer und Schuhe, kehrte ins Bad zurück, um sich zu schminken und das Haar zu bürsten, betrachtete sich im Spiegel, tauschte Rock, Blazer und Bluse gegen ein nettes Kleid, wechselte die Schuhe, legte anderen Schmuck an, blickte wieder prüfend in den Spiegel, zog das Kleid aus und einen anderen Rock an, wählte dazu diesmal einen eng sitzenden Pulli und ein drittes Paar Schuhe, entschied sich wieder für die ersten Ohrringe und Armbänder, ergänzte sie durch eine Perlenkette, legte diese wieder ab, steckte sich eine Brosche an den Pulli, sah erneut in den Spiegel, zog den Pulli aus und eine andere Bluse an, steckte die Brosche wieder an, richtete sich noch einmal das Haar und ging wieder in die Küche hinunter. Dann griff sie zum Telefon, rief im Büro an, um zu sagen, dass sie nicht kommen, dass sie zu Hause arbeiten würde, nahm ihre Handtasche, ging in die Garage, sprang in ihren MINI Cooper, stellte einen Klassik-Sender ein und fuhr los.

Sie würde ins Marin County hinausfahren, um Peter auf dem Mount Tamalpais im Mountain Home Inn zu treffen und mit ihm auf der Terrasse ein wenig zu brunchen. Dann würden sie einen Wagen dort stehen lassen und in dem anderen die Serpentinen hinunter nach Stinson Beach fahren. Es war ein ganzes Ende von Twin Peaks, wo sie und Henry wohnten, zur Golden Gate Bridge, sie hatte also Zeit zum Nachdenken, dabei wollte sie gar nicht nachdenken. Sie wollte schnell dort sein, bei Peter, und mit ihrem gemeinsamen Tag beginnen, ihrem ganzen, gestohlenen Tag, ihrem Tag an der Sonne, ihrem Tag, an dem sie ein echtes Paar sein würden.

Oder sich zumindest so fühlen würden. Diese Freiheit! Am Strand gab es ein kleines Motel, nichts sonderlich Schickes – sie bog in die Clarendon Avenue ein, dann links in die Seventeenth, dann wieder rechts in die Stanyan Street und folgte dieser am östlichen Rand des Golden Gate Parks vorbei bis zur oberen Haight Street. Haus um Haus sauste vorbei, bis sich plötzlich Restaurants und Läden aneinanderreihten – sie bemerkte den American Cyclery Shop, wo sie Henry Jahre zuvor ein wunderschönes weißes Bianchi-Rad gekauft hatte, auf dem er ein, zwei Mal gefahren war, bevor er es der Steigungen wegen aufgab. Sie hatte davon geträumt, wie sie ihre beiden Räder aufs Autodach packen und dann nach Napa oder Sonoma fahren würden, um von dort aus per Rad die Weingüter abzuklappern, oder wie sie lange Sonntagnachmittage durch den Golden Gate Park radeln würden, bis hin zum Lands End Park – doch es war nie dazu gekommen. Aber das war damals, und hier das war jetzt, und sie bog schon in den Park Presidio Boulevard ein, eine der Zufahrtsstraßen zur Brücke.

An Henry war nichts wirklich *verkehrt*. Mal abgesehen natürlich von seinen Neurosen, seiner überbordenden Fantasie, die sie in den Wahnsinn trieb, und dem Umstand, dass er praktisch nichts von dem in die Tat umsetzte, was er sich vornahm. Sie hatte gedacht – aber was sollte es. Auch das war lange her und keinen Gedanken mehr wert.

Sie tastete über den Rücksitz, um sich zu vergewissern, dass das Päckchen noch da war – sie hatte es für den Fall, dass Henry noch einen Blick in ihren Wagen warf, versteckt. Durch die Tiffany-Tüte hindurch konnte sie die kleine Schachtel mit der besonderen Schleife fühlen, und die Karte war auch noch da. Eine kleine Welle freudiger Erregung durchpulste sie. Sie konnte kaum erwarten, es Peter zu überreichen. Sie würde genau den richtigen Moment abpassen, alles sollte perfekt sein.

Als sie sich der Brücke näherte, stellte sie zu ihrer Erleichterung fest, dass nicht viel Verkehr war – sie und Peter hatten es so geplant. Es ging nun auf 10:00 Uhr zu, und sie würde in etwa einer halben Stunde da sein. Rechts von ihr schien sich die weite Bucht in einem sanften Bogen nach Alcatraz auszustrecken, und vor sich konnte sie bis zu den Berkeley Hills sehen; allerdings bereute sie sofort, dass sie hingeschaut hatte, denn dort hatte sie Henry kennengelernt. Es war sechzehn Jahre her, sie wartete vor einem chinesischen Restaurant an der Shattuck Avenue; sie war mit ihrer Freundin Dede da, aber sie wusste nicht mehr, mit wem er gekommen war, irgendein Junge eben, und wegen der endlosen Warterei kamen sie ins Gespräch, und bald schon lud er sie ein, oder vielleicht lud sie auch ihn ein, so eher nebenbei – »Hey, wir gehen später noch zu einer Party, wollt ihr mitkommen?« –, doch für sie war es schon ein Date. Selbst jetzt noch konnte sie sich vage erinnern, wie aufregend es gewesen war, diese Verheißung neuer, leidenschaftlicher Liebe. Er war groß, gut aussehend, ein bisschen ein Nerd, der sich selbstsicher zu geben versuchte. Süß. Damals war sie sechsundzwanzig gewesen, jetzt zweiundvierzig. Sie wusste nicht einmal mehr, wie sie damals ausgesehen hatte, konnte es sich nicht einmal mehr *vorstellen* – die Haut, die Brüste, den Po der sechsundzwanzigjährigen Margaret. Sie hatte ihren Körper nie gemocht, mochte ihn auch jetzt nicht, aber wenn sie sich heute auf alten Fotos sah, dachte sie, mein Gott, dieser flache Bauch! Ihr Busen war nicht gerade üppig gewesen, aber doch hoch angesetzt, und auch ihre Beine waren nicht schlecht gewesen – all das hatte nun etwas von einem Traum, denn jetzt sah sie nur noch, wie dick ihre Oberschenkel geworden waren mit den Unheil verkündenden Cellulite-Körnchen und dem hässlichen Adergeflecht, das sich durch die dicke Haut nach oben arbeitete. Der rundlicher werdende Bauch, das deutliche Absinken ihrer Brüste, das sie doch durch ihre Kinderlosigkeit zu vermeiden gehofft hatte, der sehniger und knochiger werdende Hals, durch den sich zwei vom Brustbein ausgehende Bachbetten zogen – das war die Bürde, die sie in jedem Moment eines jeden Tages mit sich schleppte. Ihr Körper war nicht ihr Tempel – er war ihr Grab. Doch Peter sagte ihr, sie sei schön, und sie erbebte beim Gedanken an ihn.

Plötzlich kam der Verkehr unter Reifengequietsche zum Halten, und sie musste heftig auf die Bremse treten. Sie wartete ein, zwei Minuten darauf, dass sich die Wagen vor ihr wieder in Bewegung setzten, aber nichts geschah. Auch aus der Gegenrichtung kam kein Verkehr mehr. Bald hörte man Sirenen, die sich von San Francisco her näherten – Krankenwagen, Polizeiwagen, Feuerwehr. Einzelne Fahrer stellten den Motor ab und stiegen aus. Selbst die Fußgänger und Fahrradfahrer durften nicht weiter, ihre Wege waren gesperrt. Margaret stellte ebenfalls den Motor ab, lehnte den Kopf aus dem Fenster und fragte einen Mann, der neben seinem Pick-up stand: »Können Sie sehen, was los ist?«

»Selbstmörder!«, sagte der.

»Im Ernst?«

»Ich glaube schon. Das hat jedenfalls der Kerl vor mir gesagt. Ich selbst kann auch nichts sehen.«

Jemand anders war auf das Dach seines SUVs geklettert, und Margaret rief ihm zu: »Können Sie was sehen?«

»Ja!«, schrie er zurück. »Sie stehen alle am Geländer. Ich glaube nicht, dass der Mann schon gesprungen ist.

Vielleicht hat er es sich anders überlegt, kommt aber nicht mehr zurück oder so. Er hängt da irgendwie fest.«

»Ach, herrje!«, sagte sie.

»Es ist übrigens eine Frau.«

»Ach, herrje!«, wiederholte sie.

Seufzend sah sie auf die Uhr. Sie wollten sich um elf treffen, sie hatte also noch viel Zeit, aber warum um Himmels willen gerade heute, gerade jetzt? Aber da sie ohnehin nichts ändern konnte, nahm sie ihr Smartphone, sah ihre Mails durch, beantwortete ein paar, sah noch mal nach, was draußen passierte, konzentrierte sich dann auf ihr Handy und spielte ein Spiel namens Pet Rescue, sah wieder auf die Uhr – halb elf –, stellte das Radio an, obwohl der Motor nicht lief – Debussy –, schrieb noch ein paar Mails – dachte an Peter – und beschloss, ihn lieber anzurufen. Er ging nicht dran, deshalb hinterließ sie eine Nachricht: »Du wirst es nicht glauben, aber auf der Brücke ist ein Selbstmörder. Es könnte sein, dass ich später komme. Bitte bestell dir schon mal was. Ich vermisse dich so sehr!« Dann stieg sie aus und ging zu dem Mann, der immer noch auf dem Dach seines SUVs stand.

»Passiert schon was?«, fragte sie.

»Ich weiß nicht.«

»Ich finde ja, wer sich umbringen will, soll's dann auch tun«, sagte sie.

»Ja, aber wenn es ein Teenager ist? Oder Ihre Schwester oder Ihr Bruder oder Ihr Mann?«

»Meinen Sie nicht, die Leute sollten tun dürfen, was sie wollen?«

»Glauben Sie wirklich, wir sollten zulassen, dass sich gestörte Menschen umbringen?«

»Sie haben sicher recht«, sagte sie, um ihn zu besänftigen, aber in Wirklichkeit dachte sie: Hitler war gestört – hätten wir ihn vom Selbstmord abhalten sollen? Wie auch immer, für sie war die Sache klar, und als sie wieder zurückging, begann sie sich vorzustellen, was Peter tun würde, wenn sie endlich im Mountain Home Inn angekommen wäre, wie seine Augen aufleuchten würden, wenn er sie durch die Tür kommen sähe, wie er aufstehen, sie umarmen und sagen würde »Ich habe mir Sorgen um dich gemacht, Darling« und wie sie sich dann am Tisch gegenübersitzen würden auf der von der Sonne gewärmten Terrasse, von der aus man über die Berge und bis hin zum Ozean sehen konnte. Doch sie würden nur füreinander Augen haben, seine Hand würde auf ihrem Unterarm liegen, ihre, unter dem Tisch, auf seinem Oberschenkel. Derweil wurde es immer später, und nichts tat sich, und trotz des schönen Wetters war sie in diesem Augenblick zu nervös, um den Anblick zu genießen, der sich ihr bot: das in der hellen Sonne glitzernde Stadtpanorama, die weißen Segel auf den grauen Wellen, die hoch über dem Wasser fliegenden Möwenschwärme, das endlose Himmelsblau, das am Horizont das Meer küsste.

Die Leute bringen sich nun mal gern zu Weihnachten um, dachte sie. Es ist eine Tradition, genau wie Tom and Jerrys trinken. Und wir sollten sie gewähren lassen. Christliche Nächstenliebe und so.

Für sie hatte Weihnachten irgendwie etwas sehr Dummes an sich, nicht nur wegen des Von-Brücken-Springens, nicht einmal, weil Weihnachten so kommerziell war. Eigentlich mochte sie das Kommerzielle daran, die Schaufensterbummel, die mit Lichterketten geschmückten Bäume und Häuser (obwohl sie dieses ewige Weiß überall etwas langweilig fand und nichts gegen ein bisschen Farbe gehabt hätte). Sie hatte kein Problem mit den tröstlichen alten Filmen im Fernsehen, den Werbeanzeigen mit in dicke rote Schleifen gewickelten Autos, den falschen Sternsingern in der Mall, den glockenschwingenden Weihnachtsmännern von der Heilsarmee, die sie meistenteils für Kokser hielt, die, wenigstens bis zum Wochenende, clean zu bleiben versuchten. Man konnte sogar vorübergehend religiöse Gefühle wiederaufleben lassen und sich von Neuem in das kleine Jesuskind verlieben, das machte ihr alles nichts. Aber dass alle so viel hineinlegten. Das war es, was ihr auf die Nerven ging. Als wäre dieser ganze Mist wirklich wichtig. Alle verbrachten so viel Zeit damit, über Weihnachten nachzudenken und sich Sorgen zu machen, was sie kaufen, wohin sie gehen, mit wem sie zusammen sein würden und ob sie eingeladen waren oder nicht. Und Gott behüte, wenn man nicht fröhlich war. Ein Albtraum!

Vielleicht hatte sie es nicht immer so empfunden, und in

Wahrheit schreckte sie selbst ein bisschen vor ihrem Zynismus zurück. Zum Teil, weil er nicht attraktiv, aber auch, weil sie wusste, dass er nicht sonderlich gesund war. Und tatsächlich hatte es ja eine Zeit gegeben, in der die Feiertage sie in Aufregung versetzt hatten. Irgendwo in einer Kiste hatte sie sogar ein Weihnachtsservice. Von Spode. Mit Stechpalmenzweigen in einem Kranz von hinreißend altmodischem süßen Spielzeug. Sie wünschte sich, wieder diese Frau zu sein, die Weihnachten liebte, die kitschiges Porzellan und verrückte Deko und Weihnachts-Sets kaufte. Einen Baum hatten sie natürlich immer noch. Nun ja, einen kleinen. In Silber. Unmöglich zu sagen, woraus er bestand. Er stand auf der niedrigen Kommode in der Diele und war schon fix und fertig geschmückt. Natürlich hatte Henry gemäkelt, als sie zum ersten Mal damit angekommen war, aber er mäkelte an allem herum. Er vertrug keine Veränderung. Am Ende würde er darüber hinwegkommen, weil er über alles hinwegkam.

Früher waren sie in der Weihnachtswoche immer zum Lake Tahoe hinaufgefahren. Nicht zum Skilaufen, nur um sich weihnachtlich zu fühlen, wenn der Schnee an den Stiefeln klebte und sie die Dampfwolken ihres Atems in der eisigen Luft sehen konnten. Man musste fast ein Jahr im Voraus reservieren, und sie hatte ihn mindestens eine Million Mal daran erinnert, bis ihr klar wurde, dass sie es selbst tun musste. Wozu streiten? Im einen Jahr hatten sie eine Hütte in Alpine Meadows, im anderen ein Chalet in Kings Beach am äußersten nördlichen Ende des Sees. Es war immer so schön dort. Man fühlte sich wie in einem Märchen oder einem Film. Sie versuchten sogar, am offenen Feuer Kastanien zu rösten. Es klappte nie. Eine einzige Sauerei.

Wenn die Frau springen will, sollen sie einfach mal weitermachen!, dachte sie. Sie wünschte sich wirklich, geduldiger zu sein, aber an einem Tag wie heute war das schwer. Zeit, Zeit war das eigentlich Kostbare.

Die Segelboote schienen über die weite Bucht verteilt zu sein wie Steine in einem Zengarten, aber natürlich wusste sie, dass sie alle in Bewegung waren und sich schlingernd ihren Weg durch das unruhige Wasser bahnten. Ihr ging plötzlich auf, dass dieser innere Kontrast eigentlich sehr schön war, die Art, wie die Entfernung die Dinge zum Stillstand bringt, ihnen das Leben und die Individualität stiehlt und sie zu Teilen eines großen Bildes macht, wie Gott es vielleicht sieht. Vielleicht liebten sich gerade Menschen auf diesen Schiffen, oder sie angelten oder aßen zu Mittag, und es kam ihnen sicher sehr wichtig und sehr real vor. Doch aus dieser Entfernung lösten sich alle Erregtheiten des Leben auf wie der Nebel, der jeden Morgen heranrollt – der Nebel der Leidenschaft, der einem die Sicht nimmt – und dann weg ist, um eine Art übernatürlicher Klarheit zurückzulassen, eine angehaltene Zeit, ein Ende der Zeit, eine Vision von Perfektion. Allerdings wäre es ihr durchaus recht gewesen, wenn der Verkehr sich endlich in Bewegung gesetzt hätte.

Just in diesem Moment klingelte ihr Handy – sie hatte es

auf den Beifahrersitz gelegt. Hastig griff sie danach. Peter! Endlich!

Aber es war nur ihr Bruder, Arthur.

»Ach Gott, o Margaret!« waren seine ersten Worte.

»Hallo, Arthur«, sagte sie.

»O Margaret!«

»Beruhige dich, mein Schatz«, sagte sie, »und erzähl mir, was passiert ist. Ich bin sicher, so schlimm ist es gar nicht.«

»Sie hat mit mir Schluss gemacht.«

»Wer? Wer hat mit dir Schluss gemacht?«

»Rita.«

»Rita? Was ist mit – wie hieß sie noch? Lucy?«

»Lucy ist noch da.«

»Du hast dich mit Rita getroffen und immer noch mit Lucy zusammengewohnt?«

»Es ist kompliziert«, sagte er.

»Himmel, Arthur!«

»Eigentlich hat Lucy Schluss gemacht.«

»Also ist *Lucy* diejenige, die gegangen ist.«

»Nein, nein, *Rita*. Rita hat auch Schluss gemacht. Sie ist sehr moralisch. Sie will nicht daran schuld sein, dass meine Beziehung mit Lucy kaputtgeht. Du kannst dir gar nicht vorstellen, was für hohe moralische Grundsätze sie hat.«

»Verstehe.«

»Wenn wir miteinander schliefen, war es wie die Vereinigung zweier Seelen. Als würde die Erde aufhören, sich zu drehen, und wir wären im Mittelpunkt des Universums …«

»Ja, Arthur, ganz sicher war es so, aber ehrlich, ich will das alles gar nicht wissen.«

»Maggie, wir haben uns im Freien geliebt, unter dem Sternenhimmel, stundenlang …«

»Arthur!«

»Im Wald, auf den Tannennadeln, und dabei haben wir die Milchstraße gesehen …«

»Ich brauche das wirklich, wirklich nicht zu wissen.«

»Nun ja, wir haben uns auch unterhalten, falls dich das mehr interessiert. Stundenlang. Ach, es war so viel schöner als Sex!«

»Du willst mir also sagen, du hattest mit Rita Sex im Wald …«

»Genauer gesagt, im Garten hinter dem Haus.«

»… und das hast du Lucy gesagt?«

»Ich wollte ehrlich sein!«, sagte er. »Du verstehst schon, moralisch richtig handeln. Darauf legt Rita unglaublichen Wert.«

Margaret stöhnte, wie so oft, wenn sie mit ihrem Bruder sprach. »Nun ja, vielleicht hat es auch sein Gutes«, sagte sie.

»So fühlt es sich aber nicht an.«

»Jetzt noch nicht, aber später bestimmt, mein Schatz.«

»O Margaret, ich bin so unglücklich!«

»Ich weiß, mein Junge.«

»Kann ich nicht zu dir kommen?«

»Oh, Arthur… Ich weiß nicht.«

»Nur für ein paar Tage.«

»Es ist nicht der günstigste Zeitpunkt.«

»Sie hat mich rausgeworfen, Margaret. Ich stehe auf der Straße.«

»Aber es ist *deine* Wohnung, Arthur.«

»Es ist kompliziert«, sagte er.

»Geh einfach zu Lucy und sag ihr, du willst deine Wohnung zurückhaben.«

»Es ist nicht Lucy. Es ist Rita.«

»Rita hat die Wohnung?«

»Sie will mich nicht mehr reinlassen.«

»Arthur, es ist *deine* Wohnung.«

»Ich könnte sie niemals vor die Tür setzen. Ich habe ihr ein Unrecht getan. Ich muss sie beschützen. Das verstehst du nicht. Nicht, dass du das solltest. Wie könntest du auch? Wie könnte irgendjemand das verstehen?«

»Ich denke, ich krieg's hin. Erzähl's mir einfach.«

»Ach bitte«, sagte er. »Kann ich nicht einfach zu dir kommen? Es ist Weihnachten, Margaret. Es ist Weihnachten.«

»Schon gut, schon gut, beruhige dich«, sagte sie. »Ich kümmer mich drum.«

»Darf ich kommen?«

»Du bist doch schließlich mein Bruder, oder?«

»Für Bones ist das okay, nicht wahr?«

»Natürlich, Arthur. Er liebt dich.«

»Er liebt mich nicht. Er hasst mich.«

»Das stimmt nicht. Er liebt dich. Wir lieben dich alle.«

»Ich liebe dich auch, Schwesterherz.«

Jetzt musste sie sich also einen Plan zurechtlegen. Als Erstes rief sie bei United Airlines an – sie war Premier-Platinum-Kundin, also konnte sie direkt durchrufen – und hatte nach zehn Minuten einen Flug für Arthur. Dann rief sie ihn zurück, um ihm zu sagen, wann er auf dem Flughafen sein musste – dabei erwies sich, dass er schon dort war, weil er sonst nirgends hin konnte –, und danach musste sich Margaret der unangenehmen Aufgabe stellen, es Henry zu sagen. Unangenehm, weil sie wusste, was er von Arthur hielt, unangenehm, weil Bones Überraschungen hasste, unangenehm, weil sie ihren Tag nicht noch kaputter machen wollte, als er schon war, und auch deshalb unangenehm, weil sie ihn schon wieder würde anlügen müssen. Sie log nicht gern. Es war nicht richtig. Obwohl es ihr einen angenehmen Nervenkitzel bereitete. Als sie auf seinem Handy anrief, war er wie meistens nicht zu erreichen, und sie konnte auch keine Nachricht hinterlassen, weil er alles abgeschaltet hatte. Nur Henry schaltete seinen Anrufbeantworter aus. Also war sie nach mehreren Versuchen gezwungen, im Büro anzurufen und den Spott von Gladys auszuhalten, dieser idiotischen Empfangsdame, und natürlich konnte auch Gladys ihn nicht erreichen und bot Margaret im Ton herablassenden Mitgefühls an, sie an seinen Anrufbeantworter weiterzuleiten. Der aber doch abgeschaltet war. »Nein, da hab ich es schon dreimal versucht. Los, suchen Sie ihn!«, befahl sie. Und als er endlich dranging, war er so gemein. Warum er wegen jeder Kleinigkeit einen solchen Aufstand machen musste, war ihr schleierhaft. Als wäre eine Fahrt zum Flughafen eine große Sache. Und was Arthurs Alkoholismus anging, das war totaler Quatsch. Er war kein Alkoholiker, auch kein »Psychotiker«, wie Bones immer behauptete. Arthur hatte einfach nur ein paar falsche Entscheidungen getroffen und ein bisschen Pech gehabt. Es lag an den Frauen, die er sich aussuchte. Wie diese Lucy. Was für eine Schlampe.

Erschrocken stellte sie fest, dass es schon Viertel nach elf war, was bedeutete, dass sie, selbst wenn der Verkehr sich augenblicklich wieder in Gang setzte, erst kurz vor 12 Uhr mittags im Mountain Home Inn ankommen würde. Sie stand jetzt schon seit mehr als einer Stunde auf der Brücke. Sie versuchte es noch einmal bei Peter, doch der ging immer noch nicht dran. Sie trommelte mit den Fingern auf das Lenkrad, bis ihre Fingerspitzen ganz taub davon waren. Sie schaute noch einmal nach ihren E-Mails und dann wieder. Nichts. Sie sah auf die Uhr. Sie schickte eine SMS an Peter. Keine Antwort. Sie sah auf die Uhr. Halb zwölf.

Die Hälfte ihres Tages war weg, bloß weil irgendeine blöde Kuh es in Ordnung fand, die ganze Brücke mit ihrer Angst zu blockieren. Dabei hatte jeder Angst. Sie selbst hatte Angst! Der Kerl, der auf seinem Toyota stand, hatte Angst!

Sie sprang aus dem Wagen, schwang sich über die Absperrung, boxte sich durch die raunende Menge auf dem

Bürgersteig, packte mit beiden Händen das Brückengeländer, lehnte sich so weit wie möglich über das eisige Wasser hinaus, drehte den Kopf in Richtung der hilflos schnatternden Gruppe von Polizisten, Feuerwehrleuten und Rettungssanitätern und schrie, so laut sie konnte: »Lasst die blöde Kuh springen!«

Ihre Worte hallten von der See wider und sprangen von den Kabeln und Türmen zurück, und aus der Menge stieg ein solcher Beifallsschrei, ein solcher Applaus, dass sich die ganze Golden Gate Bridge vor Lachen schüttelte.

Doch es dauerte noch eine weitere halbe Stunde, bis sie die blöde Kuh zum Herunterkommen überreden konnten und der Verkehr sich wieder in Bewegung setzte, und selbst dann zunächst nur einspurig.

KAPITEL 7

12:04 – 12:52 Uhr

Als sie die Brücke endlich hinter sich hatte, löste sich der Verkehr auf, als hätte es nie ein Problem gegeben, und sie wurde von neuer Freude erfüllt, als sie nach den Headlands den Waldo Grade hinauffuhr. Sobald sie den Tunnel mit seinem an ein umgekehrtes Lächeln erinnernden Regenbogen über der Einfahrt hinter sich hatte, begann der Abstieg nach Sausalito. Marin County mit all seinem Grün und den bewaldeten Hängen war wie ein Stoß frischer Luft. Dieses Anders- und Seltsamsein brachte sie aus sich heraus, erinnerte sie daran, dass sie jemand Neues sein konnte. Aber warum sollte sie sich wünschen, jemand Neues zu sein? Was stimmte nicht an der alten Margaret?, fragte sie sich. Nun ja, so genau fragte sie es sich nicht, denn eine solche Frage hätte ja eine Art Urteil nach sich gezogen. Nein, sie wollte sich nur ein bisschen näher in Augenschein nehmen. Prüfend beobachten. Und ihre Beobachtung war, dass sie, jedenfalls in jüngster Zeit, unglaublich nett zu ihrem Bruder und schrecklich gemein zu ihrem Mann gewesen war.

Plötzlich tauchte Henry in ihrem Denken auf und fragte

(so, wie nur Henry es konnte): *Sag mal, findest du das wirklich fair?* Will heißen, warum war sie derart nett zu Arthur, aber nicht zu ihm? Auch diese Frage verdiente genauere Betrachtung, denn Margaret spürte, dass etwas Eigenartiges dahintersteckte.

Denn wenn jemand in diesem Triumvirat, das aus Henry, Arthur und ihr selbst bestand, ein wenig, nun ja, abgedriftet war, dann war es Arthur. Ja, schon, er war brillant, daran konnte kein Zweifel bestehen – aber er war auch ein College-Abbrecher, der sich seinen Lebensunterhalt im Wesentlichen als Barkeeper verdiente. Sie war fest davon überzeugt, dass er nur deshalb abgebrochen hatte, weil er einfach zu intelligent für jede normale Uni war. Sie hatte nie verstanden, warum er nicht auf eine Elitehochschule gegangen war, aber warum musste es ausgerechnet diese blöde Provinz-Uni sein? Sie hatte ihn mindestens eine Million Mal gefragt, warum er sich dort auch nur beworben hatte. Henry mischte sich dann immer mit einer scharfen Zurechtweisung ein und sagte, man könne überall eine gute Ausbildung bekommen. Alles, was man brauche, sei eine gute Bibliothek, und die Lehrenden dort seien genauso qualifiziert, und wenn es nicht diese Provinz-Uni sei, dann eben eine andere. Aber im Ernst, das war alles nicht der springende Punkt. Arthur war den anderen voraus. Basta. Und wegen einer einzigen dummen Fehleinschätzung war er nie dazu gekommen, seine wirklichen Qualitäten zu erkunden. Daran war teilweise ihre Mutter schuld. Sie hätte strenger mit ihm sein müssen. Sie hätte ihn an der Hand nehmen und dafür sorgen müssen, dass er diese verdammten Bewerbungen schrieb.

Mit Arthur und Henry war es so, als hätte man zwei Babys, und ihr war eins schon mehr als genug. Wenigstens lebte Arthur in Florida.

Aber er war wirklich ein verdammt gut aussehender Junge gewesen. Selbst jetzt noch umschwärmten ihn die Damen. Er kannte jeden Witz. Und brachte einen damit zum Lachen, selbst wenn man ihn schon gehört hatte. Er konnte ganze Szenen aus seinen Lieblingsfilmklassikern (*Der Pate*, *Taxi Driver*, *Frankenstein Junior*) wortwörtlich zitieren, und obwohl sie manchmal fand, er stecke rettungslos in den Siebzigern fest, war es doch sehr unterhaltsam. Aber das Anziehendste – und Frustrierendste – an Arthur war, dass er hoffnungslos romantisch war. Ein Optimist, wie er im Buche stand. Was an sich ja nichts Schlechtes war. Aber es bedeutete eben auch, dass er sich jede Woche Hals über Kopf in ein neues Püppchen verliebte. Sie war immer *die* Frau. Die perfekte Liebe. Glücklich, ach so glücklich in alle Ewigkeit!

Und dennoch brachte Arthur es immer fertig, dass Margaret sich unglaublich gut und als etwas ganz Besonderes fühlte, als wäre sie der einzige Mensch auf der Welt. So machte er es mit jedem, das wusste sie. Ihr Vater war genauso gewesen, es war eine besondere Gabe. Und ganz gleich, wie aussichtslos und düster die Lage war, es gab immer einen Hoffnungsschimmer, eine neue Gelegenheit, die um die nächste Ecke auf einen wartete. »Wenn sich eine

Tür schließt, geht eine andere auf«, pflegte Arthur munter zu sagen, wenn man den Eindruck hatte, schlimmer könne es nicht mehr kommen. Hatte er sie nicht ermutigt, professionelle Maklerin zu werden, damals, als sie sich in ihrer Haut so unwohl fühlte? Hatte er sie nicht zu diesem Spanischkurs ermutigt? Und zum Sushi-Kochkurs? Und Töpferkurs? Seit neuestem dachte sie übers Reiten nach, im englischen Stil natürlich. Er mailte ihr alle möglichen Links dazu. Henry scherte sich überhaupt nicht darum. Und als sie Arthur ziemlich verlegen gebeichtet hatte, sie habe bei Wilkes Bashford und Valentino geshoppt – hatte er sie nicht daran erinnert, wie sehr sie es sich verdient hatte? Auch wenn es sehr teuer gewesen sei, es sei immerhin *Valentino.* »Es ist doch nicht so, als hättest du gerade zum letzten Mal ein Honorar eingestrichen«, neckte er sie. Henry hatte sie nichts davon erzählt, aber nicht, weil er viel Aufhebens darum gemacht hätte. Mit ziemlicher Sicherheit hätte er das nicht getan. Es war etwas anderes, das sie davon abhielt, sie wusste wirklich nicht was. Zu Beginn ihrer Beziehung hatte Henry pausenlos davon geredet, dass er schreiben wollte, aber es kam nie etwas dabei heraus. Arthur hingegen schrieb wirklich gute Gedichte, meistens über seine Freundinnen, und meistens waren es Klagelieder, aber zu ihrem fünfunddreißigsten Geburtstag hatte er auch ein Gedicht für sie geschrieben. Es trug den Titel »Schwester«, und sie weinte, als er es ihr vorlas. Es hatte Reime und alles, was dazugehörte.

Henry nahm stattdessen zu den Weihnachtswochenenden am Lake Tahoe die Gitarre mit und sang Weihnachtslieder. Damals hatte sie es nicht übers Herz gebracht, ihm zu sagen, wie schlecht seine Stimme war. Möglicherweise hatte ihr sein Gesang sogar gefallen – hatte sie es süß und romantisch gefunden. Die berühmte rosarote Brille, vermutlich. Er erfand auch gern Geschichten. Oder versuchte es. Die Illusion von Kreativität. Und doch überkam sie, als sie jetzt daran dachte, eine gewisse Zärtlichkeit und sogar Sehnsucht. Er hatte versucht, Dickens' *Weihnachtsgeschichte* neu zu erzählen und die handelnden Personen durch Menschen ersetzt, die sie beide kannten. So war zum Beispiel sein Boss Jacob Marley, ihr Bruder Tiny Tim und diese Frau, die sie beide nicht mochten und die, als sie noch in der Mason Street lebten, unter ihnen wohnte, die italienische alte Dame – die wurde zum Geist der vergangenen Weihnacht. Je mehr er erzählte, desto absurder und verwickelter und verrückter wurde das Ganze. Dann wandte er sich den Märchen zu. Das meisterzählte Märchen, das Margaret noch heute einen Schauder über den Rücken jagte, war das von dem kleinen Waisenmädchen, das in Wahrheit eine Prinzessin (natürlich namens Margarita) war und dem allerlei wunderbare und magische Dinge widerfuhren, bis sich der Frosch des Stallburschen, durch ihren Kuss von seinem Fluch befreit, in einen Ritter (jedes Mal hieß er Sir Henry) verwandelte und sie wieder auf den Thron zurückbrachte. Doch immer, wenn er zu diesem Teil kam, verursachte ihr irgendetwas größtes Unbehagen.

»Aber warum musst *du* immer *mich* retten?«, fragte sie dann.

»Aber erst rettest doch du mich durch deinen Kuss. Es ist also ausgeglichen, verstehst du? Ich kann dich nur retten, wenn du mich rettest.«

»Du brauchst mich nicht zu retten«, sagte sie. »Niemand braucht mich zu retten.«

»Es ist doch nur eine Geschichte. Aber selbst wenn es anders wäre, warum darf ich dir nicht helfen? Glaubst du nicht, dass Liebe ein Mädchen in eine Prinzessin verwandeln kann?«

»O verdammt noch mal!«, schrie sie und flüchtete in eins der leeren Schlafzimmer.

»Himmel«, hörte sie ihn durch die geschlossene Tür klagen. »Was hab ich denn Falsches gesagt?«

Er verstand es nie. Und als sie einige Jahre zuvor diesen Weihnachtsbaumersatz mit nach Hause gebracht und er »Was zum Teufel ist das denn?« gefragt hatte, war ihr ein »Sei nicht immer so ein Weichei!« herausgerutscht.

»Aber es ist Weihnachten …«

Sie hatte den erbärmlichen kleinen Woraus-auch-immer-Busch auf den Tisch geknallt. »Es ist ein Scheiß-Baum. Sieh zu, wie du damit klarkommst.«

Natürlich ging er weg und schmollte. Doch er brauchte nur eine Viertelstunde, um mit seinem typischen ausdruckslosen Lächeln ein Friedensangebot zu machen: »Nun ja, so schlimm ist er eigentlich nicht.«

Aber obwohl sie schon, als sie das verdammte Ding beim Billigheimer gekauft hatte, genau wusste, was sich zu Hause abspielen würde, war Henrys Reaktion für sie ein Moment der Offenbarung. Denn es war nicht ihre Absicht und schon gar nicht ihr Wunsch, grausam zu sein. Was sie sich wünschte, ganz einfach wünschte, war, dass Bones – ihr Ehemann, der Mann, mit dem sie ihr ganzes Leben zu verbringen gedachte – *wenigstens einmal* seinen Willen durchsetzte.

Als sie ihm zum ersten Mal begegnet war, schien Henry so perfekt zu sein. Es war, als hätte sie einen Rosengarten mit Tausenden nie gesehener Sorten betreten, und Henry war von allen die schönste. In diesem Garten lag ein Duft, etwas, dem man nicht ausweichen konnte, das knapp außerhalb ihres Erfahrungshorizonts lag und das sie dennoch mit Sinnen erspüren konnte, die sie noch nie eingesetzt hatte, als hätten ihre Augen fühlen, ihre Haut hören, ihre Ohren sehen können, als wären alle Sinne ihres Körpers ein einziges Sinnesorgan gewesen – ihr ganzes Sein pulsierte von Empfindungen. Was immer es war, es war überwältigend, sie wurde von einem ungewohnten, geradezu schwindelerregenden Glücksgefühl mitgerissen. All diese Blütenblätter, die sich vor ihr öffneten, all diese Farben, all diese Düfte, die sie einluden, sich in seinem Garten zu verlieren. Im Garten Lethes, wie ihr schließlich klar wurde, denn tatsächlich hatte sich ihrer eine Art Vergesslichkeit bemächtigt – sie vergaß ihre Ängste, ihren Ehrgeiz, die

Unzulänglichkeiten ihres Körpers und sogar die Gesetze der Realität, an denen sie sich ihr ganzes junges Leben lang zu orientieren versucht hatte. In diesem seltsamen Zustand spürte sie, dass sie fliegen, schmelzen und außerhalb des Flussbetts der Notwendigkeit fließen konnte. Es war beängstigend, doch sie wollte nicht, dass es aufhörte.

Es musste sein blödes offenherziges Lachen gewesen sein, das sie herumgekriegt hatte, sein unschuldiges breites Lächeln, das sie inzwischen nur noch langweilig fand. Wie hatte sie nur darauf hereinfallen können? Aber womit hätte sie sich, damals noch ein Mädchen, gegen diese Augen wehren sollen, die nach ihrer Seele zu suchen schienen? Damals waren es Adonis' Augen für sie gewesen und sein Lachen das des Dionysos, des Gottes der Liebe und des Weins, über den sie, wie sie sich vage erinnerte, etwas gelesen hatte, als sie einmal eine Mythologie-Vorlesung besucht hatte. Wenn sie auch nur einen Funken Verstand gehabt hätte, dann hätte sie schon damals die Notbremse gezogen. Aber warum sollte sie sich jetzt selbst zerfleischen? Sie war damals nur ein sprachloses Kind gewesen, eine kleine Honigbiene, die den Nektar der Liebe umsummte.

Und er war so groß und seltsam und unbeholfen gewesen. Die abgetragene Jeans, die Doc-Martens-Schnürstiefel. Er hatte sogar ein AC/DC-T-Shirt! Sie konnte sich nicht vorstellen, dass Peter so etwas je tragen würde, Gott sei Dank! Trotzdem war es irgendwie eine zärtliche Erinnerung.

Sie hatte ihr erstes Gespräch mit Henry nie richtig abschütteln können, obwohl es so lange her war. Im letzten Sommer sechzehn Jahre. Es klebte an ihr wie Kaugummi an der Schuhsohle.

Nach der Party waren sie wieder in dieses chinesische Restaurant gegangen, weil sie noch immer kein Abendessen gehabt hatten. Anscheinend hatte das Restaurant die ganze Nacht geöffnet, denn es war sehr spät geworden. Sie sah ihn noch vor ihrem inneren Auge, wie er ihr gegenübersaß, die Hände um eine dieser henkellosen chinesischen Teeschalen gelegt.

»Also, Henry«, wagte sie sich vor und versuchte, wie es damals ihre Art war, das Gespräch von sich abzulenken.

»Bones«, korrigierte er.

»Du hast also im Hauptfach englische Literatur studiert? Und was ist dabei herausgekommen?«

»Fast noch schlimmer: Creative Writing.«

»Oh.«

»Ja.«

»Das ist echt cool«, sagte sie. »Creative Writing.«

»Zweites Hauptfach Philosophie. Aber ich schreibe sehr gern«, erklärte er. »Ich liebe es, wenn die Wörter auf das Papier fließen. Es hat etwas Magisches. Oder Musikalisches. Oder beides. Ich weiß nicht. Mystisch. All die M-Wörter.« Er lachte.

»Ich könnte im Leben nicht schreiben«, sagte sie.

»Natürlich kannst du.«

»Nein, kann ich nicht. Es ist zum Verzweifeln. Erst habe

ich lauter tolle Ideen, zum Beispiel für ein Referat oder einen Tagebucheintrag oder so, aber dann, ich weiß auch nicht. Zum Glück brauche ich keine Referate mehr zu schreiben.«

»Hmmm«, sagte er nachdenklich.

»Hmmm was?«

»Nein, nein, das sollte keine Aussage oder ein Urteil sein. Ich möchte einfach nur mehr erfahren«, sagte er. »Ich bin interessiert.«

»Mehr ist da nicht.«

»Natürlich ist da mehr.«

»Ich sagte doch, mehr war nicht.«

»Ich weiß, dass du das gesagt hast. Ich höre dir nämlich zu. Aber es gibt mehr.«

»Ich weiß nicht, worauf du hinauswillst.« Unter der Schärfe ihres Tons zuckte sie selbst zusammen. Sie sah ihn an, um zu sehen, welchen Schaden sie angerichtet hatte, aber er nippte nur an seinem Tee.

»Ist es okay, wenn ich dir ein paar Fragen stelle?«

Sie zögerte.

»Schon gut«, sagte er. »Vergiss es.«

»Nein, nein, nur zu.«

»Was passiert, wenn du dich hinsetzt, um etwas zu schreiben?«

»Ich weiß nicht. Ich werde einfach nur leer.«

»Aber Margaret, genau das solltest du auch. Es ist absolut das Richtige. Leere ist der perfekte Geisteszustand.«

»Nein, das ist sie nicht.«

»Doch. Aber lass dir davon keine Angst machen.«

»Es macht mir keine Angst.«

»Das ist es, was dich blockiert.«

»Was ist es?«, fragte sie.

»Du gibst nicht zu, dass du dich fürchtest.«

»Das stimmt nicht.« Sie wich seinem Blick aus. Sie spürte, wie ihr Magen sich zusammenzukrampfen begann. Und dann fing unheimlicherweise auch noch ihr rechtes Bein an zu zittern.

Sie wartete darauf, dass er etwas sagte. Ihr erklärte, was was war. Es klarstellte. Doch als sie aufblickte, saß er einfach immer noch wartend da und genoss seinen Tee.

Sie hatte das schreckliche Bedürfnis, etwas Witziges zu sagen oder sich wenigstens genauer auszudrücken – doch etwas hielt sie davon ab, und dieses Etwas war ganz einfach Henry. Weil er einfach nur wartend dasaß. Die Hände um die Teeschale gelegt. Die Essstäbchen auf der gefalteten Serviette. Die runde weiße Teekanne. Die vom Eis beschlagenen Wassergläser. Die kleinen Kännchen mit Sojasauce und Essig. Es war alles wie bei einem Vermeer, unheimlich starr, mit schimmernden Farben und jedes Detail in der richtigen Beleuchtung für den Betrachter: sie.

»Wirklich, ich weiß nicht, was ich meine«, sagte sie schließlich. »Ich weiß nicht, was wahr ist und was nicht.«

»Siehst du, ich finde das großartig!«, antwortete er, und seine Stimme war so sanft wie der Regen, der auf der anderen Seite der großen Fenster des Restaurants zu fallen begonnen hatte. »Du hast dich gerade für das geöffnet, was wirklich in dir geschieht. Wenn du jetzt einen Stift nehmen und zu schreiben anfangen würdest, würdest du schreiben.«

»Ja«, sagte sie. »Und ich würde es hassen.«

»Na und? Was macht es schon, wenn du es hasst?«

»Wie meinst du das?«

»Es spielt keine Rolle, ob es dir gefällt oder nicht. Wichtig ist nur, dass es von dir kommt, aus *deinem* Innern. Jedenfalls ist es für mich das Wichtigste.«

Und dann sagte sie, obwohl sie noch nichts zu essen bestellt hatten: »Hast du Lust zu gehen?«

Wohin war das entschwunden? Wohin war *er* entschwunden? Wie nur hatte sich das alles so verändern können? Sie fummelte am Radio herum. Früher hatte sie einen alten Volvo gehabt, und dessen Radio war so einfach zu bedienen gewesen. Beim MINI brauchte man schon einen Hochschulabschluss, um nur einen anständigen Sender zu finden. Sie hatte Sirius eingestellt, dieses Satellitenradio, und wollte auf AM umschalten, um die Verkehrsmeldungen zu hören, aber irgendwie landete sie schließlich bei einem Bluessender. Henry konnte Blues nicht widerstehen. Man brauchte bloß Blues zu spielen, und schon benahm er sich ganz afroamerikanisch, sprach mit tieferer Stimme und so. Doch in Wahrheit war es Arthur, der in letzter Zeit den Blues hatte. Wobei sich das schon seit längerem abgezeichnet hatte. So vieles hatte bei ihm nicht geklappt, und wie lange kann ein Mensch zuversichtlich bleiben? Sie konnte seine Traurigkeit spüren – und das lag nicht nur an den wechselnden Mädchen. Es war etwas anderes, etwas Zersetzendes, als wäre er in ein großes Fass voller Selbstzweifel gefallen. Neuerdings sprach er oft abschätzig über sich selbst, das hatte es früher nie gegeben. Und zu allem anderen kam, dass Arthur dick geworden war. Extrem dick. Er wog bestimmt über hundertdreißig Kilo.

Kein Wunder, dass es Arthur immer schwerer fiel, sich den mitreißenden Elan zu bewahren, den alle immer so an ihm bewundert hatten. Einmal hatte er zugegeben, dass es ihm zu mühsam sei, die Treppe zum Schlafzimmer hochzugehen, deshalb schlafe er an den meisten Abenden auf dem Sofa im Fernsehzimmer ein.

Henry erinnerte sie daran, dass es in Arthurs Wohnung weder eine Treppe noch ein Fernsehzimmer gab. Er lebte in einem Apartment mit Schlafnische. »Es liegt an der halben Flasche, die er jeden Abend mindestens trinkt«, sagte Henry nachdrücklich.

»Kannst du ihm das vorwerfen?«, erwiderte sie. »Kannst du es ihm verdenken?«

Die Probleme fingen erst richtig an, als Arthur das Erbe in die Finger bekam. Es war gar nicht viel, nur ein kleiner Spargroschen, so dürftig, dass sich Mutter dafür tatsächlich noch auf dem Totenbett entschuldigt hatte. »Euer Vater hat eigentlich nicht so viel hinterlassen, auch wenn ihr das vielleicht gedacht habt. Und außerdem, nun ja, ich hab's halt gebraucht«, hatte sie gekeucht.

Doch so wenig es auch war, es war mehr als genug, um Arthur in Schwierigkeiten zu bringen.

Margaret hatte ihn gedrängt, das Geld anzulegen.

»Aber das *tue* ich ja«, erklärte er.

Sie war begeistert. »Wer verwaltet es denn für dich? Fidelity? Schwab?«

»Die Besten auf dem Markt!«

Schon seit einigen Jahren, erklärte Arthur, sei er fasziniert von einem Infomercial, das in einem der Teleshopping-Sender aufgetaucht sei. »Es ist wirklich idiotensicher. Wir sollten es zusammen machen!«

»Du machst Witze«, sagte sie. »Ein Infomercial?«

»Es heißt Investomatic! Geh auf die Website. Investomatic! Mit einem Ausrufezeichen am Ende.«

Sie holte es sich sofort auf ihren Bildschirm: Von den erfolgreichsten Investoren der Welt gegründet! Handeln Sie mit Wertpapieren wie ein Profi, ganz automatisch! Nur fünf Minuten Zeiteinsatz pro Tag! Renditen von 10, 15 und sogar 20 Prozent im Monat! Buchen Sie unseren KOSTENLOSEN Einführungskurs und machen Sie Ihre finanziellen Träume wahr – noch heute!

»Es ist wirklich einfach«, sagte er. »Ich habe den Kurs gemacht.«

Und wirklich, nachdem er den kostenlosen Einführungskurs absolviert hatte, verlangte das Investomatic!-System praktisch nichts mehr von ihm. Mal abgesehen davon, dass er fünfzehnhundert Dollar für die DVDs, Booklets, Online-Briefings, die Rund-um-die-Uhr-Beratungs-Hotline, die täglichen »Nur-für-Sie«-E-Mail-Tipps und die »gesetzlich geschützte« Investomatic!-Tradingsoftware berappen musste, brauchte er nur jeden Morgen auf ihre Website zu gehen und einen Haufen grüne und rote Pfeile anzuschauen. Jede Menge Grün? Kaufen! Zu viel Rot? Verkaufen!

»Arthur, das ist Daytrading. Das Schlimmste, was du machen kannst. Damit verdient kein Mensch Geld. Es sei denn, man ist ein absoluter Experte. Du musst wirklich wissen, was du tust.«

»Nein, diese Jungs haben alles im Griff. Du solltest ihre Charts sehen! Echt cool. Diese Moving Averages. Diese Stochastik, diese Indikatoren. Das Volumen.«

»Weißt du überhaupt, was das bedeutet?«

»Natürlich. Das bringen sie einem alles bei.«

»Bist du tatsächlich in einen Kurs gegangen?«

»Es war mehr so ein Video.«

In den nächsten Wochen war Arthur Hauptthema in Margarets und Henrys Haus, beim Frühstück, beim Abendessen und wenn sie zu Bett gingen.

Schließlich sagte er: »Margaret, tu doch einfach was.«

»Bones, er ist erwachsen, was kann ich tun? Ich weiß sowieso nicht, warum ich mir solche Sorgen mache. Er ist so gewitzt.«

»Ich weiß, ein verdammtes Genie.«

»Warum siehst du ihn immer in einem so negativen Licht?«

»Ich? Du machst dir doch die ganze Zeit Sorgen.«

»Es ist sein Erbe. Das Geld, für das mein Vater sich abgerackert hat.«

»Womit wir wieder bei deinem Vater wären.«

»Du hast Arthur eben immer schon gehasst.«

»Ganz ehrlich, ich hasse ihn nicht. Aber ich hasse seine Trinkerei.«

»Er steht unter Druck.«

»Er hat sich nicht mehr unter Kontrolle.«

»Na, dann red doch mal mit ihm.«

»Ich? Was könnte ich ihm sagen, was du ihm nicht schon gesagt hast?«

»Du bist ein Mann, auf dich wird er hören.«

»Ach so.«

»Bestimmt.«

Henry seufzte. Er seufzte immer.

»Wenn er am Ende bei uns wohnen muss«, erklärte ihm Margaret, »dann hast du dir das selbst zuzuschreiben.«

Doch eigentlich traute Margaret es Henry nicht zu, die richtigen Worte zu finden. Also musste wieder einmal sie alles in Ordnung bringen. Gott sei Dank hatte sie die Vollmacht über das Erbe, auch über Arthurs Hälfte. Dafür hatte Mutter gesorgt. Als Arthur nicht mehr mit Vernunft beizukommen war – und wann wäre ihm je mit Vernunft beizukommen gewesen –, griff sie einfach durch und beendete den Kapitalschwund. Arthur geriet außer sich, und er tat ihr sehr leid, doch sie war sicher, dass sie getan hatte, was auch ihr Vater getan hätte, und der hatte sich selten geirrt.

Und das war der Moment, in dem Arthur in diesem Loch versank, wie ihr rückblickend klar wurde. War also sie es gewesen, die ihm das angetan hatte? Sie betrachtete es aus allen möglichen Perspektiven und kam zu dem Schluss, ihre Politik der festen Hand sei richtig gewesen. Sonst hätte sie ihn genauso im Stich gelassen, wie Mutter es getan hatte.

Während sie jetzt über den Highway 101 fuhr und die Kurve an der Ausfahrt Rodeo Avenue nahm, überlegte sie, warum sie nie wütend auf Arthur wurde, ihn nie anbrüllte, ihm nie sagte, er sei ein Idiot – dieser Gedanke war ihr einfach nie gekommen. Als der MINI sich schon auf dem Weg Richtung Mill Valley befand und statt der wilden Hügel und der Bucht Einkaufszentren und niedrige Wohnblocks zu sehen waren, stellte sie sich diese Frage: Warum verzieh sie ihm alles? Und warum konnte sie Henry nichts verzeihen?

Ihr Therapeut hatte ihr erklärt, das habe höchstwahrscheinlich etwas mit ihrem Vater zu tun.

»Das glaube ich nicht«, hatte Margaret geantwortet.

»Glauben Sie nicht, dass Ihr Vater …«

»Haben wir nicht schon über meinen Vater gesprochen? Es kommt mir so vor, als hätten wir sehr viel über ihn geredet.«

»Fühlt es sich für Sie so an?«

»Ja.«

»Würden Sie jetzt gern über ihn sprechen?«

»Ich weiß nicht, womit ich anfangen soll.«

»Vielleicht einfach mit dem, was Ihnen zuerst einfällt?«

Doch als Erstes fiel ihr ein, dass sie fast ihre Ausfahrt verpasst hatte, die immer so schnell kommt, wenn man gerade den Hügel heruntergefahren ist. Und warum grübelte sie über diesen ganzen alten Kram nach, wo doch das Neue, das Helle, das Wunderwunderschöne vor ihr lag?

Als sie sich Tam Junction näherte (rechts nach Mill Valley, links zum Mount Tamalpais – hurra!), klingelte wieder das Handy. Am Klingelton erkannte sie, dass es das Büro war – Matt Hoffman, der Chief Investment Officer von Regency Development. Und außerdem der Chief-Pfennigfuchser. Was jetzt?, dachte sie. Sie hatte sich krankgemeldet, aber blöderweise angekündigt, sie würde von zu Hause arbeiten. Man sagt doch immer, man würde von zu Hause arbeiten. Niemand glaubt das. Aber Matt war ein hohes Tier bei Regency, und sie war nur Ressortleiterin Immobilienentwicklung. Noch zwei Monate zuvor war sie nicht einmal sicher gewesen, dass es überhaupt mit diesem Job klappen würde. Und jetzt stand sie sogar kurz davor, vollwertige Partnerin zu werden. Sie musste lachen, als sie an ihre erste Zeit als Immobilienmaklerin dachte. Damals verkaufte sie 500 000-Dollar-Häuser an den zentrumsfernen Abschnitten der Avenues, und zwar meistens an Asiaten und Latinos. Und begriff sehr schnell, dass sie verdammt viel mehr Geld verdienen konnte, wenn sie Häuser im Marina-District an aufstrebende junge Leute oder in Pacific Heights an bereits gut Betuchte verkaufte. Sie ergatterte einen Vorstellungstermin bei Hill & Co., bekam einen Job und wurde bald zu einer der besten Mitarbeiterinnen. Und sie wusste auch, warum. Zum Verkaufen gehörte mehr als nur Verkäufer sein, sogar mehr als die Organisation der Finanzierung oder der Verkaufsabwicklung. Es ging vor allem um das Beschwichtigen von Ängsten, und das tat man, indem man sich der Kunden annahm. Einen Spaß aus dem Ganzen machte. Ihnen zu verstehen gab, dass sie bei alldem nicht allein waren. Aber vor allem musste man den Kunden *kennen* – und das war ihre Spezialität. Als sie im Marina District arbeitete, verstand sie die Kinder der Babyboomer. Jetzt war sie Expertin für Millenials. Sie studierte und analysierte sie, verbrachte Zeit mit ihnen und kümmerte sich um sie – deshalb fuhr sie auch einen MINI und nicht einen Mercedes wie all die anderen Scheiß-Makler dieser Welt.

Ihr Leben wurde von Grund auf anders, als Charlie Oates sie anrief. Er war alte Schule, ein Unabhängiger, der gern kaufte und verkaufte und hin und wieder etwas renovierte. Er war ziemlich weit mit einem Loftumbau an der Townsend Street gediehen und wusste nicht, wie er bei jungen Leuten Interesse wecken sollte. Er habe von ihr gehört, hatte er gesagt. »Ach, aber ich habe nicht von Ihnen gehört«, hatte sie geantwortet. Als er ihr von dem Projekt erzählte, wurde ihr klar, dass das ganze Konzept Mist war, und sie sagte es ihm. Die Wohnungen waren zu groß. Kein Platz für Fahrräder. Keine Extras wie Edelküchen. Er bat sie, für ihn zu arbeiten. »Warum zum Teufel sollte ich das tun?«, fragte sie ihn. »Weil Sie, wenn wir die Sache zu einem guten Ende bringen, sehr, sehr reich belohnt werden.« Die *Promotion*, wie Charlie sagte. Die Rendite. Ein Jahr darauf waren sämtliche Einheiten in dem Gebäude verkauft, und sie war tatsächlich beträchtlich reicher.

Und das war 2009, im schlimmsten Jahr der großen Rezession. Jetzt wusste jeder, wer Margaret Quantum war. Sie brachten im *Chronicle* einen Artikel über sie.

Nach Charlies zweitem Umbauvorhaben – ein altes Kühlhaus an der Delancey Street, das sie in sechs Wochen verkaufte (sechs Wochen! Sechsunddreißig Einheiten! 1,1 Millionen für eine lausige Zweizimmerwohnung von 65 Quadratmetern!) – bekam sie den Anruf von Regency.

Inzwischen handelte sie nicht mit Millionen-, sondern mit Hundertmillionen-Projekten. Regency baute ganze Siedlungen und riesige Bürokomplexe. Es gab eine Abteilung, die sich ausschließlich um Gebäude für medizinische Zwecke kümmerte. Eine andere war auf Ladenlokale für den Einzelhandel spezialisiert. Sie kümmerte sich gerade um Gebäude für Wohn- und gemischte Zwecke, hatte aber sichergestellt, dass sie an der Wiedergeburt der Market Street zwischen der Fifth und der Ninth beteiligt war. Wenn Twitter, Spotify, Yelp und noch ein Haufen weiterer jugendorientierter Firmen ihre Büros dort aufmachten, dann brauchten diese überbezahlten Millenials auch einen Platz zum Leben, oder? Sie hatte eine völlig neue Art des Wohnungsbaus im Sinn. Alles würde für jede nur mögliche Online-Aktivität vollständig verkabelt sein, bis hin zur Regulierung der Klimaanlage und der Beleuchtung, dem Verriegeln der Wohnungstür und, wenn möglich, dem Zubettgebrachtwerden; es würde hundert Prozent grün sein, fünfzig Prozent solar, vollständig wassersparend, ein Recycling-Öko-Meisterwerk. Es würde weitgehend aus recycelten Rohstoffen gebaut werden (wobei weitgehend schon mal auf zehn Prozent heruntergehen konnte, aber was machte das schon); es würde eine superfreundliche Atmosphäre herrschen, und man würde leicht teilen können, was immer man teilen wollte, denn das war es ja, worauf die Millenials so versessen waren. Die Einrichtung? Unglaublich hip! Italienische Küchen, japanische Badewannen, Fahrradunterbringung in der Wohnung, Einbau-Weinkühlschränke – sogar Retro-Elektrogeräte, falls gewünscht. Ganz zu schweigen vom Swimmingpool auf dem Dach und der Party-Terrasse mit einfaltbarer Überdachung und irgendwo in einem der unteren Stockwerke der Gemeinschaftsküche, der Bar und einer Reihe rustikal wirkender Esszimmer mit diesen langen Farmhouse-Tischen für Dinnerpartys, die man aus Platzgründen außerhalb der Wohnung feiern musste. Fast hätte sie selbst gern dort gelebt, und wenn sie, sagen wir, fünf Jahre jünger und unverheiratet gewesen wäre, hätte sie es getan.

Trotzdem stellte sie ihre Ideen dem Entwicklungsausschuss in einer sehr knappen und rationalen Art vor, ihre wie immer verhaltene, aber klare Stimme ließ die Zahlen, die sie so emsig gesucht und genau geprüft hatte, für sich selbst sprechen. Sie umriss die Baukosten so ziemlich auf den Penny genau (obwohl niemand sie darauf festnageln würde) und lieferte eine Marktanalyse, die so detailliert war, dass die Hälfte der Anwesenden einschlief. Was sie betrübte, denn sie hatte enorm viel Zeit gebraucht, um die animierten Präsentationen, die Interviews mit potenziellen Käufern sowie die Bilder potenzieller Interieurs zusammenzustellen und das Ganze mit einer modernen Playlist zu unterlegen. Doch als sie zu ihren Rendite-Schätzungen kam, waren dann alle wieder hellwach und fröhlich.

Es war einfach nur schön gewesen.

Und als sie das Okay bekommen hatte, wusste sie, dass sie, wenn alles funktionierte wie vorgesehen, Partner werden würde. Leitender Vizepräsident oder noch etwas Besseres. Direktor für Wohnraumentwicklung zum Beispiel. So läuft es, wenn du ein Tatmensch bist, sagte sie sich.

Und wenn du ein Tatmensch bist, gehst du ans Telefon, vor allem, wenn dein Vorgesetzter anruft. Blöd war nur, dass sie ihr Bluetooth-Headset vergessen hatte, was bedeutete, dass sie irgendwo anhalten musste, was bedeutete, dass sie noch später bei Peter sein würde, aber was sollte sie tun? Zum Glück befand sich genau an der Abfahrt ein kleines Shopping Center. Sie bog ein und fand einen Parkplatz.

»Hey, hi!«, meldete sie sich mit ihrer enthusiastischsten Stimme.

»Tut mir leid, dass es Ihnen nicht gut geht«, sagte Matt.

»Hmhm«, antwortete sie und entschied sich gegen ein Husten.

»Es gibt da nur ein paar wenige Dinge, die ich heute unbedingt noch klären muss. Es tut mir wirklich leid.«

Es tat ihm nicht im Geringsten leid. Und ehrlich gesagt verstand sie ihn. Genau wie Matt war sie zehn, zwölf Stunden täglich im Büro, und was weggeschafft werden musste, musste weggeschafft werden. Sie hätte ganz sicher auch jemanden angerufen, der krank war. Oder im Urlaub. Warum auch nicht? Das Schlimmste, was sie sich vorstellen konnte, war, nicht ihre bestmögliche Leistung zu erbringen. So etwas tut man einfach nicht. Wenn deine Arbeit nicht in jedem einzelnen Augenblick perfekt ist, was bist du dann noch wert?

»*So* krank bin ich nun auch wieder nicht«, sagte sie zu Matt. »Was gibt's?«

Es gab ein Problem. Es hatte mit einer Reihe von Kostenplänen zu tun, die sich in den Monaten seit ihrer Präsentation verändert hatten, und das war wirklich ärgerlich, weil die Jungs, die sie damit beauftragt hatte, mit verschiedenen Szenarios herummachten, wodurch alles nur komplizierter wurde, und außerdem ständig unvorhergesehene Ausgaben aufaddierten.

»Es geht um Folgendes«, sagte er. »Sie wollen die Einheiten verkleinern, um mehr davon unterzubringen, stimmt's?«

»Die *Millenials* wünschen sich kleine Einheiten. Nicht ich. Die wollen das.«

»Aber das bedeutet mehr Wände. Wände kosten Geld. Und wenn die Dichte wegen der gestiegenen Anzahl von Einheiten höher ist, dann gelten für das Ganze auch wieder strengere Brandschutzbestimmungen. Das heißt, der Quadratmeterpreis steigt um – na ja, ihre Jungs haben mir vier verschiedene Zahlen genannt. Was soll ich damit anfangen?«

»Wow, Matt«, sagte sie. »Danke, dass Sie mich darauf hingewiesen haben.« Und meinte damit, gottverdammter Mist, warum läuft das immer so blöd mit euch Geldleuten? Ich bekomme meine Zusatzeinheiten, ganz gleich, was du sagst, also entspann dich. »Wissen Sie«, fuhr sie fröhlich fort. »Ich dachte mir schon, dass so was in der Art passieren würde. Es ist keine große Sache. Morgen bekommen Sie die neuen Zahlen.«

»Wunderbar«, sagte er.

»Aber, Matt, ich würde Sie gern etwas fragen – sind Sie mit diesem Ingenieurbüro, das mir zugeteilt wurde, wirklich glücklich? Ich weiß, die haben schon in der Vergangenheit für uns gearbeitet …«

»Warum?«

»Ich meine, haben Sie schon einmal mit denen zusammengearbeitet? Diese vielen parallelen Kostenpläne sind unprofessionell. Sie sind natürlich gut, aber trotzdem. Was meinen Sie? Wissen Sie was? Ich muss mal mit denen reden. Sie wieder auf Spur bringen.«

»Okay. Tun Sie, was Sie für richtig halten.«

Matt hatte noch eine ganze Liste von anderen Punkten, die er ebenfalls klären wollte, und redete ewig weiter. Sie hörte ihm wirklich zu, weil man immer alles unter Kontrolle haben muss, hielt es aber nicht für nötig, sich Notizen zu machen. Denn noch bevor er etwas sagte, wusste sie, was er sagen würde. Was bedeutete, dass sie die ganze Zeit auf die Uhr starren, mit den Füßen aufs Bodenblech tippen und die Augen verdrehen konnte.

Als er endlich fertig war, sagte sie: »Alles klar. Keine Sorge.« Und er sagte: »Danke, Madge. Aber jetzt gehen Sie wieder ins Bett. Und denken Sie an die Hühnersuppe und das Gingerale!«

Auf der Arbeit wurde sie von allen Madge genannt. Sie hatte sie nie korrigiert.

»Kein Problem«, sagte sie. »Morgen geht es mir bestimmt besser.« Und fügte hinzu: »Matt, ich freue mich wirklich, dass wir dieses Gespräch hatten.«

Sie drängelte sich zurück auf den Shoreline Drive und bog dann nach links zum Mount Tamalpais und dem Mountain Home Inn ab, wo, wie sie hoffte, Peter immer noch ausharrte. Es dauerte noch zwanzig weitere verdammte Minuten. Trotz allem eine schöne Fahrt, und wenn sie nicht Peters wegen so verzweifelt auf die Uhr geschaut hätte, hätte sie die Strecke sicher genossen, so wie damals, wenn Bones und sie übers Wochenende hierhergekommen waren. Sie nahmen dann immer den Weg am Zen Center in Green Gulch vorbei und sprachen jedes Mal davon, dass sie sich dort ganz bestimmt einmal eine Auszeit gönnen würden, woraufhin sie beide laut lachten, denn natürlich taten sie es nie, obwohl Henry Jahre später tatsächlich hinging, aber allein. Manchmal landeten sie und Henry dann im Pelican Inn in Muir Beach, wo sie Würstchen und Fleisch-Pasteten aßen, weil es ja angeblich ein English Pub war. Tatsächlich war es innen dunkel und vertäfelt und ziemlich tudorhaft, und damals fand sie das romantisch. Manchmal nahmen sie auch ein Zimmer.

Doch heute würde sie Gott sei Dank einen anderen Weg nehmen, über den Panoramic Highway in die Berge hinauf.

Gerade als sie auf den Panoramic einbiegen wollte, bemerkte sie ein ziemlich abgerissen wirkendes junges Paar, das an der Kreuzung vor den Wegweisern nach Stinson und zum Mount Tam den Daumen in die Luft reckte. Er hatte einen rötlichen Bart, blondes Haar und trug Shorts. Sie hatte langes braunes Haar und trug hellblaue Jeans und ein Tanktop. Diese Idioten, dachte sie, verwechseln Kalifornien mit Sonnenschein.

Sie wirkten so mitgenommen, dass Margaret trotz ihrer Eile anhielt, das Beifahrerfenster heruntergleiten ließ und über das Motorengeräusch hinweg rief: »Wo wollen Sie hin?«

»Wir wollen irgendwie in die Muir Woods kommen. Welche Richtung müssen wir da nehmen?«

»Sie kommen in beiden Richtungen hin«, antwortete Margaret. »Ich könnte Sie ein Stück mitnehmen, aber Sie müssten sich dann an der Abzweigung eine neue Mitfahrgelegenheit suchen.«

»Wunderbar, kein Problem«, sagten sie und strahlten sie an, als wäre Margaret der Zauberer Gandalf und sie beide

Frodo und Sam auf der Suche nach einem sicheren Weg nach Mordor.

»Mein Wagen ist sehr klein, und Sie sind sehr groß«, sagte Margaret zu dem Jungen.

»Wir quetschen uns schon rein«, sagte das Mädchen mit dem langen Haar. Sie legte lachend den Arm um den Jungen.

»Im Ernst, ich glaube, Sie warten besser auf jemanden, der in die Muir Woods fährt«, sagte Margaret.

»Oh.« Sie traten einige Schritte zurück, ihr Lächeln erlosch. »Trotzdem vielen Dank.«

»Schon gut, alles okay. Steigen Sie ein.«

Wieder in Hochstimmung, sprang das Mädchen auf die enge Rückbank und rückte hinter Margarets Sitz, damit ihr Freund den Beifahrersitz ganz nach hinten schieben konnte, um seine langen Beine unterzubringen.

»MINI Cooper«, sagte der und strich über das Leder. Und tatsächlich war der Wagen so klein, dass er seinen Rucksack zwischen seinen Schoß und das Armaturenbrett pressen musste. Er verschwand gewissermaßen dahinter, bis auf den Kopf, und der war groß, haarig und sehr lebhaft. Das Mädchen machte es sich inzwischen auf der Rückbank bequem, streckte ein Bein Richtung Beifahrerseite aus und legte den Kopf an die Rücklehne des Vordersitzes.

»Woher kommen Sie beide? Offensichtlich nicht von hier«, fragte Margaret ein bisschen nervös. Sie hatte noch nie, nie, nie Anhalter mitgenommen.

»Wir studieren beide an der New York University. Weihnachtsferien.«

»Und da fahren Sie nicht nach Hause?«

»Dieses Jahr nicht.«

»Da werden Ihre Eltern nicht so glücklich sein.«

»Stimmt«, sagten sie.

Sie fuhren eine Weile. Margaret war erstaunt über ihren eigenen Mut. Anhalter mitzunehmen. Keine Angst zu haben. Sie betrachtete das Mädchen im Rückspiegel und sah dann auf den jungen Mann. Er roch etwas streng – es war nicht eigentlich ein Körpergeruch, aber es roch irgendwie nicht sauber. Der Wagen begann sich mit dem intensiven Geruch zu füllen.

»Sind Sie beide schon lange zusammen?«, fragte sie, weil ihr sonst nichts einfiel.

»Wir sind eher Freunde«, sagte das Mädchen.

»Ach. Sie gehen so vertraut miteinander um. Wie ein Paar.«

Das Mädchen lachte, und der Junge lächelte ihr über die Schulter zu. Bei seinen Bewegungen roch es noch stärker. Es war wirklich seltsam. Fast mochte sie diesen Geruch.

»Oooh, was ist das denn?«, rief das Mädchen und hielt in ihrer schmutzigen Hand das kleine blaue Päckchen hoch. »Wer kriegt was von Tiffany zu Weihnachten?«

»Einfach jemand«, antwortete Margaret.

»Glücklicher Jemand!«

»Mein heimlicher Geliebter«, verkündete Margaret plötzlich sehr zu ihrer eigenen Überraschung. »Ich treffe mich gleich mit meinem heimlichen Geliebten. *Er* bekommt das Geschenk von Tiffany.«

»Wow. Wirklich?«

»Ja.«

Wieder sah sich der Junge nach dem Mädchen um, dann schaute er Margaret an.

»Ich habe eine Affäre«, fuhr diese kühn fort. »Ich fahre jetzt zu ihm.«

»Oh, sind Sie verheiratet?«

»Ja.«

»Mit einem anderen?«

»Ja.«

»Dann ist das tatsächlich so was wie eine Affäre.«

»Ja.«

»Wow«, sagte er wieder.

Das Mädchen beugte sich auf der Rückbank vor, das Kinn auf den Ellbogen. »Weiß denn Ihr Mann davon?«, fragte sie. Jetzt fanden sie es interessant, vielleicht sogar aufregend.

»O nein!«, sagte Margaret.

»Was machen Sie dann jetzt? Zu ihm nach Hause fahren?«

»An den Strand.«

»Sie meinen, Sie treffen sich da einfach am Strand?«

»Nein, wir haben ein Motel gebucht. Eher so eine Art Gasthaus, würde ich sagen.«

Der Junge kratzte sich den Bart. »Zu konventionell«, meinte er. »Sie brauchen kein Motel. Zu Ihnen passt …«

»Ein Tipi«, unterbrach ihn das Mädchen.

Er lachte. »Zu klein. Wie wäre es mit einem Luftschutzbunker? Niemand sonst hat eine Affäre in einem Bunker.«

»Zu wenig Aussicht«, sagte Margaret. Sie lachten alle drei.

Nach einer kurzen Pause fragte das Mädchen: »Sie machen Witze, nicht wahr? Was diese Affäre angeht?«

»Natürlich.«

»Das dachte ich mir.«

»War es so offensichtlich?«

»Ich weiß nicht. Sie scheinen nicht der Typ. Sie wirken zu nett.«

»Wir sind da«, sagte Margaret und fuhr an den Straßenrand. »Einfach da die Straße runter. Wahrscheinlich schaffen Sie es zu Fuß in einer halben Stunde. Aber es kommen sicher jede Menge Autos vorbei.«

»Wunderbar. Vielen Dank«, sagte der Junge.

»Ich hätte Sie hingebracht, aber ich bin schon spät dran.«

»Mit der Affäre?«

»Für eine Affäre ist es nie zu spät«, gab sie zurück. »Wobei ich mir in diesem Fall nicht sicher bin.«

Als das Mädchen ausgestiegen war, wandte sie sich noch einmal um, steckte den Kopf durch das Fenster und legte Margaret die Hand auf den Arm. »Es hat Spaß gemacht, mit Ihnen zu fahren«, sagte sie. »Passen Sie auf sich auf. Wer immer das Geschenk bekommt, wird es lieben, da bin ich sicher.«

Und damit legte Margaret den Gang ein und machte sich auf den Weg zum Mountain Home Inn, wobei sie sich kurz vergewisserte, dass das kleine blaue Päckchen noch auf dem Rücksitz lag.

KAPITEL 8

12:58 – 14:52 Uhr

Peter sagte kaum ein Wort, als Margaret die Terrasse betrat, auf der er inzwischen fast zwei Stunden mit einem Heizstrahler als einzigem Tischgenossen gesessen hatte. Vor ihm stand ein schmutziger Teller, daneben lag eine zusammengeknüllte Serviette. Sie wollte ihn küssen, doch er drehte den Kopf weg, und sie musste sich mit seiner Wange begnügen.

»Ich bin froh, dass du nicht gewartet hast«, sagte sie.

»Nicht gewartet? Ich warte seit Stunden.«

»Nein, ich meinte doch, mit dem Essen.«

»Ich konnte ja nicht einfach hier sitzen und einen Tisch besetzt halten.«

»Alles gut.«

Die Kellnerin erschien, lächelnd, als wäre nichts gewesen, und gab Margaret die Speisekarte.

»Oh!«, sagte Margaret. »Könnte ich vielleicht noch ein Frühstück bekommen?«

»Das bezweifle ich, aber ich werde nachfragen.«

»Nein, fragen Sie nicht – gönnen wir uns einfach etwas Richtiges!«

»Kann ich Ihnen schon etwas vorab bringen?«, fragte die Kellnerin. »Wein? Kaffee?«

»Nehmen wir doch einen Mimosa«, erwiderte sie.

»Einen oder zwei?«, fragte die Kellnerin.

Margaret warf einen hoffnungsvollen Blick auf Peter. Er sah kaum zu ihr auf.

»Zwei«, sagte sie, und dann, an ihn gewandt: »Ach komm, hör auf zu schmollen, es war nicht meine Schuld. Hast du denn meine Nachrichten nicht bekommen?«

»Doch, irgendwann hat mich ein Lebenszeichen erreicht.«

»Ich war schließlich nicht diejenige, die springen wollte. Obwohl ich irgendwann auch ernsthaft darüber nachgedacht habe!«

»Zwei Stunden«, sagte er.

»Ich weiß, mein Schatz. Es tut mir leid. Lass uns keine weitere Minute vergeuden.«

Sie war einfach nur dankbar, dass er wenigstens noch da war, mürrisch oder nicht. Sie selbst hätte nicht so lange gewartet. Wie er den Blicken ausgesetzt gewesen sein musste, als er ganz allein auf dieser Terrasse gesessen und einen Tisch besetzt gehalten hatte, ohne ein Buch oder sonst etwas, mit dem er sich hätte beschäftigen können, auch ohne Computer und so. Und ringsum nur Touristen und Hochzeitsreisende, denn unter der Woche war hier sonst niemand, Wanderer und Einheimische kamen nur am Wochenende, was natürlich der Grund für sie gewesen war, sich gerade hier zu treffen, doch so allein unter lauter Paaren … Wahrscheinlich hatte er ebenfalls Pet Rescue gespielt. Wenigstens auf diese Weise waren sie sich nahe gewesen. Obwohl ihr jetzt einfiel, dass er lieber Vegas Slots und solche Sachen spielte.

Bei seinem Anblick ging ihr das Herz auf. Sie liebte die Art, wie er schmollte, das leise flackernde Feuer in seinen Augen, seine wie selbstverständlich besitzergreifende Art. Sie wagte es, ihm die Hand aufs Bein zu legen und sie langsam hochwandern zu lassen.

»Besser so?«, fragte sie.

»Na schön, erzähl mir, was passiert ist«, forderte er sie endlich auf.

»Die blöde Kuh wollte nicht springen«, erklärte sie. »Sie hatte einfach Schiss und vergeudete damit unser aller Zeit.« Sie lachte auf. »Zur Strafe wird sie die nächsten zwanzig Jahre in der Klapse verbringen.« Sie drückte seinen Schritt. »Himmel, hab ich einen Hunger!« Sie spürte, dass er ein wenig hart wurde, und das stimmte sie zuversichtlich. Denn wie lange kann ein Mann einem Mädchen böse sein, das seinen Schwanz drückt?

Von dem zwanzigminütigen Gespräch mit Matt erzählte sie ihm nichts. Er würde es als Schwäche betrachten, wenn man seinem Boss nicht gewachsen war, nicht für sich einstand oder so am Job klebte, dass man kein echtes Leben mehr hatte.

Sie nippte an ihrem Mimosa, bestellte eine Frittata und drängte Peter, ebenfalls noch etwas zu nehmen, also bestellte er brav ein Dessert – das, was Sie am liebsten mögen, sagte er zur Kellnerin – und bekam ein großes Stück Schokoladenkuchen, der ihm zu schmecken schien; Margaret verspeiste ihre Frittata und die Obstbeilage. Sie trank noch einen zweiten Mimosa, was nicht unriskant war, weil sie nicht viel Alkohol vertrug, aber sie hatte das Gefühl, wirklich noch einen zu brauchen. Sie bat Peter inständig, auch noch einen zu bestellen – obwohl sie wusste, dass sie ihm den Drink geradezu aufzwang und dabei keine sonderlich gute Figur machte. Sie tat es trotzdem, weil sie hoffte, er würde davon lockerer werden und sie beide würden dort weitermachen können, wo sie eigentlich schon hätten sein wollen – wenn sie nicht zu spät gekommen wäre. Und natürlich hatte sie recht, sie hatte ja fast immer recht. Die Anspannung in Peters Schultern ließ nach, sein Blick wurde ein wenig träumerisch, und als er endlich die Hand ausstreckte und ihren Unterarm berührte, wusste sie, alles würde gut. Er streichelte ihren Arm mit denselben forschenden Gesten, mit denen sie seinen Schwanz drückte. Ich gewinne, dachte sie.

»Ich habe ein junges Pärchen mitgenommen, sie wollten in die Muir Woods. Sie erinnerten mich an uns, so verliebt.«

»Und wie lange hat das gedauert?«

Sie tippte ihm mit dem Zeigefinger auf die Nase. »Nichts könnte mich von dir fernhalten, mein Schatz.«

Viel von Peters Attraktivität beruhte ganz einfach auf seinem Aussehen. Er war stämmig und ein bisschen grobschlächtig, mit einem Patriziergesicht und einer dicken blonden Haarsträhne, die ihm über das linke Auge fiel – durch und durch ein Privatschulerzeugnis. Mit ihm zu schlafen war, als würde man mit Jack Kennedy schlafen. Er trug sogar gestreifte Krawatten und im Sommer Seersucker-Anzüge, und sie hatte beschlossen, dass er belesen war, obwohl er nie über Bücher sprach und sie ihn nie etwas anderes hatte lesen sehen als das *Wall Street Journal*. Er war auch ein bisschen nachlässig, aber auf eine sympathische landarztmäßige Art; manchmal rutschte ihm das Hemd aus der Hose, und sein Schlips hing oft schief. Nur Menschen aus altem Geldadel sehen so aus, hatte sie sich eingeredet, obwohl er in Wirklichkeit in der Versicherungsbranche arbeitete und einen Abschluss von der San José State University hatte. Henry hatte an der Universität von Chicago studiert – und was hatte er davon? Alles, was er gelernt hatte, war denken. Denken und denken und denken. Aber warum war sie andauernd mit Henry beschäftigt? Die ganze letzte Woche hatte sie nur an Peter gedacht, und jetzt dachte sie an Bones? Fühle ich mich schuldig?, fragte sie sich plötzlich. Ja, vielleicht ein bisschen. Letztes Endes war Henry kein schrecklicher Mensch. Sie konnte ihn nur einfach nicht mehr ertragen. Sie hätte nicht zu sagen gewusst, warum, aber irgendwie ging ihr alles, was er tat, auf die Nerven. Manchmal fühlte sie sich schon abgestoßen, wenn sie nur sah, wie er sich anzog, wie er aß, fernsah oder ein Buch las. Er ekelte sie dann so sehr an, dass sie sich am liebsten übergeben hätte. Hatte sie Henry gegenüber auch schon so empfunden, bevor sie Peter kennengelernt hatte?

Vielleicht lag es an der Sache damals in Chicago. Vielleicht lag die Ursache so tief in der Vergangenheit. Vielleicht im allerersten Anfang.

Sie wusste damals, dass Henry an der University of Chicago in ein Graduiertenprogramm aufgenommen worden war, schon bevor sie sich begegnet waren, und dass ihr ganzes Zusammensein nur ein glückliches Zwischenspiel war. Er besuchte in San Francisco gerade einen Freund. Keinen sehr engen Freund, denn sie sah ihn nie wieder. Die beiden hingen zusammen ab oder so, bevor das Graduiertenkolleg anfing. Margaret selbst hatte das Studium schon seit langen Jahren hinter sich. Eigentlich hatte sie es nie richtig zu Ende gebracht. Sie hatte das Hauptfach so oft gewechselt, dass sie nie genug Stunden für einen Abschluss zusammenbekam. Also jobbte sie als Kellnerin, Empfangsdame oder als Verkäuferin in einem kleinen Bekleidungsgeschäft in North Berkeley – was sich eben so ergab. Henry hatte eine Woche bei seinem Kumpel bleiben wollen, aber nachdem er Margaret kennengelernt hatte, blieb er schließlich den ganzen Monat und verbrachte die meiste Zeit mit ihr; manchmal fuhr er jedoch auch nach San Francisco. Er sagte ihr, sie sei witzig und gescheit und klug, doch sie merkte, dass etwas an ihr ihn auch abzuschrecken schien. Nie öffnete er sich ihr gegenüber wirklich. Vielleicht lag es an ihrer Kritiksucht. Sie betrachtete es als »anspruchsvoll sein«, doch es kam oft eine Art Abkanzeln dabei heraus, überheblich und manchmal sogar gemein.

Aber noch wahrscheinlicher war, dass ihn ihre Bedürftigkeit erschreckte. Und sie hätte absolut nicht zu sagen gewusst, warum sie sich ihm gegenüber so verhalten hatte. Konnte sie wirklich ein derartig bedürftiger Mensch gewesen sein? Zumal sie diese Seite an sich noch mehr hasste als die überkritische. Es hing mit *ihm* zusammen. Es lag offensichtlich an ihm. Sie sah selbst, wie sie regelrecht an ihm klebte, ihn nicht aus den Augen lassen wollte und ihn ständig fragte, wo er gewesen sei, wohin er gehen wolle und mit wem er zusammen gewesen sei. Es war erbärmlich.

Anfangs erinnerte Henry sie ein wenig an ihren Vater, der ebenfalls groß und dünn und dunkelhaarig, wenn auch nie unordentlich und geistesabwesend gewesen war. Doch Henry war klug und redegewandt und großzügig. Sie sah in ihm einen Kerl, der wusste, was er im Leben wollte, der sich um alles kümmern konnte. Sie überschüttete ihn mit Zuneigungsbeweisen. Wenn er allein ausging, schmollte sie.

Sie hoffte, dass ihm ihre Aufmerksamkeiten schmeichelten. Manchmal blies er sich auf, wenn sie ihn in den trivialsten Angelegenheiten um Rat fragte, doch anscheinend hatte er den angeborenen Wunsch, freundlich zu sein. Sie lachten viel, und er sagte, sie sei sehr, sehr, sehr sexy. Sie versprach ihm, alles zu tun, was er von ihr wolle, was auch immer. Und das hätte sie vielleicht auch, aber er wünschte sich nie etwas Ausgefallenes von ihr. Im Wesentlichen Küsse und Kuscheln.

Doch dieser magische August ging zu Ende, und Henry

musste seine Sachen packen und ostwärts nach Chicago gehen. Sie brachte ihn zum Zug, begleitete ihn jedoch nicht bis zum Flughafen – weil er gesagt hatte, das wolle er nicht. Die Türen schlossen sich zischend und trennten sie hermetisch voneinander, was sie beide für einen endgültigen Abschied hielten, und dann fuhr die Bahn fast geräuschlos an. Er hatte kaum noch Zeit zu winken. Sie lief über die Shattuck Avenue nach Hause – sie lebte mit sechs anderen Exstudenten in einem heruntergekommenen viktorianischen Haus am Dwight Way –, vorbei an den indischen, chinesischen, thailändischen und vietnamesischen Imbissläden, den Hauptanlaufstellen so vieler College-Schüler, an den Videogeschäften, den Buchhandlungen, den kleinen Klamottenläden und den Bars. »Tja«, sagte sie sich, »das war's«, ging irgendwo hinein und trank ein Bier.

In der Rückschau war sie schockiert darüber, wie unreif sie gewesen war, wie ziellos; die Margaret, zu der sie geworden war, war in der damaligen kaum zu erkennen. Sie hatte tatsächlich nicht bemerkt, wie zusammenhangs- und richtungslos ihr Leben gewesen war, bis Henry es ihr in dieser aspergermäßigen Art, die er manchmal an sich hatte, zu verstehen gab, indem er das Offensichtliche, das niemand mit auch nur einem Funken Takt erwähnt hätte, aussprach: »Du trittst doch einfach nur auf der Stelle«, sagte er, »bist furchtbar geschäftig, aber machst irgendwie nichts richtig, oder? Möchtest du nicht jemand *sein*?« Sie krümmte sich innerlich, als er das sagte, und noch heute krümmte sie sich innerlich bei der Erinnerung.

Nachdem er nach Chicago geflogen war, machte sie sich gleich am nächsten Tag auf die Suche nach einem richtigen Job, obwohl sie keine Ahnung hatte, wie sie es anfangen sollte. Zuerst ging sie zu einer Arbeitsvermittlung, aber die hatten nur Verkaufs- und Bürojobs. Dann dachte sie an die studentische Stellenvermittlung, doch sie hatte weder einen Abschluss noch besondere Fähigkeiten und war sowieso längst keine Studentin mehr. Dann fiel ihr dieser Junge ein, der eine Gärtnerei oder so in Oakland hatte, und der sagte: »Na klar, komm her, ich kann dich anlernen«, doch nach drei Tagen, in denen sie sich verzweifelt an die Namen von Hunderten Pflanzen und Blumen zu erinnern versuchte, stinkende Kompostsäcke durch die Gegend zerrte und von der Arbeit in den Anzuchtbeeten nass und schmutzig wurde, kehrte sie niedergeschlagen nach Hause zurück, warf sich aufs Bett und brach in Schluchzen aus. Eins der sehr wenigen Male in ihrem Leben, die sie weinte, und das wirklich gründlich. Sie konnte mindestens eine Stunde lang nicht damit aufhören. Da begriff sie, dass sie Henry vermisste, schrecklich vermisste, mit jedem Partikel ihrer Seele und jeder Faser ihres Körpers. Es war verrückt. Sie kannte ihn ja kaum.

Sie konnte nicht anders, sie musste sich vorstellen, was er just in diesem Moment tat. Er hatte weder angerufen noch geschrieben, hatte vielleicht auch angekündigt, dass er das nicht tun würde, und sie konnte sich nur nicht mehr daran erinnern. Sie sah auf die Uhr. Sechs. In Chicago war es schon dunkel. Bestimmt war er mit Freunden ausgegangen. Vielleicht hatte er schon eine Freundin gefunden. Die Frauen an der University of Chicago waren alle so intelligent wie er. Waren genau solche Freaks. Sie waren zielbewusst und entschlossen, wussten, wo es langging im Leben, und sie waren, zumindest in Margarets Fantasie, versessen auf junge Männer. Sie wollte mit ihm sprechen. Musste mit ihm sprechen. Doch sie kannte die Telefonnummer seines Wohnheims nicht. Und damals hatte niemand ein Handy. Verdammt, dachte sie jetzt, wenn sie eins gehabt hätten, wäre das alles nicht passiert.

Sie konnte sich an die schlaflosen Nächte erinnern, als wäre es gestern gewesen, und daran, wie sie eines Morgens all ihren Mut zusammenraffte und in der Philosophischen Fakultät anrief, denn ihr fiel wirklich nichts anderes mehr ein, doch diese Arschlöcher wollten ihr seine Nummer nicht geben. Aber sie erwähnten nebenbei den Namen seines Wohnheims, und sie notierte ihn auf ihrem Handrücken. Sie versicherten ihr, sie würden ihm ihre Nachricht ausrichten, doch sie wusste, das würde nicht geschehen. Sie würden es vergessen. Oder er würde nicht im Sekretariat vorbeischauen. Warum sollte er auch? Er würde zu seinen Vorlesungen gehen. Nicht ins Sekretariat.

Und deshalb nahm sie ein Flugzeug und stand am nächsten Tag etwa zur Abendessenszeit vor seiner Tür.

»Hi«, sagte sie mit strahlendem Lächeln. »Überraschung!«

»Margaret!«

»Ja, ich bin's!«

»Huch!«

»Ich wollte nur mal sehen, wo du wohnst«, rief sie betont fröhlich.

»Tatsächlich?«

»Nein. Ich bin den ganzen Weg hierhergekommen, um an einer Straßenecke herumzustehen.« Sie bereute ihren Ton sofort. Henry schien ihn gottlob nicht bemerkt zu haben.

»Oh, bitte verzeih«, sagte er. »Komm mit rein. Komm rein! Ich war nur nicht …«

»Genau das macht eine Überraschung aus. Sie überrascht einen.«

»Na, jedenfalls ist dir diese sehr gelungen«, sagte er.

Sie senkte den Blick und scharrte ein wenig mit dem Fuß. »Habe ich einen Fehler gemacht?«, fragte sie zerknirscht. »Das war echt dumm, oder? Ich bin eine Idiotin.«

»Nein, nein«, sagte er.

»Wer möchte schon jemanden wie mich vor seiner Tür stehen haben?«

»Es ist wunderbar. Alles gut.« Doch seine Augen weiteten sich plötzlich. »Äh, ist das ein Koffer?«

»Nur Gepäck für eine Nacht.«

»Ah, gut.«

»O nein!«, rief sie, und in ihren Augenwinkeln sammelte sich Feuchtigkeit.

»Nein, ich meine doch: ›Ah, *gut* – du hast also wenigstens Wäsche zum Wechseln dabei.‹«

Lächelnd küsste sie ihn auf die Wange.

Er griff nach ihrem Koffer, der natürlich viel zu groß

war für ein Übernachtungstäschchen, und führte sie in sein Zimmer hinauf, wobei er ihr auf dem Weg die Örtlichkeiten beschrieb. Es gebe hier Studenten aus aller Welt, sagte er, die meisten bereits graduiert. Hier sei die Bibliothek, da hinten der Medienraum, die Küche im Untergeschoss, und er wohne im vierten Stock. Sie fand das Gebäude schrecklich, viel schlimmer als ihr Haus in Berkeley, das wenigstens noch den Charme verfallender Grandezza hatte. Das hier war eine trostlose, graue neugothische Scheußlichkeit, eng und ohne Tageslicht. Etwaige Reize, die es einmal gehabt haben mochte, waren durch viele Modernisierungen in Form armseliger Resopal- und Vinylschichten überdeckt worden. In den schmalen Fluren hallten ihre Schritte, und in der Luft lag der schwere Geruch nach zu vielen Körpern, Pizza, Bratwurst, Lehrbüchern und Wäsche. Wenigstens hatte er ein Zimmer für sich, aber es war winzig, die Miniatur eines Zimmers. Und dieses Durcheinander. Überall hingeworfene Kleidungsstücke, Bücherstapel auf dem Fußboden, ein ungemachtes Bett, ein Fensterchen, so groß wie das einer Gefängniszelle.

»Hey, hübsch hier!«, rief sie. »Es gefällt mir.«

»Es ist ein bisschen klein«, sagte er. »Aber wozu brauche ich ein großes? Ich bin ja allein.«

»So klein ist es auch wieder nicht«, erwiderte sie, zog in einer so raschen und agilen Bewegung, dass es sie selbst erstaunte, ihre Bluse über den Kopf und bot ihm ihre Brüste dar. Ihre Brustwarzen waren steinhart, so hart und aufgerichtet, dass es wehtat. Das war ihr peinlich, doch sie stand ohne das geringste Zittern da, in der einen Hand die zerknitterte Bluse, die Augen weit offen auf ihn gerichtet, die Lippen weich und, wie sie hoffte, noch von dem Lipgloss glänzend, das sie unmittelbar vor Betreten des Hauses aufgetragen hatte.

»Mein Gott«, sagte er schließlich. »Was für eine Frau!«

Sie spürte, dass er wieder von der alten Zärtlichkeit erfüllt wurde, sie merkte es an der Art, wie er sie danach an sich drückte, wie er sie fragte, ob sie hungrig sei, wie er losrannte, um ihr vom Getränkeautomaten etwas zu trinken zu holen. Was immer sie bis dahin gefürchtet hatte, fiel von ihr ab, als hätte sie einen schweren Wintermantel abgeschüttelt. Sie wusch seine Bettwäsche und machte sein Bett, räumte seinen Schrank und die Schubladen auf, bastelte ihm ein hübsches Bücherregal, packte ihren Koffer aus und legte ihre Sachen dorthin, wo sie beim Aufräumen Platz für sich gelassen hatte. Und das Schönste war, dass er sie nie fragte, wie lange sie bleiben wolle.

Einige Wochen später teilte ihm der für sein Stockwerk zuständige Heimleiter mit, er könne keine solchen Dauer-»Gäste« beherbergen, und eine Woche darauf zogen sie in ein möbliertes Studenten-Apartment in Kenwood, das wie durch ein Wunder gerade frei geworden war. »Kismet!«, rief Margaret strahlend, stieß ihn auf das große Doppelbett und hatte einen tollen Orgasmus.

Rückblickend konnte sie nicht sagen, ob sie damals wirklich glücklich gewesen war oder einfach nur erleichtert. Wovor hatte ich überhaupt solche Angst?, musste sie sich jetzt fragen. Worauf war ich aus? Sie konnte sich noch ziemlich genau erinnern, dass sie damals dachte, wie cool es sein müsse, Professorengattin zu sein (ja, sie hatte damals das Wort »Gattin« gedacht – so rückständig wie eine Frau der Fünfziger- und nicht der Neunzigerjahre!). Natürlich würde auch sie sich einschreiben und an der Uni studieren. Anthropologie oder so. Doch, wirklich, genau das hatte sie gewollt. Ein Leben mit Henry. Ein Leben – und ein Zuhause. Ein echtes Zuhause. Das war es vermutlich, worauf der Therapeut so viele Jahre später hinausgewollt hatte. Vor dem Tod ihres Vaters hatte Margaret ein echtes Zuhause gehabt. Und das war ihr gestohlen worden. Mutter war natürlich hilflos gewesen. Und von der vierzehnjährigen Margaret war erwartet worden, dass sie sich um alles kümmerte.

»Wie hätten Sie das tun sollen?«, hatte der Therapeut mindestens zwanzigmal gesagt. »Sie waren doch noch ein Kind. Sie müssen sich selbst vergeben.«

Wie sich herausstellte, hasste sie Chicago, die Stadt, das Wetter, die Uni und vor allem diese Hochschulflaschen, die so absurd intellektuell und im Zwischenmenschlichen völlig unfähig waren. Keinen Schimmer von der realen Welt. Am schlimmsten waren ihre Partys. Sie versammelten sich um eine Brietorte vom Hyde Park Co-op und diskutierten über diesen blöden Heidegger. Dabei versuchten sie sich ständig mit ihren Geistesblitzen zu übertreffen. Und überall diese verrückten sexuellen Schwingungen. Als würde jeder mit jedem schlafen oder es zumindest wollen. Besonders taten sich die Professoren mit ihrem Schwarm von Studentinnen und bewundernden Schülern hervor. Homo, hetero – man fühlte sich wie mitten in einem akademischen Porno.

Sie fand einen Job in der Bibliothek der Social Services. Als das nicht wirklich funktionierte, nahm sie einen als Telefonistin im Medizinischen Dienst an. Als auch das nicht wirklich funktionierte, belegte sie an der Uni einen Abendkurs in Kunst und Kunstgeschichte und wurde schließlich pädagogische Assistentin an der Laborschule. Es war ein Albtraum, aber Henry war stolz auf sie. Und so zerrannen die Monate und dann die Jahre. Sie unternahm nie etwas, um sich einzuschreiben. Henrys Vorlesungen stapelten sich wie die Bücher auf seinem Schreibtisch und verschmolzen zu einer einzigen ewigen fachwortgespickten Abschlussarbeit. Doch dem Abschluss selbst schien er nicht näher zu kommen.

Die Langeweile des Ganzen hatte etwas seltsam Narkotisierendes. Sie saß stundenlang da und tat nichts. Henry war entweder in einer Vorlesung oder in der Bibliothek oder saß hinter einem Buch verschanzt im Sessel. Sie hatte ein paar Freundinnen und Freunde, die sie eigentlich hasste. Manchmal luden sie zum Abendessen ein, und am nächsten Tag wusste sie nicht mehr, was sie gegessen hatten. Und wenn sie mal ausgingen, dann zu einem öden Vortrag oder einem Studentenkonzert oder einer verdammten *Volkstanzveranstaltung*. Und das Schlimmste von allem:

Zwei Jahre waren vergangen, und er hatte ihr immer noch keinen Heiratsantrag gemacht.

Eines Tages kam Henry nach Hause und bat Margaret, sich neben ihn auf das Sofa zu setzen.

»Das wird jetzt schlimm für dich«, sagte er.

Sie wappnete sich. Wohin sollte sie gehen? Was sollte sie tun?

»Ich kann das nicht mehr«, sagte er.

»Henry, bitte …«

»Ich will meinen Doktor nicht mehr machen.«

»Was?«

»Ich weiß, es ist furchtbar. Nach allem, was ich dir zugemutet habe.«

»Du hast mir nichts …«

»Vielleicht habe ich nicht das Zeug dazu, ich weiß es nicht. Aber ich mag einfach nicht mehr. Und dieser Klüngel – man muss ständig auf der Hut sein. Jeder hintergeht jeden. Ich fühle mich so fremd, verstehst du? Ich passe hier einfach nicht rein.«

»Wirklich?«, fragte sie und versuchte abzuschätzen, worauf er hinauswollte.

»Ja. Es ist ziemlich schrecklich.« Er seufzte. Wahrscheinlich war das damals das erste Mal, dass sie ihn seufzen hörte.

»Was sollen wir nun tun?«, fragte sie.

Jetzt kam der zweite Seufzer. Der zweite einer langen Reihe.

»Du weißt doch, was wir jetzt tun sollen, oder nicht?«, hakte sie nach.

»Nein. Ich weiß es wirklich nicht.«

»Aber du wolltest doch Professor werden. Wir wollten an einer Universität leben. Wir wollten zu Fakultätstees gehen und glücklich sein. Weißt du noch?«

»Ja, ich weiß, ich weiß. Es tut mir so leid.«

Sie war immer noch nicht sicher, offen sagen zu können, was sie wirklich dachte, daher nahm sie ihn in die Arme und sagte: »Es tut mir so leid, Henry. Das war unser Traum. Dein Traum. Habe ich das alles zerstört?«

»Du? Nein! Nein, niemals! Du bist das einzig Gute in meinem Leben. Du bist großartig. Du bist voller Liebe und loyal und lustig, und du hast dich verdammt noch mal nie über irgendwas beklagt.«

»Ich wollte nur, dass du glücklich bist«, sagte sie.

»Aber ich bin es nicht. Ich bin hier nicht glücklich. Ich will … Ich weiß auch nicht …«

Sie strich ihm über das Haar. Ihr eigenes Herz klopfte wild. Sie wollte nicht, dass er es merkte, und wandte sich ganz leicht ab, um seinen Kopf an ihre Schulter zu drücken.

»Bist du's?«, fragte er. »Bist du hier glücklich? Denn wenn du es bist, kriege ich es hin. Ich mache es einfach, verstehst du?«

»Es ist nicht wichtig, was ich will«, sagte sie. »Ich will nur wissen, wie es weitergeht. Was sollen wir tun?«

»Ich weiß es nicht.«

»Aber du *musst* es wissen, Henry.«

»Es ist einfach alles so neu. Ich meine, ich habe schon lange darüber nachgedacht, aber …«

»Na schön, aber dann musst du doch einen Plan haben.«

»Habe ich aber nicht. Ich weiß auch gar nicht, warum du glaubst, ich wüsste immer, was zu tun ist. Das weiß ich nie. Ich denke ja allein schon länger als ein Jahr darüber nach, ob ich aufhören soll oder nicht.«

Eine Welle der Panik durchströmte sie – und schwebte dann wie auf Engelsflügeln aus ihr heraus über die hässliche Küche, den Billigfernseher, die verklumpte Bettdecke und durch das schmutzige Fenster hinaus in die frische Luft von Chicago. Ein wunderbarer langer Atem entwich ihrer Lunge, und sie spürte, wie sich ihr ganzer Körper entspannte.

»Gut«, sagte sie. »Ich habe eine Idee.«

Und so kehrten sie nach San Francisco zurück. Und fünf Monate später waren sie verheiratet.

»Mein Gott!«, rief sie.

»Was?«, fragte Peter.

»Oh«, sagte sie. »Nichts. Ich weiß auch nicht, warum ich das gesagt habe.«

»Habe ich was falsch gemacht?«

»O nein, nein. Ehrlich, ich weiß nicht, warum ich das gesagt habe. Es liegt sicher am Alkohol.«

Seine Augen verengten sich. »Glaubst du, wir sollten das lieber nicht tun?«

»Natürlich nicht!« Sie war alarmiert. »Warum? Glaubst du das etwa?«

»Überhaupt nicht«, sagte er und gab der Kellnerin sofort ein Zeichen wegen der Rechnung.

Sie beschlossen, seinen Wagen, einen silberfarbenen Mercedes, zu nehmen, und sie fragte ihn: »Was meinst du, warum springen Leute von der Golden Gate Bridge? Ich meine, stell dir doch mal vor, da runterzufallen, wie schrecklich das ist und wie lange das dauert. Du kannst nicht mehr zurück, und du kannst es auch nicht mehr aufhalten. Es ist wie in einem Albtraum, wenn man etwas nicht mehr rückgängig machen kann. Grässlich.«

»Es ist dumm, da runterzuspringen«, sagte er.

»Ja, stimmt, aber denk mal drüber nach. Stell dir vor, wie du von dieser Brücke fällst.«

»Das kann ich nicht«, sagte er.

»Zu gruselig?«

»Nein, ich kann es nur nicht.«

»Weil du so ein positiver Mensch bist«, sagte sie und küsste ihn auf die Wange.

Sie brauchten etwa zwanzig Minuten, um sich den Panoramic Highway hinunterzuschlängeln, durch die dichten Wälder und dann durch das Grasland der Hügel bis zu den letzten Felsausläufern, in deren Schutz die Küste lag, und schon hatten sie das Städtchen Stinson Beach erreicht. Normalerweise war es im Winter menschenleer, doch das schöne Wetter heute hatte ihm Hunderte von Besuchern beschert. Margaret hatte gehofft, Peter und sie würden den Ort für sich allein haben, und konnte ihre Enttäuschung nicht verbergen.

»Vielleicht hätte es besser geregnet«, sagte sie.

Und tatsächlich hatte Henry immer und immer wieder

über die Dürre geklagt, bis sie entschlossen war, ihn zu erwürgen, wenn er die Wasserrationierung beim Duschen noch ein einziges Mal ansprach. Aber heute wäre Regen eine gute Sache gewesen.

Sie fuhren auf den kleinen Parkplatz vor dem Sandpiper Inn, und Margaret holte ihr Übernachtungstäschchen vom Rücksitz. Es war fast leer, doch sie hatte wenigstens ein bisschen Gepäck haben wollen, damit das Ganze für den Wirt nicht allzu durchsichtig wäre, obwohl sie wusste, dass sie nicht die Ersten waren, die nur für einen Tag kamen. Sie hatten ein Cottage mit Blick zum Garten gebucht und stießen alle möglichen erfreuten Rufe aus, um dem Portier zu beweisen, dass es für ihren Urlaub genau das Richtige war, und danach standen sie einfach in dem Zimmer und lauschten auf den Atem des anderen.

»Vielleicht sollten wir die Tür schließen«, sagte Margaret.

Peter folgte ihrem Rat, und sie stellte ihre Tasche auf den Sessel.

Peter sah sich um und sagte: »Das Zimmer ist hübscher, als ich dachte.« Dann schwieg er.

»Warum bist du so nervös?«, fragte sie.

»Ich bin nicht nervös.«

»Du wirkst aber nervös.«

Und er sagte: »Ich *bin* aber nicht nervös.«

»Ich bin's.«

»Ich nehme an, ich auch.«

»Es ist ja nicht so, dass es unser erstes Mal wäre.«

»Nein.«

»Warum sind wir also nervös?«

Sie wusste es.

Weil es, jedenfalls für Margaret, tatsächlich wie das erste Mal war. Auf der Terrasse des Mountain Home Inn war ihr klar geworden, dass sie, wenn sie heute mit Peter schlief, es in dem Wissen tat, dass es wirklich etwas bedeutete, dass sie sich von dem Leben entfernte, das sie mit so viel Eifer aufgebaut hatte, dem Leben mit Henry, der seit dreizehn Jahren ihr Mann war. Seit dreizehn Jahren, acht Monaten und sechzehn Tagen. Sie fragte sich, warum sie es sich bis hin zur Anzahl der Tage gemerkt hatte. Sie wusste, sobald sie Peter berühren, sobald sie ihre Hände auf seine Schultern legen und seine Lippen mit ihrem Mund streicheln würde, würde sich ihr Leben ganz und gar ändern. Sie merkte, dass sie zitterte, wusste jedoch nicht, ob vor sexueller Erregung, Angst oder was auch immer. Es beunruhigte sie sehr, denn kontrolliert zu sein, diejenige zu sein, die alles unter Kontrolle hatte, entsprach ihrem Selbstbild. Nicht, dass sie einen Kontrollzwang gehabt hätte, nein, doch sie kannte sich selbst gut genug, um zu wissen, dass sie, wenn sie nicht mehr die Kontrolle hatte, seltsame Dinge tat, manchmal grausame, manchmal zerstörerische. Doch diesmal tat sie nichts. Sie stand nur da und zitterte.

Sie fragte sich, was Henry wohl in genau diesem Augenblick machte. Es war fast drei Uhr nachmittags. Zu dieser Jahreszeit waren die Tage kurz, und die Sonne begann schon zu sinken, aber wahrscheinlich nahm er das genauso wenig wahr wie alles andere – er war in einer Sitzung, vermutete sie, oder saß an seinem Schreibtisch und schrieb einen Bericht, oder möglicherweise gönnte er sich auch gerade ein Nickerchen oder spielte eins seiner blöden Videospiele. Warum musste er auch so viel tagträumen? Warum konnte er nicht ein bisschen mehr so sein wie Peter?

Peter trat an das Panoramafenster, um die Jalousie zu schließen, verharrte jedoch einen Moment und blickte auf den Strand hinaus. Hinter ihm konnte sie das Wasser erkennen, grau und ein wenig bedrohlich, wie es sich in rauen Wellen am Strand brach und dünne Schaumlinien zurückließ, die vom Sand verschluckt wurden oder ins Meer zurückglitten. Es war nahezu still, weil das Glas so dick war, aber hier und da drang ein Möwenschrei durch und dann der Lärm der Kinder, die in der Brandung herumtollten.

»Kinder«, bemerkte Peter nachdenklich. »Die spüren rein gar nichts.«

»Wie bitte?«

»Es ist eiskalt. Das Wasser ist eiskalt. Und sie stehen bis zum Bauch drin.«

»Ihre Eltern sollten das nicht zulassen.«

»Warum denn nicht? Die sind aus Eisen. Denen geht's gut.«

Mit einer knappen Geste schloss er die Lamellen und wandte sich ihr zu.

Er war die richtige Sorte Mann, um Vater zu sein, stark, locker, entschlossen, und Kinder sind aus Eisen. Er würde immer genau wissen, was zu tun wäre. Ein guter Vater. Obwohl er die Kinder offensichtlich schon aus seinem Kopf verbannt hatte – wenn sie überhaupt irgendeinen Eindruck auf ihn gemacht hatten. Die Dinge kamen in Peters Gesichtsfeld, und dann waren sie gleich wieder weg. Nichts blieb zurück. Das war etwas Erstaunliches, etwas Schönes, denn für sie lag das Kinderlachen noch in dem Raum zwischen ihnen.

Bones redete immer davon, dass er Kinder wollte. Wahrscheinlich dachte er, sie hasse Kinder. Doch das tat sie nicht. Sie hatte immer nur … gedacht, sie sei noch nicht bereit dafür. Und jetzt … war sie zweiundvierzig!

Viele ihrer Bekannten hatten welche – ein, zwei oder sogar drei kleine Wichte, die herumrannten wie wilde Tiere. Aber Babys mochte sie. Es machte Spaß, sie im Arm zu halten, ihnen gut zuzureden, ihnen den Sauger vom Fläschchen zwischen die Lippen zu schmeicheln und sie tröstend zu wiegen. Wie sie mit ihren kleinen Mündchen ein perfektes O formten und während des Trinkens mit ihren Händchen an Margarets Fingern herumdrückten und kneteten. Erst wenn sie älter wurden, schüchterten sie sie ein. Sie konnte Kinder einfach nicht *verstehen*, sie hatte keine Ahnung, was sie wollten oder wie man mit ihnen reden sollte, und es war nicht selten vorgekommen, dass sie bei einem Vierjährigen einen monumentalen Tränenausbruch ausgelöst hatte. Was ihr natürlich immer furchtbar leidtat. Jeder beruhigte sie dann, keine Sorge, das komme alles von allein, wenn sie erst selbst welche hätte. Für Margaret klang das, als wollten die anderen sie nur zum Kinderkriegen bewegen, um eine Art Bestätigung für das zu bekommen, was sie mit ihren eigenen verkorksten Leben angestellt hatten. Doch ein Teil von ihr glaubte, dass sie recht hatten. Dass aus ihr eine gute Mutter geworden wäre. Und dennoch sagte sie Henry weiterhin *Nein*.

Sie hatte es wirklich erst in den letzten Jahren verstanden.

Es war, als sie die Stelle bei Regency bekommen hatte.

Henry steckte in seinem Job ganz klar in einer Sackgasse. Was immer ihn in Chicago gehemmt hatte, hemmte ihn immer noch und würde ihn auch in Zukunft hemmen. Doch Margaret war voller Hunger, einem Hunger, der seit Jahren in ihr gewachsen war, den sie jedoch nie zur Kenntnis hatte nehmen wollen. Sie hatte es immer nur als ihre »Arbeitsethik« betrachtet. Man setzte sich voll ein, egal worum es ging. Hatte ihr Vater ihr nicht tausendmal gesagt, Halbheiten taugten nichts? Ganz gleich, wie geringfügig oder albern der Job ist. Du gibst immer hundert Prozent. Das war ihr Mantra: Du willst nicht in einem halb fertigen Haus wohnen. Doch sie sah ein, dass sie im Innersten ihres Herzens noch von etwas anderem umgetrieben wurde, und eines Tages platzte es aus ihr heraus, und sie musste es akzeptieren, auch wenn es ihr peinlich war – sie wollte Größe. Ja, Größe. Nicht einfach nur Erfolg. Sie wollte Erfolg einer besonderen Größenordnung. Sie wollte Geld, Freiheit, Macht – sie wollte, nun ja, eigentlich die ganze Welt. Als sie sich eingestand, dass dies ihr eigentliches Ich war, überfiel sie dasselbe schwebende Gefühl wie damals, als sie Henry zum ersten Mal begegnet war, nur war es jetzt real. Es kam von innen; es hatte mit niemandem sonst zu tun, nur mit ihr selbst. War das selbstsüchtig? Vielleicht. Doch als man sie bei Regency ins Boot holte und ihr sagte, man erwarte Großes von ihr, *Großes*, wurde es plötzlich Wirklichkeit. Der Weg lag vor ihr. Es war geradezu sexuell, diese Erregung, ihr Körper stand in Flammen, Vitalität strömte aus all ihren Poren, ihre Haut strahlte, ihre Augen funkelten, ihre Schenkel bebten. Sie lud Henry in einen Nachtclub ein, wo sie, kaum zu glauben, tatsächlich tanzten (nun ja, sie tanzte, er redete).

Und ein paar Wochen später merkte sie, dass sie schwanger war.

Jesus! Sie hatten es zum ersten Mal seit, sagen wir, fünf Monaten getan! Und sie hatte den Sex nicht eigentlich mit Henry – sie spürte kaum seine Anwesenheit –, sie wollte eher ihre Meisterschaft, ihren Triumph teilen, nicht mit ihm, sondern über ihn hinweg.

Aber nun war es so, und sie war in Panik. Wobei diese Panik ganz anders war als alles, was sie bisher mit sich hatte ausmachen müssen, Panik, vermischt mit Freude, einer Freude, die sie verblüffte.

Sie ging in ihr Ankleidezimmer, um sich in dem großen Spiegel zu betrachten. Sie war achtunddreißig. Immer noch in der Blüte ihrer Jahre. Immer noch anständig aussehend. Hübsche Titten. Sie versuchte, sich eine Margaret mit dickem Bauch vorzustellen, mit einem großen, runden, kugeligen, ungeheuerlichen Bauch mit einem Riesennabel und was sonst noch dazugehört – zum Beispiel dieser seltsamen senkrechten dunklen Linie in der Mitte. Es war verrückt, aber sie fand es irgendwie erfreulich, sogar wundervoll. Jeder sagt, schwanger zu sein sei schön. Sie hatte das nie geglaubt, aber vielleicht hatte sie sich geirrt. Seit sie den Test gemacht hatte, tastete sie alle zwei Minuten über ihren Bauch, halb, um zu sehen, ob er dicker wurde, aber halb auch – es brachte sie fast um den Verstand, es auch nur zu denken –, um zu sehen, ob sie das Leben spüren konnte, das in ihr wuchs. Im Spiegel war sie immer noch nur Margaret. Wer würde sie in einigen Wochen sein? Sie hatte schon online nach Umstandsmode bei Rosie Pope und Séraphine gesucht und sich dann auch bei Prada und Tory Burch umgesehen, weil sie gelesen hatte, dass auch die einen Haufen Sachen hatten, die man als Schwangere gut tragen konnte.

Alle wirklich erfolgreichen Frauen hatten Kinder. Arianna Huffington hatte Kinder. Margaret fand Arianna Huffington toll. Was war also das Problem? Was *war* das Problem?

Und dann, als wäre der Spiegel, in den sie starrte, plötzlich in tausend sonnenhelle Splitter zersprungen, sah sie, was sie so lange nicht hatte sehen wollen.

Es war nicht so, dass sie keine Kinder wollte. Aber sie wollte sie nicht mit Henry.

Die folgenden Wochen waren mehr als schrecklich. Mindestens drei Mal beschloss sie, es Henry zu sagen, aber jedes Mal empörte sich etwas in ihr und schrie NEIN. Sie rief bei der Familienberatung, beim Women's Options Center und im Universitätskrankenhaus an. Alle waren enorm freundlich und neutral und unglaublich zartfühlend und sprachen in einem sanften, tröstenden Ton, und das Ganze jagte ihr einen Schauer nach dem anderen über den Rücken. Sie ertappte sich dabei, dass sie im Flur ihres Hauses oder auf der Market Street auf und ab lief und wie eine Irre Selbstgespräche führte. Sie hätte auf der Arbeit sein müssen, schimpfte sie mit sich selbst, sie hätte in der Lage sein sollen, damit vernünftig umzugehen. Stattdessen saß sie stundenlang vor ihrem Computer und las alles über Babys und wie man sie aufzieht und auch alles über Abtreibungen und wie man damit zurechtkommt und auch alles über Paartherapie und glückliche Ehen und alles über Schwangerschaft und über sanfte Geburt und Kindergärten und über Scheidung.

Doch am Ende nutzte ihr das alles nichts.

Nach etwa acht Wochen kamen die Krämpfe. Sie war im Büro und versuchte zu verbergen, dass sie sich auf dem Weg zur Damentoilette nicht aufrecht halten konnte. Sie hatte gehofft, es sei Durchfall – doch es war Blut, dunkles, dickes Blut und noch etwas anderes Dickflüssiges, das die Kloschüssel füllte. Der starke Schmerz ließ so weit nach, dass sie normal atmen konnte. Was macht man in einem solchen Fall?, fragte sie sich. Eine Fehlgeburt war das Einzige, worüber sie nichts nachgelesen hatte. Panisch stopfte sie sich ein paar Papierhandtücher zwischen die Beine und schleppte sich zum Aufzug. Sie nahm ein Taxi zum Krankenhaus, und die Papierhandtücher zwischen ihren Beinen wurden immer feuchter. Sie machten eine Ausschabung und schickten sie nach Hause.

Als Henry abends nach Hause kam, lag sie im Bett.

»Warum hast du mich nicht angerufen?«, fragte er.

»Es ist nur eine Grippe.«

»Himmel noch mal, Margaret, du siehst schrecklich aus. Du hättest mich anrufen sollen. Dann wäre ich früher nach Hause gekommen.«

»Wozu? Mir geht's gut. Mir geht's auch allein gut. Mir geht's immer gut, wenn ich allein bin.«

Margaret hatte ihm nie die Wahrheit gesagt. Sie blieb einfach ein, zwei Tage im Bett mit ihrer Grippe, völlig klaglos, obwohl sich Henry möglicherweise fragte, warum sie wegen einer Grippe so hemmungslos weinte. Zumal er sie in ihrem ganzen Eheleben noch nie zuvor hatte weinen sehen.

Wann hatte sie also genau angefangen, dieses Gefühl der Verachtung für ihren Mann zu empfinden? Sie konnte es wirklich nicht mehr sagen. Sie wusste, sie hatte es empfunden, als er damals die Badezimmertür offen gelassen hatte. Sie empfand es, wenn er mit der Zungenspitze seine Oberlippe berührte, während er einem seiner gewundenen Gedankengänge nachhing, sie empfand es jedes Mal, wenn er sie anfasste oder auch nur versehentlich berührte, jedes Mal, wenn er eine Zeitschrift von hinten nach vorn durchblätterte statt von vorn nach hinten, jedes Mal, wenn sie Haare von ihm im Waschbecken, seine Socken auf dem Fußboden oder ein paar Toastkrümel vorn auf seinem T-Shirt sah. Aber das war alles so dumm, so oberflächlich und kleinlich. Und dennoch gab es solche Momente. Dieses aufflammende Abgestoßensein. Nein, nicht immer. Nur manchmal. Aber jedes Mal war es eine Art Erwachen. Eine Warnung. *Verachtung* war ein zu starkes Wort. Sie verachtete ihn nicht. Manchmal ging ihr das Wort *Geringschätzung* durch den Kopf, und dann gab sie sich alle Mühe, es zu verscheuchen, weil sie wusste, was es bedeutete – wenn Ehepartner sich gering schätzten, war es aus mit der Ehe.

Doch jetzt, in diesem Augenblick – in diesem entlegenen abgeschlossenen Hotelzimmer mit der heruntergelassenen Jalousie, der salzigen feuchten Luft, der in der Ferne rollenden Brandung, dem hellen Lachen der Kinder in den Wellen und dem blonden Mann am Fenster – ging ihr die traurige Wahrheit auf. Sie konnte Wörter wie »Geringschätzung« nicht länger unterdrücken, sich nicht mehr vor Wörtern wie »Verzweiflung« verstecken oder ihre Hoffnungen in eine Kiste sperren und sich vormachen, sie fühle kein Bedauern. Ihr Gesicht verriet nichts, und ihre Stimme war wie vorher, doch sie gestand sich tatsächlich erst in dieser Sekunde ein, dass sie bereit war, die Ehe mit Henry zu beenden.

Peter wandte sich von der Jalousie ab. Er trat auf sie zu und nahm ihre Hände in seine, so fest, als wollte er zwei Walnüsse knacken. Wenn Henry ihre Hände nahm, dann eher so, als hielte er zwei Abendmahloblaten. Es gefiel Peter, dass sie zitterte, das konnte sie sehen. Er zog sie mit solcher Kraft an sich, dass ihr Busen gegen seine Brust prallte, und als er ihre Hände hinter ihrem Rücken festhielt, berührten sich ihre Körper von den Köpfen bis zu den Zehenspitzen, es gab keinen Raum zwischen ihnen, kein bisschen, und einen Moment lang bekam sie keine Luft, doch dann gab er ihre Hände frei und ließ seine Handflächen über ihre Hüften und ihre Schenkel gleiten.

Von einem Mann wie ihm genommen zu werden! Der so lebendig war, so vital. Seine Augen waren so blau, so stählern, und sein Haar so blond wie goldener Lorbeer.

Am liebsten wäre sie in diesem Mann gewesen, in diesem Augenblick.

Doch sie zog sich unwillkürlich ein bisschen zurück.

Sie wusste, er machte gerade eine hässliche Scheidung durch und lebte derzeit praktisch ohne Möbel in einer gemieteten Wohnung, weil seine Frau das Haus behalten hatte. Margaret wusste zwar nicht genau, womit er sein Geld verdiente, aber irgendwo hatte er zwei Kinder, die er kaum je erwähnt hatte. Das machte ihr Sorgen: die Tatsache, dass sie seine Kinder nie kennengelernt hatte – denn warum schirmte er sie vor ihr ab?

Natürlich war das alles absurd – wie sollte er sie seinen Kindern vorstellen? Kinder, das ist meine Margaret, meine Geliebte, die übrigens ebenfalls verheiratet ist, und nein, eure Mutter und ich werden nie wieder zusammenkommen, denn wie ihr seht, mag ich Margaret viel, viel lieber, also los, gebt ihr einen Kuss!

Verrückt.

Aber im Grunde ging es nur um Kinder, oder? Nur um Kinder.

Sein Mund war nur noch einen Millimeter von ihrem entfernt, seine Hände umschlossen ihre Pobacken, und seine Finger betasteten den Raum dazwischen, sie spürte, wie er langsam ihren Rock hob, und dann, als seine rechte Hand grob ihren linken Schenkel packte, durchfuhr es ihren ganzen Körper wie ein elektrischer Schlag, und sie rief: »Peter, ich muss deine Kinder kennenlernen!«

»Was?«, fragte er.

»Was?«, erwiderte sie.

»Was hast du gesagt?«

»Hab ich was gesagt?«

»Du hast nach meinen Kindern gefragt.«

»Tatsächlich?«

»Herrgott nochmal, Margaret, was ist denn heute los mit dir?«

»Nein, nein!«, sagte sie. »Geh nicht weg! Bleib hier. Mach weiter mit dem, was du gerade getan hast.«

»Margaret, setz dich hin. Wir müssen reden.«

»Nein, nein! Ich will nicht reden!«

»Aber ich«, sagte er. »Du klingst so …«

»Ich bin nicht neurotisch!«, schrie sie. »Ich bin der am wenigsten neurotische Mensch, den ich kenne!«

»Ich sage doch gar nicht, dass du neurotisch bist. Verdammt, jetzt setz dich doch bitte!«

Sie ließ sich neben ihm auf die Bettkante fallen. Und bemerkte sofort, dass die Matratze für sie zu fest war, doch sie befahl sich streng, jetzt nichts dazu zu sagen und die Sache auf sich beruhen zu lassen.

»Margaret«, sagte er. »Was geht in dir vor?«

»Dieses Bett ist zu hart«, sagte sie.

»Es ist nicht das Bett, das zu hart für dich ist. Dir sind Zweifel gekommen, nicht wahr?«

»Nein, es ist nur das Bett.«

»Es ist diese ganze Heimlichtuerei. Vielleicht kannst du einfach nicht so weitermachen.«

Sie bemerkte, dass sich ihre Hände zu harten kleinen Fäusten verkrampft hatten, und fauchte: »Redest du von mir oder von dir?«

»Warum musst du immer von dir ablenken?«

»Ich lenke von gar nichts ab. Habe ich gesagt, ich hätte Zweifel? Habe ich gesagt, es sei zu hart für mich?«

»Nein, hast du nicht.«

»Warum also greifst du mich an?«

»Ich greife dich nicht an, Margaret.«

»Warum fühle ich mich dann angegriffen? Das verdammte Bett ist zu hart. Es ist nicht gut für deinen Rücken.«

Peter seufzte und wandte den Blick ab.

»Ach, Peter, komm zurück!«, rief sie. »Ich bin nur, ich weiß auch nicht was. Es war die Brücke. Oder vielmehr diese Frau oder dieses Mädchen oder was immer sie war. Verstehst du nicht, dass mich das aufgewühlt hat? Wärst du nicht auch aufgewühlt, wenn du gesehen hättest, wie jemand von der Golden Gate Bridge springt?«

»Sie ist nicht gesprungen«, sagte er.

Margaret schlug sich an die Stirn. »Oh, Mist!«, rief sie. »Ich habe es ganz vergessen, ich habe es in dem verdammten Wagen liegen lassen.«

»Was hast du liegen lassen? Ich hole es dir.«

»Nein«, sagte sie, »im MINI Cooper. Mein Weihnachtsgeschenk für dich. Ich habe ein Geschenk, das ich dir geben möchte.« Mit einem Mal weinte sie, weinte einfach los, und das war verrückt, denn was war schon passiert? »Von Tiffany«, heulte sie.

»Schon gut«, sagte er. »Im Ernst, ich brauche kein Geschenk. Ich habe dich.« In diesem Moment wusste sie, dass er ihr nichts zu Weihnachten gekauft hatte. Sie fühlte sich ein bisschen lächerlich, weil Geschenke natürlich überflüssig sind, wenn man doch die Liebe hat.

»Du hast recht«, sagte sie. »Ich habe niemanden springen sehen. Aber ich konnte es mir vorstellen. Ich konnte spüren, wie es sein muss. Weißt du, was ich meine?«

»Eigentlich nicht.«

Erst jetzt stand er auf und zog sie wortlos in seine Arme. Sein Gesicht war über ihr, der blonde Haarschopf umrahmte die blauen Augen, die gebräunte Haut schimmerte selbst im Winter, die leichte Speckschicht auf Wangen und Nacken zeugte von Gesundheit und dieser Art von Unerschütterlichkeit, die den Menschen zu eigen ist, denen die Welt gehört, und nicht solchen, die wie Henry bloße Zuschauer sind. Sie sah auf seine Hände hinunter, auf den High-School-Ring und auf den weißen Streifen an der anderen Hand, wo er seinen Ehering getragen hatte, hob dann den Blick zu dem Schlips, den er – selbst bei einem Rendezvous – trug und der wie gewöhnlich etwas schief unter dem Kragen hing. Sie betrachtete seine Lippen, die sie immer für sanft gehalten hatte, die aber in Wahrheit fest und hart waren, und dann wagte sie es, in seine Augen zu starren, die so intensiv auf die Lust fokussiert waren, die er bald genießen würde.

»Du denkst über so etwas nicht allzu viel nach, oder?«, fragte sie.

»Eher nicht.«

»Das freut mich«, sagte sie. »Das freut mich wirklich.«

Und dann begann er mit erfahrener Hand methodisch ihre Bluse aufzuknöpfen, einen Knopf und dann noch einen und dann noch einen, und sie wusste mit absoluter Gewissheit, dass jeder Knopf ein Schritt war, den sie auf den Rand ihrer Golden Gate Bridge zuging, und dass sie, wenn keine Knöpfe mehr übrig und ihre nackten Brüste seinen schwieligen Händen ausgeliefert wären, bereits über das Geländer gesprungen wäre, und während des Fallens wäre sie von Reue, aber auch von Jubel erfüllt. Und wenigstens ein Mal in ihrem Leben würde sie ohne Seil oder Netz fliegen – und ohne je wieder nach Hause gehen zu können.

TEIL 3

DAISY

KAPITEL 9

23. Dezember, 14:24 – 14:55 Uhr

Wie genau es in Daisy aussah, wissen wir nicht, nur, dass sie laut vor sich hin sagte: »Daisy, Daisy, Daisy, Daisy, du Hohlkopf, du Idiot.« Zweifellos hätte sie sich am liebsten auf die Größe eines Atoms oder eines Moleküls, wie sie sie von ihren Netzhautnervenzellen her kannte, geschrumpft und wäre im Sekret eines kosmischen Augapfels verschwunden, doch tatsächlich wartete (und wartete) sie vor dem SlinkyBlink auf Henry, weil sie dachte oder zumindest hoffte, er werde ihr folgen; und als er das nach endlosen fünf Minuten immer noch nicht getan hatte, spürte sie leichte Hysterie in sich aufsteigen und musste sich selbst streng darauf hinweisen, dass er noch die Rechnung begleichen musste, was ja Zeit kostete, doch nach weiteren und dann noch weiteren fünf Minuten war die Schlacht verloren; sie brach in Tränen aus. Die Leute auf der Straße begannen sie anzustarren, und eine junge Frau kam sogar zu ihr und fragte, ob sie ihr ein Taxi rufen solle. Das war so demütigend, dass sie nicht einmal ein Danke zustande brachte und stattdessen die Sutter Street hinauf in Richtung Parkhaus floh. Reiß dich zusammen, herrschte sie sich selbst an. Doch die Tränen brannten immer noch in ihren Augen, und die unterdrückten Schluchzer steckten in der Kehle und erschwerten ihr das Atmen. Sie stand am Kassenautomaten, als sie ihn aus den Augenwinkeln sah – Henry, der durch den Parkhauseingang lief –, und aus einer verrückten Eingebung heraus versteckte sie sich hinter dem Automaten. Erst als sie sicher sein konnte, dass er fort war, trat sie auf die Straße hinaus, um ihn hinter dem Starbucks an der Ecke verschwinden zu sehen. Sie rief ihn nicht, sie lief ihm nicht hinterher. Stattdessen zückte sie ihr Taschentuch und schnäuzte sich. Dann kehrte sie zu dem Automaten zurück, steckte die Münzen hinein und ging zu ihrem Wagen.

Daisy war einige Jahre zuvor weit nach draußen, nach Fairfax in Marin County gezogen, sie hatte also eine lange Fahrt vor sich, die ihr zumindest Zeit zum Nachdenken geben würde, doch sie war nicht von Gedanken erfüllt, sondern von Begehren, keinem fleischlichen Begehren, sondern einem Begehren der Seele – sie wünschte sich zurück, was sie einmal besessen und wie altes Geschenkpapier fortgeworfen hatte. Sie wollte ihren Gefährten; sie wollte Frieden; sie wollte Lachen in ihrem Bett und Leidenschaft in ihren Adern. Sie wollte Bones – ihren lieben, schönen Bones, ihren witzigen, verrückten, brillanten, unmöglich möglichen Bones. Wenn man etwas verloren hat, dachte sie, kann man es nicht zurückhaben, bloß weil man es will. Man muss den Verlust akzeptieren. Das war es, was Bones ihr immer über Buddha erzählt hatte. Man darf nichts festhalten. Man darf keine Bindung entwickeln. Aber all diese Jahre waren vergangen, und sie hatte nichts akzeptiert.

Was bin ich doch für ein selbstsüchtiges Weib!, dachte sie. Sie war so aufgebracht, dass sie zu fest auf das Gaspedal trat und einen Schlenker machen musste, um einer Prostituierten an der Ecke Pine und Mason Street auszuweichen – jedenfalls sah sie aus wie eine Prostituierte –, und plötzlich empfand Daisy Neid. Diese Prostituierte hat verdammtes Glück, dachte Daisy. Sie braucht keine Liebe. Sie braucht nur fünfzig Dollar. Und dann wurde sie böse auf sich selbst, weil sie das gedacht hatte. Auch Prostituierte haben Gefühle. Es ist nicht ihre Schuld. Ihnen ist irgendetwas Schreckliches zugestoßen. Etwas Schreckliches, das ein Mann getan hat. Ein Vater. Ein Bruder. Ein Zuhälter.

Aber Henry hatte nichts Böses getan. Er hatte ihr nichts weggenommen. Er hatte gegeben. Und jetzt lebte er in ihr in einer Weise, die sie sich nicht hatte vorstellen können, als sie ihn in jener schrecklichen Nacht aus ihrem Leben geschickt hatte. Aus ihrem Leben! Was für ein Witz. Sie war so entsetzt gewesen über seinen Mangel an Schuldbewusstsein. Doch eigentlich hatte er sagen wollen, dass seine Liebe größer war als irgendwelche dummen, überholten Konventionen – und das Leben, das er ihr bot, war so voller Wahrheit und Feuer, dass alles andere eine Lüge war.

Sie hatte an einem Donnerstag mit Henry Schluss gemacht. Das wusste sie noch, weil an diesem Abend *Glee* lief und sie die Serie immer gemeinsam am Telefon guckten, wenn Edward nicht zu Hause und sie mit den Kindern allein war – sie nannte ihn dann »Sally«, damit die Kinder nicht merkten, dass sie mit einem Mann sprach. Nur wenige Männer mochten *Glee*, doch Henry war einer von ihnen. Als sie Edward gebeten hatte, eine Folge mit ihr anzuschauen, hatte er nur »So gay!« gesagt und sich wieder mit dem befasst, was anscheinend weniger schwul war. Und ehrlich gesagt konnte sie sich auch nicht vorstellen, dass Margaret sich das anschaute. Natürlich kannte sie Margaret kaum. Sie hatten sich nur auf ein oder zwei Veranstaltungen für BrainPower for Kids gesehen, bei denen Margaret Henry begleitet hatte. Sie war ziemlich – sagen wir – *steif*, mit spitzen Hüften, die sie jedem zukehrte, mit dem sie gerade sprach. Ihr Haar war unglaublich glänzend und weich, jedoch zu einem sehr strengen Bob geschnitten. Sie wirkte elegant und einschüchternd, jedenfalls auf Daisy. Ganz zu schweigen vom Internats-*Savoir-faire*, das sie an sich hatte, und von diesem Hauch von *noblesse oblige*, das sich in der Art äußerte, wie sie beim Sprechen den rechten Fuß auf ihrem Stiletto-Absatz hin und her drehte. Daisy musste sich immer wieder ins Gedächtnis rufen, dass Margaret nur irgendwelche blöden Immobilien verkaufte und dass Daisy die mit all dem Geld war.

Sie hatte keineswegs vorgehabt, an jenem Donnerstag mit ihm Schluss zu machen. Es war irgendwie passiert. Am Nachmittag dieses Tages hatten sie sich in Sausalito getroffen, wie schon so oft. Es war ein sonniger, wolkenloser Nachmittag, und Bones redete ganz enthusiastisch darüber, weil es in der Stadt so kalt und dunstig gewesen war und er jetzt den Sonnenschein genoss. Sie trug ihre abgeschnittenen Jeans und ein kurzes Neckholder-Top, weil es, wie sie sagte, so verdammt heiß war. Aber so heiß war es gar nicht, und sie wusste es, warum also war sie an jenem Tag so gekleidet?

»Lass uns da reingehen«, sagte sie und zeigte auf das Café am Platz.

»Nein, nein, lass uns den Sonnenschein genießen.«

»Ich möchte drinnen sein«, beharrte sie.

»Aber warum?«

»Weil es mir hier draußen zu öffentlich ist.«

»Was macht es schon, wenn uns jemand sieht?«, fragte er. »Wir reden doch nur.«

Doch sie wusste, dass er versuchen würde, sie zu küssen – das tat er immer. Sie verhinderte es dann mit einem spielerischen Schubs, und er legte ihr den Arm um die Taille und fand das sehr unauffällig, aber sie wussten beide, dass es das nicht war: Es war gefährlich – und etwas in ihm liebte die Gefahr. *Henry Danger, Privatdetektiv*, so nannte sie ihn in Gedanken. Aber an jenem Donnerstag wollte sie nichts riskieren.

Also wehrte sie seine Hand ab und beschleunigte den Schritt. Der Platz wimmelte von Touristen – Mütter, Väter, Kinder, Hochzeitsreisende. Familien, dachte sie. All diese Familien. Neulich abends hatte sie ihn gefragt: Hast du keine Gewissensbisse? Wie kannst du so unbekümmert um die Gefühle der anderen sein? Es hatte sie schon seit

Tagen umgetrieben. Wo war sein moralischer Kompass? Und ihrer?

Sie lief eilig zu dem Café und fand einen Tisch an der Wand, obwohl er lieber am Fenster gesessen hätte.

»Was möchtest du?«, fragte er.

»Nichts.«

»Keinen Hunger?«

»Nein. Aber du kannst etwas essen, wenn du magst.«

»Du solltest etwas essen.«

»Ich möchte nichts essen.«

»Warum sind wir dann in einem Restaurant?«

»Es ist kein Restaurant. Nur ein Kaffeehaus.«

»Dann trink Kaffee.«

»Verdammt noch mal, wer bist du eigentlich? Mutter Teresa? Hör auf damit!«

Und dann begann er natürlich zu stottern. Er stotterte immer, wenn die Leute ihn anbrüllten. Es war nicht wirklich ein Stottern, eher eine Schlaf-Apnoe im Wachzustand. Ein Keuchen, fast Würgen.

»Würdest du damit aufhören?«

»Wo-wo-wo-mit?«

»Mit dem Stottern. Hör auf zu stottern.«

»Ich sto-sto-sto …«

»Wenn du nicht atmest, wirst du ohnmächtig! Herrgott noch mal, beruhige dich!«

»Es tut mir leid«, sagte er. »Was immer ich getan habe …«

»Schon gut. Schon gut. Ich bin nur schlecht gelaunt. Ich glaube, du hast recht. Ich brauche was zu essen.«

Er lächelte. »Unterzuckerung. Das habe ich schon oft erlebt.«

»Tatsächlich?«, fragte sie.

»Sehr oft. Ich hole dir ein *pain au chocolat*, das Mittel der Wahl.«

»Fein«, sagte sie und sah ihm nach. Instinktiv suchte sie nach ihrem Lippenstift, entschied sich dann aber dagegen. Stattdessen zupfte sie an ihren Shorts und versuchte den Saum ihres Tops ein bisschen weiter über den Bauch zu ziehen. Er kam mit dem Croissant, zwei Cappuccinos, ein paar Servietten und einer Banane zurück.

»Banane ist bei Unterzuckerung das Beste«, verkündete er fröhlich. »Und außerdem mit Schokolade sehr, sehr köstlich.«

»Hör auf, so nett zu mir zu sein«, sagte sie und spürte dabei, dass sich in ihr bereits etwas bewegt hatte, eine tektonische Verschiebung in den unteren Schichten ihrer Seele. Es lag an all diesen Familien. All diese Kinder und Ehemänner und Ehefrauen. Ihre Familie. Seine Familie. Sie empfand eine liebevolle Aufwallung für Margaret, die an alldem unschuldig und in völliger Unkenntnis war. Was in aller Welt hatten Henry und sie sich nur gedacht?

Das war der Augenblick, in dem sie endlich den Entschluss fasste. Es musste aufhören. Liebe hatte damit nichts zu tun, sagte sie sich. Liebe war nur ein Gefühl. Nicht wichtig. Nicht so wichtig wie Familie. Sie konnte nur nicht die Worte finden, um es ihm zu sagen. Nicht, wenn er ihr ein Schokocroissant und eine Banane brachte.

Sie holte tief Luft, überlegte verzweifelt, was sie sagen sollte, und fragte ihn dann, ob er, da Edward abends nicht da sein werde, Lust habe vorbeizukommen, wenn die Kinder schon schliefen.

»Im Ernst?«, fragte er.

»Ja. Bitte.«

»Dann bist du mir nicht böse?«

»Nein, ich bin dir nicht böse.«

»Wir könnten *Glee* gucken.«

»Nach *Glee*, Henry. Wenn die Kinder schon schlafen.«

Genau eine Stunde nach *Glee* klopfte er an die Tür. Sie hatte den Verdacht, dass er draußen im Wagen gesessen und auf die Uhr gesehen hatte, weil er einerseits ihr Zusammensein mit den Kindern nicht stören wollte, andererseits aber auch ungeduldig auf sie wartete. Das war seine sehr nette Art. So rücksichtsvoll. Sie kam für ihn immer an erster Stelle. Er hing an ihren Lippen, als wären ihre Worte pures Gold. Er hörte wirklich zu. Doch sie hatte bereits beschlossen, ihn nicht hereinzubitten. Denn wenn sie es täte… Er klopfte wieder. Sie umfasste den Knauf, merkte jedoch, dass sie ihn nicht drehen konnte. Er klopfte noch einmal. Das Klopfen hallte in ihrem Körper wider bis in die Zehenspitzen. Hatte sie noch eine Wahl? Sie öffnete die Tür. Er lächelte – selbst im Dunkeln strahlte sein Gesicht hell wie die Sonne – und machte einen Schritt vorwärts. Sofort legte sie ihm die Hand an die Brust, um ihn aufzuhalten.

»Lass uns nach draußen gehen«, sagte sie. »Die Kinder.«

»Ich dachte, sie schlafen.«

»Und wenn sie aufwachen?«

Sie führte ihn über die vordere Veranda und dann die Treppe hinunter in den Garten. Es roch nach Jasmin und Küsten-Sequoia, die Luft fühlte sich noch warm an von der Hitze des Tages, und der Himmel war wie eine klare Linse, durch die die sternenbesetzten Weiten des Alls schimmerten.

»Hier draußen ist es auch sehr schön«, sagte er.

Sie versuchte sich mit aller Kraft an das zu erinnern, was sie eingeübt hatte – aber sie hatte nichts mehr davon im Kopf.

»Ich kann dich nicht mehr sehen«, platzte sie schließlich heraus. »Es tut mir leid, es tut mir wirklich leid.«

»Wirklich? Ich kann dich noch sehen. Der Mond ist weg. Aber ich kann eine Taschenlampe holen, wenn du möchtest.«

»Nein, Henry. Nein. Du hörst mir nicht zu. Ich kann *das* nicht mehr.«

»Das?«

»Das mit *uns*.«

Er bekam keine Luft mehr, brachte jedoch gequetscht heraus: »Meinst du das ernst?«

»Es ist nicht richtig, Bones. Es ist einfach nicht richtig. Und du solltest das besser wissen als jeder andere. Du bist ein guter Mensch, Henry. Das glaube ich. Aber das – nein. Bitte fahr einfach nach Hause!«, hatte sie gesagt oder etwas

Ähnliches, denn inzwischen konnte sie sich nicht mehr an den genauen Wortlaut erinnern, aber sie hatte noch vor Augen, wie sie sich umdrehte und ins Haus rannte, dieses Riesenhaus, ohne ihm Gelegenheit zu einer Antwort zu geben. Was immer er hätte sagen wollen, sie wollte es nicht hören, konnte, würde es nicht hören. Sie knallte die Tür hinter sich zu. Vielleicht *knallte* sie sie nicht regelrecht zu. Das hätte sie nie getan. Allein schon wegen der schlafenden Kinder. Aber es könnte durchaus auch geknallt haben. Sie presste sich mit dem Rücken gegen die Tür, um sicher zu sein, dass sie zu war – und wartete darauf, dass er hinterherrennen und klopfen und gegen die Tür schlagen und rufen würde. Aber das tat er nicht. Was sie überraschte. Und als sie hörte, wie der Wagen angelassen wurde, wie die Räder auf dem Kies der Einfahrt knirschten, wie dann wütend der Vorwärtsgang eingelegt wurde und wie der Motor immer, immer, immer leiser wurde, als er Richtung Vergessen fuhr, da wurde dieses Etwas in ihr, das ihn fortgeschickt hatte, plötzlich eher furchtsam und vielleicht sogar ein bisschen ärgerlich. Alles war so ruhig. Das Haus. Der Garten. Der Hund. Die Kinder. Sie fühlte sich unglaublich allein.

Doch dann wurde ihr etwas klar. Sie war – frei. Frei von allen Lügen und allen Täuschungen. Frei, sich wieder zu Hause zu fühlen. Der Lärm all dieser Liebe lag jetzt hinter ihr, weit, weit die Straße hinunter. Alles würde wieder so sein wie früher. Die Luft würde wieder rein sein. Der Himmel würde wieder einfach nur Himmel sein. Der Spiegel würde wieder die Frau widerspiegeln können, die ihr Mann geheiratet hatte.

Sie wanderte einige Minuten lang durch das Haus, ließ ihre Finger über die Sofalehne, die Porzellanfiguren, den Deckel des Steinways streifen; sah mit neuem Blick auf die Gemälde an der Wand und die Fotos auf dem Kaminsims; ging durch das Wohnzimmer, die Bibliothek, über die Galerie und gelangte schließlich in den Raum, in dem sie mit Edward und den Kindern so viel Zeit verbracht hatte: Edwards Heimkino. Es hätte genauso gut ein IMAX sein können, mit den akustisch optimierten Wänden im Zebraholz-Design, drei Reihen Deluxe-Kinositzen mit Palisanderarmlehnen, dem riesigen 3D-Bildschirm und Lautsprechern praktisch überall, selbst unter den Füßen und in den Kopflehnen der Sitze. In einer Ecke stand sogar eine Popcornmaschine. Edwards Welt.

Lächerlich und großspurig! Doch jetzt fragte sie sich, ob sie ihn nicht zu streng beurteilt hatte. Das hier war doch auch irgendwie süß, oder? Sie ließ sich in einen von Edwards Sitzen sinken. Das üppige Wollstoffpolster in der Mitte der Armlehne war tröstlich, und sie fühlte sich beruhigend von diesem Raum umschlossen. Daisy betrachtete den Bildschirm, auf dem ihre Kinder und sie noch eine Stunde zuvor die neuste Folge von *Glee* geschaut und mit den Schauspielern mitgelacht und -gesungen hatten. Es hatte Spaß gemacht. Es war gesund, ehrlich, sauber und normal gewesen. Jetzt war der Bildschirm natürlich dunkel wie eine gerade abgewischte Tafel in einem Klassenraum.

Oder wie ein schwarzes Loch im Weltraum. Eine wunderbare Leere, Ruhe und Gelassenheit. Sie stieß einen langen, sehnsüchtigen Seufzer aus – alle Spannung, alle Geheimnisse, alle Klimmzüge, alle Entschuldigungen und Enttäuschungen, der Wunsch, anderswo zu sein, der Wunsch, jemand anders zu sein – all das verließ sie.

Sie schloss die Augen. Sie hörte die Stille ringsum. Sie nahm sich selbst in eine feste Umarmung. Sie spürte, wie sie von einer leichten Schwäche überfallen wurde. Sie wusste bereits, dass alles, was sie sich einzureden versucht hatte, eine Lüge war.

KAPITEL 10

15:01 – 15:25 Uhr

Ja, toll, sagte sich Daisy, als sie jetzt nach Marin County zurückfuhr, sie hatte Henry weggeschickt – und dann? Während seiner Abwesenheit hatte er größere Macht über sie gewonnen denn je, stand ihr innerlich als Vertrauter und Ratgeber zur Seite, erklärte ihr ihr eigenes Leben, gab ihr in Augenblicken des Zweifels Halt und versicherte ihr, dass ihre Zukunft in ihren eigenen Händen liege, dass sie sie nur zu ergreifen brauche; dass sie ihren Mann verlassen, wieder zur Schule gehen und ihre Kinder trotzdem großziehen könne, dass sie schon irgendwie zurechtkämen, ohne zu verhungern, dass die Welt nicht untergehen würde; und als sie sich nach einem neuen Freund umsah, zeigte er ihr, dass niemand ihr genügte, dass sie alle nicht genug über sie wussten und keine Ahnung hatten, wie eine richtige Partnerschaft beschaffen sein sollte. Kurzum: Nur er wusste, wie man sie lieben musste.

Denn es war eigentlich nicht sein Mangel an Gewissensbissen gewesen, der sie an jenem Tag so aufgebracht hatte. Sondern ihr eigener.

Und als sie ihn nach all den Jahren des Getrenntseins vor

dem SlinkyBlink stehen sah, und zwar genau so, wie sie ihn in Erinnerung hatte, nämlich immer noch in einen seiner verrückten Henry-Gedankenströme versunken – er starrte in das Schaufenster eines Geschäfts, in das er nie einen Fuß setzen würde, und erlaubte es seinem Geist, nach Belieben umherzuwandern –, und als ihr außerdem klar wurde, dass er höchstens ein paar Pfund zugenommen hatte und dass die Khakis, die er trug, genau die waren, die sie an jenem Tag zusammen bei Banana Republic gekauft hatten, da konnte sie einfach nicht anders, sie musste zu ihm gehen und Hallo sagen. Sie setzte ihr schönstes Lächeln auf und außerdem eine gut geübte Miene der Sorglosigkeit, und obwohl sie am liebsten wie früher von hinten an ihn herangetreten wäre und die Arme um ihn geschlungen hätte, tippte sie ihm nur auf die Schulter und rief leise seinen Namen, den sie vier Jahre lang nicht mehr ausgesprochen hatte.

Was hatte sie erwartet? Dass er sie in die Arme schließen und nach Südfrankreich entführen würde? Vielleicht. Ja, das hatte sie erwartet. Aber dann hatte er gesagt, dass er Margaret liebe.

Und es so gemeint.

Und trotzdem hatte es so ausgesehen, als hätte er im Parkhaus nach ihr gesucht.

Sie fuhr inzwischen schon auf die Golden Gate Bridge zu. Leicht besorgt, weil sie Tasha von der Schule abholen musste und gehört hatte, auf der Brücke sei etwas vorgefallen, doch sie konnte sehen, dass der Verkehrsfluss normal war. Anscheinend hatte jemand springen wollen. Natürlich. Es war ja Weihnachten. Später hörte sie, es sei vielleicht auch ein Motorradunfall gewesen oder ein Fußgänger sei auf die Fahrspur gefallen oder vielleicht *wollte* auch jemand springen, und man hatte ihn davon abgebracht. Sie hatte nicht richtig zugehört. Sie hatte beschlossen, sich auf die Arbeit statt auf Henry zu konzentrieren, und das Radio nur noch wie ein Hintergrundgeräusch oder ein Gespräch in einer Fremdsprache wahrgenommen. Und so hatte sie versucht, ein kinetisches Modell der photoelektrischen Transduktion zu entwerfen, das auch eine detaillierte stochastische Simulation der Aktivierung und Inaktivierung von Rhodopsin, G-Protein und Phosphodiesterase umfasste. Im Grunde war es nicht eigentlich ihr Projekt, es war das ihres Labors beziehungsweise das ihres Lehrers und Beraters Dr. Russell; sie selbst war nur eine der vielen Arbeiterinnen im Bienenstock. Es war offensichtlich, dass er ihre Dissertation in diese Richtung lenkte, und das war ziemlich entmutigend, weil sie bisher nicht besonders weit gekommen waren. Überraschenderweise erwies es sich als eine ziemliche Herausforderung, eine mathematische Gleichung zu finden, die genau beschrieb, wie der molekulare Prozess in einer einzelnen Rezeptorzelle ablief, wenn sie auf das Licht einer bestimmten Wellenlänge reagierte. Jetzt versuchte sie herauszufinden, warum es nicht funktionierte. Wäre doch ganz gut, wenn sie sich jetzt mal darauf konzentrieren würde, dachte sie. Sie wusste, dass das Rhodopsin-Molekül eine Reihe von Phosphorylierungs-

Schritten durchmachte und dass jeder Schritt zu einer progressiven Abnahme der Affinität zwischen Rhodopsin und dem G-Protein und damit zugleich zu einer progressiven Zunahme der Affinität zwischen R und Arr führt und dass auch die Affinität zwischen R und RK abnimmt und – hier ließ sie ihr Scharfsinn im Stich. Nicht weil sie nicht mehr mit den Rs und RKs und sonstigen Stoffen hätte jonglieren können, sondern weil sie die Tatsache nicht aus ihrem Kopf verbannen konnte, dass er immer noch so süß war, dieser Kerl. Er hatte sich nicht verändert. Um kein Jota. Nicht das kleinste bisschen! Wie konnte jemand nach so langer Zeit noch so attraktiv sein? So hinreißend. So, so … Ihr fehlten einfach die Worte.

Dieser Mensch trug das Herz nicht auf der Zunge, sondern auf dem ausgestreckten Arm vor sich her. Es war verrückt. Er war verrückt. Sie war verrückt. Sie war doch mit Männern zusammen gewesen, mit echten Männern, und er war manchmal eher wie ein kleiner Junge. Dabei wusste sie, dass das gar nicht stimmte. Es gab nur einfach kein Wort, um ihn zu beschreiben! Er war ein feiner Kerl, ein sehr feiner Kerl, einer mit Herz und Seele. Und dann dieses wunderbare Hirn, das nie zur Ruhe kam!

Wie konnte er nur Margaret lieben?

Daisy wollte wirklich keine bösen Gedanken hegen, was Margaret anging, aber sie konnte nichts dagegen tun, die kamen einfach von selbst, aus der festen Überzeugung heraus, dass Margaret unehrlich und gemein war, wenigstens wenn es um Henry ging. Warum wollte sie keine Kinder? Weil sie selbstsüchtig war. Sie war das Gegenteil von Henry; sie war sein böser Doppelgänger. Nein, als Doppelgänger wäre sie eins mit ihm – eher wie eine schlechte Kopie. Sie war absolut nicht wie er. Niemand war das.

Ich könnte Kinder mit ihm haben, dachte sie.

Warum auch nicht? Sie war erst achtunddreißig. Sie konnten noch zwei haben! Und ihre gemeinsamen Kinder wären ganz erstaunlich und schön, weil sie Kinder der Liebe wären, *echter* Liebe. Und Tasha und Denny würden sie auch lieben. Wie auch nicht? Vor allem Denny, weil er der große Bruder wäre, der sich um sie kümmerte, und Tasha sagte sowieso immer, dass sie sich eine Schwester wünschte, und außerdem würden Tasha und Denny dann Bones haben, der ihnen helfen und sie lieben und ihnen ein Vater sein würde. Tasha und Denny würden Bones total zurücklieben; sie würden ihn anbeten, weil er für sie ein besserer Vater sein würde als ihr eigener Vater, denn Edward verhielt sich ihnen gegenüber eher wie ein ständig abwesender Vermieter. Und die neuen Kinder – Allison und Alex – würden ebenfalls zur Marin Country Day School gehen, zu der sie gerade fuhr, um Tasha abzuholen. Um Denny musste sie sich heute nicht kümmern, der hatte sein Basketballtraining drüben an der Marin Academy High School. Sie ließen ihn dort im Anfängerteam mitspielen, weil er schon so gut war, und er hoffte, auch ins Skiteam aufgenommen zu werden. Also blieb ihr nur Tasha, die sie zum Marin Ballet bringen musste, zu ihrem

Level-4-Kurs, an dem sie leider schon das Interesse zu verlieren begann, es war ein Jammer.

Also begann Daisy darüber nachzudenken, wie sie Tasha dazu bringen konnte, am klassischen Ballett dranzubleiben, und sie beschloss, vielleicht mit der Lehrerin darüber zu reden, möglichst noch heute, weil Tasha schon fünf Jahre Ballettunterricht nahm, nein sechs, wenn man den Vorbereitungskurs im Kindergarten mit einrechnete. Sie brauchte Edward nur darauf anzusprechen, er war immer sehr großzügig, war es immer gewesen; er zahlte einfach und auch noch gern, er ließ sich nie bitten. Ja, in dieser Hinsicht war er ein guter Vater, und Wärme durchflutete ihr Herz, als sie vom Highway 101 Richtung Paradise Drive abfuhr, denn die Menschen können ihre Liebe nur auf ihre ganz eigene Art und Weise zeigen, und das war nun mal seine Art und keineswegs die schlechteste, aber eben nicht die Art, die ihre Seele nährte. Das ging über einen anderen Weg, den Weg der Liebe, den Weg, den Bones ihr gezeigt hatte. Wenn sie nur Augen gehabt hätte, es zu sehen.

Nein, das stimmte nicht.

Sie *hatte* es gesehen. Und es hatte sie zu Tode erschreckt.

Sie hätte einfach die Augen schließen, ihm an den Rand folgen und springen sollen. Spring, los, spring! Was bin ich doch für ein Idiot!, sagte sie sich.

Doch sie hatte ihn gehen lassen, und damit hatte sich die Sache erledigt. Was man verliert, bekommt man nicht zurück. Das Gesetz des Karmas, das er ihr zu zeigen versucht hatte.

Es war wie dieses Problem, über das Bones und sie immer diskutiert hatten. Wenn Daisy mit einer Taschenlampe auf der Lok eines Güterzugs stünde und Bones, ebenfalls mit einer Taschenlampe, auf der Lok eines entgegenkommenden Güterzugs und beide Züge mit einer Geschwindigkeit von, sagen wir, fünfhundert Meilen pro Stunde aufeinander zuführen, dann müsste jeder das Licht des anderen mit der Lichtgeschwindigkeit plus einer Geschwindigkeit von tausend Meilen pro Stunde, nämlich der Geschwindigkeit seines Zuges und der ihres Zuges, auf sich zukommen sehen. Doch nein. Ganz gleich, wie schnell die Züge aufeinander zufahren, das Licht breitet sich genau mit *c* aus, der Lichtgeschwindigkeit – unabhängig davon, wie und von wo aus man es misst, von einer festen oder einer sich bewegenden Position aus, von vorn, von der Seite, von oben oder unten, vom Zug aus oder nicht, von nah oder fern. Denn die Lichtgeschwindigkeit ist absolut, unabänderlich. Abweichungen sind nicht erlaubt. Und das war das – unlogische, unmögliche, aber unangreifbar wahre – Rätsel, in dem ihr ganzes Leben festzustecken schien. Die Geschwindigkeit der Liebe war festgeschrieben. Ihre Bewegung auf Henry Quantum zu war genauso unabänderlich wie seine von ihr weg. Das unumstößliche Gesetz des Verlustes bestand darauf, dass sie einander nie erreichen würden, ganz gleich, wie sehr sie es versuchte, ganz gleich, wie schnell sie rannte, ganz gleich, wie viel Liebe sie aussendete. Ihre Lichter würden nie zusammenstoßen.

Jetzt konnte sie das Village Shopping Center sehen, das von Einkäufern überrannt wurde und in weihnachtlicher Beleuchtung erstrahlte, obwohl die Sonne noch am Himmel stand. Sie bog rechts in den Paradise Drive ein, der sich um den Rand der Bucht wand, wie ein Falke über einem Feld kreist; dennoch vermittelte ihr diese Straße immer ein Gefühl von Frieden, vielleicht weil sie wusste, dass am Ende dieses Weges ihre Tochter wartete. Doch heute trat sie nicht allzu fest aufs Gas, hatte es nicht eilig anzukommen, teils, weil sie am Kreisverkehr ohnehin in der Warteschlange stehen würde, vor allem aber, weil sie mit ihren Gedanken allein sein wollte, ein wenig mehr Zeit brauchte, weil sie noch nicht zum Mittelpunkt vorgedrungen war, zu dem Teil, in dem sie den Weg sehen konnte, der sie durch all diesen Gefühlsaufruhr hindurch zum Eigentlichen führen würde, was auch immer das sein mochte.

Deshalb fuhr sie nur ein paar Yards von der Polizeistation entfernt an den Straßenrand. Sie wusste, dass andere Eltern an ihr vorbeifahren und sie vielleicht erkennen würden, aber das war ihr egal. Sie war einfach noch nicht so weit, dass sie sich Tasha und all ihren Forderungen und Klagen und den Bitten, nicht mehr zum Ballett gehen zu müssen, aussetzen konnte. Zudem war heute der letzte Schultag vor Weihnachten, und das würde noch zur allgemeinen Aufregung beitragen, weil alle Kinder ihre Kunstmappen, naturwissenschaftlichen Projekte und sonstigen Dinge mit nach Hause brachten, die sie jetzt, am Ende des Halbjahrs, nicht mehr brauchten. Alle würden nur noch über das Winterkonzert und die Theateraufführung der fünften Klasse reden und darüber, wie schlimm die Prüfungen gewesen seien, reine vibrierende Energie, und Daisy brauchte ein wenig Ruhe. Sie stellte den Motor ab und löste die Hände vom Lenkrad. Sie holte ihr Handy aus der Handtasche und legte es sich in den Schoß.

Dann sah sie das Handy sehr lange an.

Mach dich nicht zum Narren, sagte sie sich stumm.

Nicht jeder war so beeindruckt von Henry, das wusste sie. Auf den ersten Blick war ihm Edward weit überlegen: Abgesehen davon, dass Edward aus einer reichen Familie stammte und gar nicht anders konnte, als immer mehr und mehr Geld zu machen, als sei das die leichteste aller Übungen, war er, nun ja, er war schön, und damit meinte sie, dass er weit mehr war als nur gut aussehend – er war prächtig und umwerfend wie ein Filmstar –, und die Frauen umschwärmten ihn. Sie wusste, dass er mit vielen von ihnen geschlafen hatte, und sie hatte es sehr lange als den Preis dafür betrachtet, mit einem solchen Mann verheiratet zu sein: den Preis für eine Schwiegerfamilie mit einem Haus in Napa County und einem anderen in den Hamptons, einem Hauptwohnsitz in Ross und einer kleinen Bleibe auf dem Russian Hill; den Preis für extravagante und interessante Partys mit den Gettys und Betzes und Hellmans; für die achtzehn Fuß hohen Weihnachtsbäume und ein Frühstück, das einem das Personal vom Büffet holte; für die Familienkreuzfahrten und die Familienpferde und die Familien-»Ausflüge« nach Kaua'i oder Aix oder Fiesole oder auf die Privatinsel vor der Küste Balis; für die Premierenloge in der Oper und die problemlose Tischreservierung im French Laundry; für das befriedigende Gefühl, große Summen spenden zu können und zu sehen, dass damit Gutes getan wurde; für das Privileg, an seinem Arm in der Öffentlichkeit zu erscheinen und dadurch noch begehrenswerter zu werden. Ja, der Preis für all dies war unglücklicherweise Edward. Seine gedankenlosen Seitensprünge. Seine unerschütterliche Beschränktheit. Und seine schrecklich besitzergreifende Art.

Sie war erst einundzwanzig gewesen, als er sie aufgegabelt und geheiratet hatte, und vierundzwanzig, als Denny kam. Zu jung, dachte sie, viel zu jung.

Und dann, eines Tages, wurde alles anders.

»Bist du verrückt?«, fragte er sie.

Er versicherte ihr, ihre Affäre mit diesem Werbefritzen mache ihm nicht viel aus, er werde es verwinden. So schlimm sei es nun auch wieder nicht.

»Es sollte aber schlimm sein!«, sagte sie zu ihm.

»Ist es aber nicht. So was passiert.«

»Ich ziehe aus!«, schrie sie. »Ich will wieder lernen. Ich will Wissenschaftlerin werden. Biologin.«

»Warum?«, fragte er.

»Weil ich es immer wollte.«

»Du wolltest mich immer verlassen?«

»Ich wollte immer Wissenschaftlerin werden.«

»Daisy, ich sage es nicht gern, aber du bist jetzt vierunddreißig. Du hast zwei Kinder. Die dich zufällig brauchen;

das hast du vielleicht vergessen. Und den Haushalt und die ganzen Ehrenämter. Und mich. Ich brauche dich. Aber um mich machst du dir ja keine Sorgen.«

»Dir geht's auch in Zukunft gut.«

»Daisy, hast du irgendeine Vorstellung davon, wie hart so ein Hochschulstudium ist? Und du glaubst wirklich, du kriegst das hin? Sei doch mal realistisch. Du hast kein Wissenschaftler-Hirn, Daisy. Du bist total chaotisch. Eine Null in Mathe. Welche Art Wissenschaftlerin willst du werden? Du würdest als Laborassistentin enden. Reiß dich zusammen. Du hast eine Midlife-Crisis, weiter nichts.« Und damit sie sich besser fühlte, fügte er hinzu: »Hör mal, ich hatte doch auch Affären.«

»Fick dich«, sagte sie.

Bis zu diesem Augenblick hatte sie vielleicht noch an ihrer Entschlossenheit gezweifelt, aber jetzt gab es keinen Weg mehr zurück. Sie fand ein Häuschen viel weiter draußen in Marin County, in Fairfax, in der Ebene, kaum mehr als ein Bungalow mit kleinem Garten, drei kleinen Schlafzimmern, einer niedlichen Essküche und einem winzigen Wohnzimmer. Es war weit, sehr weit entfernt von dem Haus in Belvedere und fühlte sich an wie ein Ort, an dem man einen Neustart wagen konnte. Fairfax mit seinen Headshops und den Immer-noch-Hippies in gebatikten T-Shirts und langen Blümchenkleidern war irgendwie aus den Sechzigern übrig geblieben. Jeder schien einen klapprigen Datsun zu fahren, und auf der Main Street gab es einen schuhkartongroßen Eissalon und einen echten

Five-and-Dime. Daisy fühlte sich in dieser nostalgischen Welt seltsam zu Hause und spürte, dass sie zu etwas längst Vergessenem zurückkehrte; dabei war sie viel zu jung, um sich an die Sechziger erinnern zu können, und in Wirklichkeit einfach nur eine geschiedene Frau mit zwei Kindern, und das hier war es, was sie sich leisten konnte. Also schrieb sie sich am Community College ein, polierte ihre Mathe-Kenntnisse auf, bestand die Graduate-Record-Prüfung und schaffte es an die San Francisco State University als Praktikantin am Hamer Eye Research Institute. Bevor sie dann die bezahlte Assistentenstelle mit Lehrerlaubnis bekam, arbeitete sie Teilzeit in der Buchhandlung von Fairfax. Von Edward nahm sie nur für die Kinder und deren Mietanteil, sonst aber für gar nichts Geld an.

Und wenn ihre Freundinnen sie besuchen kamen, sagten sie alle: »Du bist verrückt.«

Daisy saß in ihrem Wagen am Rande des Paradise Drive, dachte über all das nach und hoffte irgendwie, sie würde noch zum Kern des Ganzen vordringen, aber es gelang ihr nicht. Vielleicht, wenn sie sich konzentrierte?

Wie hatte sie diesen Henry Quantum kennengelernt? Auf einer Sitzung des PR-Ausschusses von BrainPower for Kids. Jemand vom Vorstand kannte jemanden in irgendeiner Werbeagentur, der bereit war, gratis für sie zu arbeiten. Alle hatten das sehr aufregend gefunden und waren deshalb, was sonst selten vorkam, früher erschienen, doch die Werbeleute kamen trotzdem zu spät. Herein spazierten eine junge Frau unbestimmbaren Alters und sexueller Orientierung sowie ein schlaksiger Kerl Mitte dreißig, der über seine eigenen Füße zu stolpern schien, die damals übrigens in knöchelhohen roten Sneakers steckten – ein seltsamer Kontrast zu dem eher konservativen Anzug mit Schlips, den er dazu trug. Alle glaubten, er sei der Art Director, wegen der Sneakers und weil er irgendeinem Film- oder Rockstar ähnelte, der ihnen gerade nicht einfiel – Justin Bieber? (Nur in Blasser, soweit das möglich war.) Daisy fand eher, dass er wie ein exzentrischer Ben Affleck aussah. Jedenfalls erwies sich, dass der Typ für den Vertrieb zuständig war, und deshalb erwarteten alle, er würde ebenso schlaue wie langweilige Dinge über Kunden und Finanzen von sich geben. Doch alles, was er sagte, hatte Hand und Fuß. Er erklärte die Dinge einfach und von Anfang bis Ende, ohne dass sich die Zuhörer dumm vorkamen. Am Ende der Sitzung hatten sie alle Vertrauen zu ihm gefasst und beschlossen mitzumachen, was immer die Agentur vorschlug. »Prima!«, sagte der Typ und meinte, es sei am praktischsten, wenn ein Mitglied des Ausschusses eng mit der Agentur zusammenarbeite. Daisy hob die Hand. »Ich bin gern die Verbindungsfrau.«

Was alle überraschte, weil Daisy sich sonst nie meldete, wenn es um Extra-Aufgaben ging.

Sie konnte sich noch genau erinnern, wie sich das anfühlte, ihre Hand über dem Kopf, die Finger weit gespreizt und wie Welpenschwänze wedelnd. Sie erinnerte sich auch daran, wie schnell sie die Hand wieder senkte, weil sie fürchtete, in ihrer Achsel könne ein Schweißfleck sichtbar sein.

Und so verschwört sich das Universum, wie sie jetzt wusste, wenn es um Liebe geht.

Es verschwört sich, um einem etwas beizubringen. Man muss nur bereit sein zu lernen. Es verschwört sich, um einen in unentdeckte Länder zu versetzen. Man muss nur durchhalten.

Und so verschworen sie sich beim Kaffee im Peet's, beim Abendessen im Depot und immer wieder am Telefon und morgens in seinem Büro und an grauen Nachmittagen in ihrem Haus. Sie redeten sich ein, ihr Ziel sei ein öffentliches Gesicht für BrainPower, um ein Bewusstsein zu wecken und Mittel einzutreiben, doch ihr Aktionsplan wurde zu einem Gespräch, das von Kindheitserinnerungen zu politischen Wirren, zu Klagen über Ehegefährten, zu Geständnissen über heimliche Schriftstellerei, zu »Sagen Sie mir, was dieser Traum Ihrer Meinung nach bedeuten könnte« und »Sie bringen mich immer zum Lachen« und »Ich wünschte, wir wären uns Jahre früher begegnet« führte. Im Laufe der Wochen hatten sie immer mehr solcher Treffen, machten aber immer weniger Fortschritte, was die Werbekampagne anging. Und dann reiste Henry eines Tages wegen eines Werbedrehs nach Chicago und rief sie nachmittags vom Flughafen aus an. Er sagte:

»Hi, Daisy, ich rufe nur an, um Hallo zu sagen.«

»Hallo«, sagte sie.

Er holte tief Luft und sagte: »Ich weiß, es ist verrückt, aber ich vermisse dich.«

Es schien Ewigkeiten zu dauern, bis sie antwortete: »Ich vermisse dich auch.«

»Du weißt es also?«

»Ja, ich weiß es«, sagte sie. »Ich empfinde dasselbe.«

»Wirklich?«

»Ja.«

Ihr Herz hämmerte, es hämmerte tatsächlich, und das Telefon in ihrer Hand schien von allein zu zittern.

Er sagte: »Ich wollte nie …«

»Ich auch nicht«, sagte sie.

»Es ist überwältigend.«

»Ich weiß.«

»Aber, Daisy …«

»Du musst es nicht sagen.«

»Doch. Ich muss es. Wir können das nicht einfach so weiterlaufen lassen. Das weißt du.«

»Ich weiß es.«

»Es muss an diesem Punkt aufhören. Damit, dass wir beide es nur wissen.«

»Das weiß ich, Henry.«

»Wir dürfen es nicht weitergehen lassen.«

»Ich bin deiner Meinung.«

»Dies ist also ein Hallo und Adieu.«

»Ja«, seufzte sie. »Ich glaube auch.«

Es trat eine weitere Pause ein, gleichermaßen von Entzücken und Verzweiflung erfüllt. Und dann wurde das Schweigen einfach zu schwer, und er sagte: »Hallo, Daisy.«

Sie antwortete: »Hallo, Henry.«

Und dann sagte er: »Adieu, Daisy.«

Und sie antwortete: »Adieu, Henry.«

»Ich bin froh«, sagte er.

»Ich bin auch froh«, antwortete sie.

Und sie gaben sich ehrlich Mühe, es nicht weiterlaufen zu lassen. Als Henry wieder in San Francisco war, rief er sie nicht an. Er fuhr direkt zu seiner Frau und sagte ihr, er sei völlig erschöpft von der Reise – Beginn der Dreharbeiten um sechs Uhr, und abends um acht waren sie immer noch nicht fertig, die Abendessen mit der Crew und die Kneipenbummel mit den Kunden, der Stress, es allen recht machen und gleichzeitig die Dinge im Büro noch im Griff behalten zu wollen, und danach der lange, schreckliche Rückflug – das Wetter sei furchtbar gewesen! In Wahrheit aber hatte er nur eins im Kopf gehabt, Daisy, und zwar Tag und Nacht. Es war so anstrengend! Und als er nach Hause kam, wollte er nur noch schlafen.

Doch Margaret brauchte ihn, weil er für sie Besorgungen machen sollte, und sie brüllte ihn an: »Warum kümmerst du dich nie um mich? Wieso machst du dir überhaupt die Mühe, nach Hause zu kommen, wenn du mir keine Beachtung schenken willst?« Er sagte ihr, er habe zwei Tage lang kein Auge zugetan, doch sie hielt ihn wach und sagte: »Du sollst das aber *jetzt* für mich erledigen!« und »Warum kann ich mich nie auf dich verlassen?«, bis er sich schließlich im Badezimmer einschloss und zum Schlafen in die Badewanne legte, obwohl sie gegen die Tür hämmerte, so müde war er. Erst da wurde ihm, wie er Daisy später erzählte, klar, dass Margaret ihn eigentlich nicht liebte. Sie benötigte ihn nur, wie man einen Laufburschen oder einen Psychiater benötigt; wenn sie ihn nicht gerade für irgendetwas brauchte, schien sie ihn nicht einmal zu bemerken. *Mein Gott*, dachte er, als er so in der Badewanne lag, *sie ist keine Ehefrau, sie ist eine Kundin!* Das hätte ihm jeder seiner Freunde schon Jahre zuvor sagen können, aber so ist Henry eben.

Zwei Tage später rief er Daisy an und bat sie, sich mit ihm auf dem Parkplatz vom Marina Green direkt an der Bucht zu treffen. Als sie auf ihn zufuhr, winkte er ihr, und dann stieg sie zu ihm in den Wagen, und noch bevor sie ein Wort sagen konnte, überschüttete er sie mit Küssen; und sie küsste ihn zurück, spürte, wie ihr ganzes Selbst ihn küsste, als hätte sich plötzlich ein Schraubstock rings um ihr Herz gelöst, und aus ihrem Mund quollen Küsse wie flüssige Lava aus einem unvermutet in ihr ausgebrochenen Vulkan.

Er griff unter ihren Pulli und berührte ihre Brustwarze. Sie verlor fast die Besinnung, und das erstaunte sie, denn sie hätte nie gedacht, dass ihre Brustwarzen so empfindlich wären – aber sie waren es, und wie! Ringsum waren Leute, Familien spazierten am Wasser entlang oder spielten auf den Wiesen weiter hinten. Jeder konnte sie durch die Windschutzscheibe sehen. Es war ihr gleich. Am liebsten hätte sie sich sofort den Pullover vom Leib gerissen, doch er stoppte sie, indem er ihr zwei Finger auf die Lippen legte und sagte: »Pscht, pscht. Wir haben alle Zeit der Welt.«

Und anfangs sah es auch so aus, als hätten sie die. Jedes Mal, wenn sie miteinander geschlafen hatten, markierte sie es in ihrem Kalender mit einem Smiley, allerdings wechselte sie bald zu dem Buchstaben H für »Happiness«, denn ein Smiley hätte Verdacht wecken können, falls jemand ihr Handy oder ihren Computer genauer in Augenschein genommen hätte. Sie lachte auf, als sie sich daran erinnerte, wie sie ihn vor dem ersten Mal gewarnt hatte, sie habe nicht jedes Mal einen Orgasmus und nie, wirklich nie einen multiplen, und dann hatte sie am selben Nachmittag vier, vier in einem einzigen Augenblick und später noch mehr. Es war verblüffend und noch verblüffender, als Henry sagte: »Ich war das nicht, das hast du gemacht.« Doch erst später begriff sie, dass es stimmte: Sie war es selbst gewesen, in ihrer radikalen Offenheit, in ihrer Offenheit ihm gegenüber. Und jetzt, als sie an einem 23. Dezember am Straßenrand in ihrem Wagen saß, verstand sie endlich, dass sie ihn nicht wegen der Dinge liebte, die er für sie tat, sondern wegen der Dinge, die sie dank ihm für sich selbst und allein tun konnte. Das war der Kern des Ganzen, dort brannte das Feuer des Vulkans, das war es, was sie sich zurückwünschte und was sie für immer verloren hatte.

Und jetzt, allein in ihrem Wagen am Straßenrand, schlug Daisy die Hände vor das Gesicht und fing an zu weinen.

KAPITEL 11

15:26 – 16:30 Uhr

Plötzlich wurde laut an das Seitenfenster am Fahrersitz geklopft, und Daisy fuhr so heftig auf, dass der Sicherheitsgurt blockierte und ihr die Schulter quetschte. Es war ein Polizist.

Sie verfluchte sich und ließ das Fenster herunterfahren.

Er beugte sich zu ihr und fragte: »Alles in Ordnung?«

»Oh! Ja, ja!«

Als sie es sagte, begann ihr Handy zu klingeln. Sie wäre so gern drangegangen, wusste aber, dass sie es besser unterließ. Wusste, dass sie weiterhin den Polizisten anschauen musste. Es machte sie verrückt, dass sie nicht nachschauen konnte, wer anrief.

»Sie stehen im Halteverbot«, sagte er.

»Tue ich das? O mein Gott, das tut mir leid. Ich bin nur rangefahren, um einen Moment lang nachzudenken.«

Sie warf einen verstohlenen Blick auf ihr Handy.

»Sie müssen diesen Anrufer wegdrücken, Ma'am.«

»Aber ich …«

»Bitte drücken Sie ihn weg.«

Sie fand die Taste, wenn auch nicht gleich, und dann verstummte der Anrufer.

»Danke Ma'am«, sagte der Polizist. »Wissen Sie, das wird Sie sechzig Dollar kosten.«

»Es war mir nicht klar, dass ich hier nicht halten durfte, Officer. Ehrlich.«

»Das Verkehrszeichen steht genau vor Ihnen.«

»O Gott, ich hab es nicht gesehen. Es tut mir so leid.«

»Sie müssen Verkehrszeichen beachten.«

»Natürlich. Es tut mir so leid.«

»Dafür sind Verkehrszeichen da. Also müssen Sie sie auch beachten.«

»Ja, ja!«, rief sie. »Das ist ja das Problem!« Und dann brach sie wieder in Tränen aus.

»Ma'am«, sagte er.

»Ich sehe die Zeichen nie!« Sie ergriff durch das Fenster die Hand des Polizisten. »Er brachte mir immer Teddybären mit!«, schluchzte sie. »Er gab ihnen sogar Namen!«

»Ma'am, haben Sie getrunken?«

»Nein«, brachte sie zwischen zwei Schluchzern hervor. »Nur ein halbes Glas Rosé. Wir haben immer Rosé getrunken.« Sie korrigierte sich: »Ich habe den Rosé getrunken, er immer den Pouilly Fumé.«

»Sie sollten sich vielleicht ein bisschen beruhigen«, sagte er.

»Aber er war vollkommen!«

»Kein Mensch ist vollkommen«, sagte der Polizist.

»Sie kennen Bones nicht.«

»Ich kenne was nicht?«

»Bones. So wird er von allen genannt. Er ist dünn. Er liebt *Star Trek.* Haben Sie ein Taschentuch?«

»Nein, Ma'am.«

»Ich glaube, ich hab irgendwo eins. Warten Sie.« Sie wühlte in ihrer Handtasche, fand ein Päckchen und schnäuzte sich.

»Geht es Ihnen jetzt besser, Ma'am?«

»Ja. Machen Sie weiter mit Ihrem Strafmandat. Es ist in Ordnung.«

»Wissen Sie, Sie hätten einen Unfall verursachen können. Die Fahrer anderer Fahrzeuge, die aus der Kurve kommen, können Sie nicht sehen.«

»Ich bin ein schrecklicher Mensch«, sagte sie.

»Sie sind kein schrecklicher Mensch. Sie haben nur rechtswidrig geparkt.«

»Sie sind sehr nett, Officer. Ich weiß das zu schätzen. Wirklich.«

Sie schnäuzte sich noch einmal. Er wiegte sich auf seinen Schuhen vor und zurück und wartete, dass sie damit fertig wurde.

»Okay«, sagte er. »Es ist beinahe Weihnachten. Dieses Mal lasse ich Sie mit einer Verwarnung davonkommen.«

»Wirklich?«, fragte sie.

Er musterte kurz das Innere ihres Wagens und danach Daisy. »Ja. Aber sind Sie sicher, dass es Ihnen jetzt gut geht? Ich habe nur Ihr Wort dafür, dass Sie nicht mehr als ein halbes Glas Wein getrunken haben.«

»Mir geht's gut. Ehrlich, mir geht's gut.«

»Na schön. Dann fahren Sie weiter und schaffen Sie Ihr Fahrzeug aus dem Weg.«

»Vielen Dank, Officer.«

»Frohe Weihnachten«, erwiderte er.

Und so raffte Daisy all ihre verbliebenen Geisteskräfte zusammen, setzte den Blinker und fuhr vorsichtig auf die Fahrspur hinaus. Als sie vor der Marin Country Day School ankam, war sie wieder einigermaßen normal, jedenfalls so normal, dass Tasha hoffentlich nichts merken würde. Inzwischen hatte sie völlig vergessen, dass ihr Handy geklingelt hatte, ihr einziger Wunsch war nur noch, Tasha auf den Rücksitz zu werfen und sie verdammt noch mal zum Ballett zu fahren.

Doch obwohl Daisy es gehofft hatte, war es nicht Henry Quantum, der sie angerufen hatte. Henry war zu dieser Zeit noch mit seinem Banknachbarn auf dem Union Square beschäftigt, dem Weihnachtsmann. Es war nur Ashiyana Malleshawari aus Indien gewesen, der sich nach einer unbezahlten Telefonrechnung erkundigen wollte, die Daisy mit anderer Post auf einen Stapel geworfen und völlig vergessen hatte, was ihr häufig passierte, sie ignorierte überhaupt alle Mails und SMS der Telefongesellschaft. Das war etwas, woran sie sich nie richtig gewöhnt hatte, Rechnungen bezahlen – darum hatte sich immer der Sekretär gekümmert –, und manchmal schimpfte Edward deshalb mit ihr. Das betraf auch die anderen Versorgungsunternehmen – der Strom war gefährlich nah dran gewesen, abgestellt zu werden, bis Daisy dann doch die rot umrandete letzte Mahnung las. Und außerdem waren da noch die Kreditkarten, deren Kontrolleure letzten Endes unweigerlich bei Edward anriefen, der dann Daisy anrief, die seine Hilfe kategorisch ablehnte, ganz gleich, wie sehr er sie »um der Kinder willen« bat, sie anzunehmen.

Und so kam es, dass sie, nachdem sie Tasha beim Ballett abgeliefert hatte, zu Hause ankam und zu ihrer Überraschung den Gärtner Jorge vor der Haustür stehen sah.

»Jorge!«, sagte sie.

»Mrs Hillman«, sagte er.

»Aber heute ist doch nicht Dienstag, oder?«

»Nein Ma'am«, antwortete er. »Es ist nur, weil Sie mich seit drei Monaten nicht bezahlt haben.«

»O Gott!«, rief sie. »Es tut mir so leid! Kommen Sie herein, ich stelle Ihnen einen Scheck aus. Aber nächstes Mal sagen Sie mir früher Bescheid.«

»Es ist schon in Ordnung, Ma'am«, sagte er. »Kein Problem. Es sind eben nur drei Monate.«

Jorge sprach mit einem starken Akzent, von dem sie zwar annahm, es sei ein mexikanischer, der jedoch guatemaltekisch war, und sie konnte kaum je verstehen, was er sagte, vor allem wenn es um das ging, was er im Garten machte, deshalb hatte sie sich angewöhnt, freundlich zu nicken, wann immer er etwas sagte. Und so kam es, dass sie jetzt erschrocken auf diese hohe Rechnung starrte, auf der auch der Kauf mehrerer Bäume, Büsche und mehrjähriger Pflanzen verzeichnet war sowie die Arbeitsstunden, die nötig gewesen waren, um eine störende Sequoia und eine morsche Virginia-Eiche zu entfernen.

»Jorge«, sagte sie. »Ich bin hier nur Mieterin. All diese Käufe …«

»Hä?«, fragte er.

»Ich bin nur Mieter. Solche Verschönerungen, darum kümmere ich mich gar nicht.«

»Mieter?«

»Wissen Sie, das Haus gehört mir nicht.«

»Nein?«

»Nein.«

»Ach«, sagte er.

»Ich dachte, diese ganzen Pflanzen wären in der monatlichen Pauschale inbegriffen.«

»Soll ich sie wieder rausnehmen?«, fragte er.

»Was?«

»Soll ich sie wieder rausnehmen?«

»Nein, wir müssen nicht rausgehen. Ich weiß, was da draußen steht.«

»Nein, Abfall.« Er tat so, als würde er eine schwere Last wegschaffen und auf die Straße werfen.

»Oh, Sie meinen *rauswerfen*. Aber dann müsste ich sie ja trotzdem bezahlen, oder?«

»Kann man schlecht an der Kasse zurückgeben.«

»Was?«

»Kann man schlecht an der Kasse zurückgeben.«

»Ja, den Scheck kann man in der Kasse abgeben.«

»*Sí*«, sagte er.

»Okay, wir machen es so, ich stelle Ihnen einfach einen Scheck über das Ganze aus. Aber pflanzen Sie nichts Neues, ohne es mir zu sagen.«

»Ich sage es Ihnen ja.«

»Was?«

»Ja, okay. Nichts mehr«, sagte er.

»*No más*«, sagte sie.

»Genau. *No más*«, erwiderte er.

Sie seufzte bei dem Gedanken, dass sie mit niemandem je wirklich kommunizieren konnte, nicht einmal mit einem Gärtner, der schon seit Jahren für sie arbeitete und über den alle sagten, sein Englisch sei perfekt. Plötzlich fiel ihr der verpasste Anruf im Wagen ein, es musste Edward gewesen sein, wahrscheinlich wollte er sie wieder retten, aber nicht ohne ihr vorher das Gefühl zu geben, eine völlige Idiotin zu sein. Sie angelte das Scheckheft aus ihrer Tasche und kritzelte möglichst schnell ihre Unterschrift, wobei sie die ganze Zeit murmelte: »Jorge, es ist mir so peinlich, wirklich. Es wird nicht wieder vorkommen.«

»Schon okay«, sagte Jorge. »Echt kein Problem.«

»Sie sind sehr nett, Jorge«, sagte sie.

»Viele Leute vergessen zu zahlen«, erklärte er.

»Wirklich?«

»Klar.«

»Jorge«, sagte sie unvermittelt, »kommen Sie mit herein und trinken Sie eine Tasse Tee mit mir.«

»O nein.«

»Bitte.«

Er drehte den Scheck in den Händen.

»Bitte«, sagte sie. »Bitte.«

Schließlich folgte er ihr vorbei an dem Weihnachtsbaum, unter dessen grünen Zweigen sich Dutzende Geschenke stapelten, in die kleine Küche, die der Vermieter mit hellblauen Ikea-Schränken neu bestückt hatte. Sie lud ihn ein, sich an den Tresen zu setzen, und schaltete den Wasserkocher ein.

»Welche Sorte Tee möchten Sie?«, fragte sie ihn.

Er lächelte sie ratlos an.

»Ich habe alle möglichen Sorten. Als schwarzen Tee habe ich Yunnan und Darjeeling, und ich habe Chai und Kamillentee und Mighty Leaf Green Dragon. Oolong habe ich auch, wenn Sie den gern trinken, oder Rooibos – hätten Sie gern einen Rooibos-Tee?«

»Bitte, Sie entscheiden.«

»Ich mag Mangotee.«

»Okay«, sagte er.

»Aber Sie können haben, was Sie möchten.«

»Das ist gut.«

»Was?«

»Was Sie gesagt haben. Den.« Er zeigte auf die Teebeutelchen in ihrer Hand.

Natürlich war sie enttäuscht, weil sie wollte, dass er sich wohl und gleichberechtigt fühlte, was jedoch nicht der Fall war, das wusste sie. Sie hatte ihn in eine unbehagliche Situation gebracht und bereute es inzwischen. Sie hatte überhaupt nicht die Absicht gehabt, ihn zu demütigen – ganz im Gegenteil. Aber jetzt konnte sie nichts mehr tun, um die Sache zum Guten zu wenden, damit hätte sie alles nur noch schlimmer gemacht. Also gab sie ein Mangoteebeutelchen in seinen Becher und eins in ihren, und als das Wasser kochte, schenkte sie erst ihm und dann sich ein, um sich danach auf den Hocker neben ihm zu setzen und zu fragen: »Zucker? Süßstoff? Milch? Zitrone?«

»Zucker«, sagte er. Sie reichte ihm die Zuckerdose, und er nahm ein ganz kleines bisschen, dabei wusste sie, sie wusste es einfach, dass er in Wirklichkeit richtig viel Zucker im Tee mochte.

»Nehmen Sie, so viel Sie möchten«, ermunterte sie ihn.

»Danke«, sagte er, nahm aber nicht nach.

»Vorsicht«, sagte sie. »Er ist heiß.«

»Okay, danke«, sagte er.

Dann saßen sie einige Minuten lang nebeneinander, ohne ein Wort zu sagen und auch ohne etwas zu trinken, weil der Tee wirklich zu heiß war, und schließlich fragte ihn Daisy nach seiner Familie, und er sagte, allen gehe es gut, und sie fragte nach Estrella, seiner ältesten Tochter, und er sagte, sie gehe jetzt aufs College, und als Daisy das Wort »College« hörte, sagte sie: »Sie müssen sehr stolz sein.« Er nickte und begann dann von seinem Sohn Antonio zu erzählen, der so computerbegeistert sei und davon träume, Computerspiele zu entwerfen, aber wahrscheinlich erst zur Army gehen würde, weil seine Ausbildung dann bezahlt würde; er sprach auch ein bisschen von Esme, seiner Jüngsten, die gerade mit der Highschool angefangen habe und sehr schön sei und aufpassen müsse, aber alles sei gut, kein Problem.

»Das freut mich«, sagte sie, weil sie aus seinem Ton und auch aus dem Wort »gut« schloss, dass bei ihm zu Hause alles in Ordnung war.

Und dann stellte sie ihm die Frage, die sie ihm am liebsten gleich gestellt hätte, nämlich: »Warum haben Sie nicht Mr Hillman wegen der Rechnung angerufen? Das tun sonst alle.«

»Oh«, sagte er. »Es tut mir sehr leid! Ich habe Sie beleidigt …«

»Nein, nein, keine Sorge«, erwiderte sie. »Ich bin froh, dass Sie es nicht getan haben.«

»Ich weiß nicht.« Er starrte in seinen Tee. »Ich dachte, Sie wollten diejenige sein, die zahlt.«

»Warum?«

»Ich weiß nicht. Scheint Ihnen wichtig zu sein. Es selbst zu tun.«

Sie hatte nur die Hälfte von dem verstanden, was er gesagt hatte, aber was sie sich zusammenreimte, freute sie.

»Sie sind sehr sensibel«, sagte sie zu ihm.

»Wie bitte?«

»Sie sind sehr nett.«

»Nein, nein.«

»Doch, doch.« Sie schenkte ihm ein warmes Lächeln, dann ging sie zum Vorratsschrank, fand ein paar Kekse und legte sie auf einen Teller. Sie biss als Erste in einen Keks, und die Schokolade klebte noch an ihren Zähnen, als sie auflachte und sagte: »Sehen Sie? Es gibt doch noch Angenehmes auf der Welt, oder?«

Jetzt biss auch Jorge in seinen Keks. »Stimmt«, sagte er.

»Sie glauben doch, dass sich ein Mensch ändern kann, nicht wahr, Jorge?«

»Ja«, sagte er, »ein Mensch kann sich ändern.«

»Ich glaube, ich habe mich geändert«, fuhr sie fort. »Ich glaube, ich fange an, ich selbst zu sein.«

Sie tranken noch einige Schlucke Tee; dann stand Jorge auf und sah auf die Uhr.

»Tut mir leid, Mrs Hillman«, sagte er. »Ein anderer Garten.«

»Natürlich, natürlich, tut mir leid, dass ich Sie so lange aufgehalten habe.«

Sie begleitete ihn zur Tür.

»Wahrscheinlich halten Sie mich für verrückt.«

»Nein, Mrs Hillman. Sie sind sehr nett.«

»Ich wünschte, so würde jeder denken.«

Sie sah, dass er nur noch weg wollte, doch sie konnte ihn immer noch nicht gehen lassen.

»Jorge«, sagte sie. »Es ist wirklich okay, dass Sie diesen ganzen Kram in den Garten gepflanzt haben. Sie machen alles so schön, und Sie sind ganz einfach Ihrem Instinkt gefolgt. Wie hätten Sie auch wissen sollen, dass uns dieses Haus nicht gehört?«

»Ja, das wusste ich nicht.«

»Manche Leute machen die Welt einfach schöner, Jorge. Sie können gar nicht anders.«

»Auf Wiedersehen, Mrs Hillman.«

»Ja, natürlich, auf Wiedersehen, Jorge.«

»Danke, Mrs Hillman.«

»Aber gern. Wir machen es bald mal wieder.«

»Danke«, sagte er. »Bye-bye.«

»Okay, bye«, sagte sie.

»Bye-bye.« Er rannte geradezu die Einfahrt hinunter bis zu seinem Lieferwagen.

Daisy schloss die Tür und ging zurück ins Haus. Die Uhr in der Diele schlug Viertel nach vier. Sie musste sich zusammenreißen und zurückfahren, um Tasha abzuholen, sie war schon spät dran. Vermutlich würde sie heute doch nicht mit der Ballettlehrerin reden. Das war zu viel. Sie hörte Jorge wegfahren und musste sich die strenge Frage stellen, was in aller Welt sie sich gedacht hatte, als sie ihn zum Tee eingeladen hatte! Was hatte sie von ihm gewollt? Sie beschloss, lieber ihre Rechnungen zu sichten und sie noch am selben Abend zu bezahlen. Doch vorerst blickte sie einfach nur aus dem rückwärtigen Fenster in den Garten hinaus auf die beginnende Dämmerung und Jorges wunderbare Pflanzungen – üppige Tuffs von Azaleen, Kletterhortensien am Zaun, Rosen, von denen manche wundersamerweise noch blühten, ein Hibiskus, der den Winter aussaß, Wandelröschen in voller Farbenpracht und mehrere Büsche und Bäume – sie erkannte Wacholder, Manzanita und Fächerahorn in unterschiedlichen Wachstums-

und Ruhephasen. Sie hielt die Teetasse mit beiden Händen dicht an die Brust, sodass die Wärme in ihre Handflächen und ihren Körper ausstrahlen konnte, und genoss den nach Mango duftenden Dampf, der ihr in die Nase stieg.

Sie liebte. Daran konnte sie nichts ändern. Edward hätte dieser Liebe nie standhalten können, genauso wenig wie Noah, ihr letzter Freund, und höchstwahrscheinlich wäre auch sonst niemand dazu in der Lage. Aber sie würde es versuchen müssen. Ganz sicher war Henry Quantum für sie nicht der einzig mögliche Mann auf der Welt. Ganz sicher war das Unsinn – die Vorstellung, dass es im ganzen Universum nur eine von Gott vorherbestimmte Menschenseele für einen gibt – als ob Gott sich um so etwas kümmern würde. Doch *wenn* Gott existiert, dachte Daisy, dann muss sie sich darum kümmern. Dann muss sie sich um jede und jeden Einzelnen von uns kümmern. Sonst wäre sie nicht Gott, oder?

Henrys Gesicht erschien ihr, er blickte ihr aus dem Dampf entgegen, der aus ihrem Teebecher aufstieg, aus den Blüten jener verspäteten Rosen und aus ihrem eigenen Spiegelbild im Küchenfenster. Und mit einem Mal fand sie alles ziemlich schön.

Ihr Garten war schön, das Gras, das zwischen den Ziegeln des Wegs spross, die dunkle Erde, welche die schlafenden Blumenzwiebeln fest umschmiegte, der fette Blauhäher, der munter im Zitronenbaum flatterte – so wunderhübsch! Und das Foto von ihr mit ihren beiden Kindern auf dem Mount Tam in der Nähe der Wasserfälle, die silberne Flut, die hinter ihnen hinabstürzte, auch das war schön, genauso wie die Kupfertöpfe, die in ihrer Küche hingen, auch sie waren schön. Wie der Geruch, den Jorge hinterlassen hatte, und der schwache Tannenduft, der aus dem Wohnzimmer heranschwebte, und die Art, wie der Ahorn in dem Wind zitterte, der vom Meer her plötzlich aufgekommen war, und …

»Oh!«, rief sie. »Es regnet ja!«

Die Regentropfen auf dem Fenster und die Tränen in ihren Augen verwandelten alles in ein Kaleidoskop von Farben in einem Nebelwald. Die Uhr schlug halb fünf. Sie wühlte im Dielenschrank nach ihrem Regenmantel, fand aber nur den Schirm und lief hinaus zu ihrem Wagen, um ihre Tochter vom Ballett abzuholen.

TEIL 4

HENRY

KAPITEL 12

23. Dezember, 16:17 – 17:49 Uhr

Er saß immer noch auf dem Union Square und dachte darüber nach, ob es zwischen Atomen wirklich Raum gebe oder ob Abstand eine Illusion und wir alle Hologramme seien, Projektionen vom Rand irgendeines schwarzen Lochs irgendeines Universums, als der Schauer kam: heftig, kalt, plötzlich und ohne Vorwarnung. Kurz bevor der Weihnachtsmann gegangen war, hatte der ihn gefragt, was er sich denn zu Weihnachten wünsche, und aus irgendeinem Grund war Henry mit einem »Regen!« herausgeplatzt. »Na schön, du warst ja dieses Jahr ein braver Junge«, hatte der Weihnachtsmann geantwortet. Und fünfzehn Minuten später: Peng! Henry musste laut lachen. Er hob die Arme über den Kopf und öffnete den Mund so weit wie möglich, um jeden Tropfen dieses herrlichen Regens, der ihm auf Gesicht und Hände prasselte, zu spüren und zu trinken.

Gut fünf Sekunden lang.

Dann rannte er los, um sich im Emporio Rulli unterzustellen, doch das kleine Café war schon von Touristen überfüllt, die ebenfalls trocken zu bleiben versuchten. Es war ein ziemliches Gedränge und Gerempel, und die sehr besorgten Gesichter der Kellner erinnerten Henry an Filme über Gefangenenaufstände, die er mal gesehen hatte – also verzichtete er auf das Emporio Rulli (und das herrliche italienische Gebäck dort, an das er bereits genüsslich gedacht hatte) und fand sich damit ab, dass ihm nichts anderes übrig bleiben würde, als ordentlich nass zu werden. Er verließ den Square und machte sich auf den Weg zum St. Francis Hotel, weil er hoffte, dort wenigstens ein Taxi aufzutreiben, das ihn ins Büro zurückbringen könnte – aber natürlich herrschte auch dort Chaos. Als hätten sie alle nie zuvor Regen erlebt. Und das brachte ihn, als er sich durch die kompakte Menge unter dem schmiedeeisernen Vordach des Hotels quetschte, auf die Frage, ob Regenwasser in unser Hirn eindringen und alle Erinnerungen an vergangene Unwetter fortwaschen kann. Was wäre denn letzten Endes so schrecklich daran, wenn wir einmal nass würden? Wovor fürchten wir uns? Nun ja, wir fürchten uns natürlich alle vor irgendetwas, und vielleicht werden solche Ängste irgendwie aktiviert, wenn es regnet. Denn in der Nässe gibt es keine Grenzen – womit er meinte, dass Wasser keine Umrisse hat, es sei denn, man fängt es in einer Flasche ein; wenn es also regnete und die Flasche des Himmels sozusagen zerbrach oder auch einfach nur leckte, wurde jeder daran erinnert, dass auch sein Körper nur eine Flasche war: nur papierdünne Membranen aus Haut, die all das Flüssige zusammenhielten; und wenn *wir* zu lecken anfingen, nun, dann würden wir verbluten. Regen ist nur eine andere Art, uns daran zu erinnern, dass unser Leben am seidenen Faden hängt.

Aber wir brauchen diesen Regen, dachte er. Er ist ein Segen! Gott sei Dank, Gott sei Dank für diesen Regen! Es sei denn natürlich, man ist gerade im Urlaub. Dann nervt er.

Die Pfeife des Türstehers riss ihn aus seinen Träumereien, sodass er die Zeit fand, über das allgemeine Durcheinander hinweg zu rufen: »Ich würde sehr gern ein Taxi mit jemandem teilen. Ich muss bloß bis zum Jackson Square!« Doch keiner der Touristen wusste, wo der Jackson Square war, und vor allem hatte keiner Lust, dorthin zu fahren, und selbst als Henry einige größere Geldscheine aus seiner Brieftasche nahm und damit herumwedelte, blieb der Türsteher desinteressiert. Das Schicksal klopfte an die Tür, das war Henry nun klar. Und sein Schicksal war es, kein Taxi zu ergattern. Also wappnete er sich, redete sich selbst gut zu, Regen sei *doch* kein Symbol fürs Chaos, murmelte dann leise und kühl »Kann ich überhaupt noch nasser werden, als ich schon bin?« und sprang hinaus ins Tosen und Brausen der Ecke Post Street, Powell Street. Er ignorierte die vielen Menschen, die mit ihrer Einkaufstüte über dem Kopf dahinfluteten, ebenso wie die Wagen, die jeden vollspritzten, der sich zu nah an den Bordstein wagte, und ließ sich auch von den spitzen Pfeilen der Tropfen, die gegen seine Wangen klatschten und in seine Augen stachen, nicht beirren, sondern machte sich auf den Rückweg zu Bigalow, Green, Anderson and Silverman.

Er hatte sich geirrt. Er konnte durchaus noch nasser werden. Tatsächlich schien es keine Grenze des Nasserwerdens zu geben. Doch das war ja kein Weltuntergang, denn er hatte vollkommen vergessen, was ihn eigentlich in die Innenstadt geführt hatte, und sah sich jetzt als einsamen Pionier, der eine auf keiner Karte verzeichnete sturmgepeitschte Ebene überquerte, als Forscher, der sich durch die weißen Sturzwasser des San Francisco Amazonas kämpfte, ein Bergsteiger, der, nicht einmal mit einer Daunenjacke oder Fausthandschuhen ausgerüstet, den Annapurna von China Town bezwang, ein zerlumpter, knochendürrer Häftling, der, nur mit einer Monatskarte der öffentlichen Verkehrsbetriebe als Orientierungshilfe, dem Gulag des Union Square entfloh! Nein, Henry Quantum war keiner, der sich vor ein bisschen Regen fürchtete. Und es geschah noch etwas. Er bemerkte, dass die Touristen und Einkäufer verschwunden waren, als hätten sie sich in Dunst aufgelöst, und dass er endlich allein war, allein mit dieser großen Stadt. Er hatte San Francisco immer geliebt, bis ins Mark geliebt. Doch jetzt, als er so durch die Pfützen platschte und hin und wieder auf einem Kanaldeckel oder -gitter ausrutschte, sah er seine Stadt mit neuen Augen.

Er war mehr oder weniger auf seinen eigenen Spuren zurückgegangen, durch China Town, erst die Grant Avenue entlang und dann rechts in die Pacific Avenue eingebogen und schließlich an den fünf Ecken herausgekommen, wo die Pacific Ave auf die Columbus Ave und die Kearny Street stößt. Rechts sah er das schwarz-weiße Schild des Tapas-Restaurants Bask und links die schwachen Neonlichter des Tosca Cafe, wo er einmal Baryshnikov gesehen hatte, wie er mit Freunden zusammensaß und Cappuccino corretto trank. Und weiter oben an der Kearny lag, wie er wusste, auch wenn er es noch nicht sehen konnte, Tommaso's, das wegen seiner Calzone so beliebt war, dabei war dieses Lokal schon uralt, und gegenüber lag das Lusty Lady mit den Brustwarzen, die nachts leuchteten – aber das gab es vielleicht gar nicht mehr – und vielleicht hatte er es auch mit dem Hustler Club oder dem Hungry I oder dem Garden of Eden verwechselt – es war ja auch wirklich nicht wichtig. Sie waren alle gleichermaßen schamlos und herrlich heruntergekommen.

Und gleich um die Ecke, an der er jetzt stand, während der Regen immer noch auf seinen Kopf trommelte, mit Socken, die so nass waren, dass sich unter den Zehen Pfützen bildeten, und einem Schal, der wie ein durchweichter Lumpen um seinen Hals hing, war das Brandy Ho's Hunan, das nebenher bemerkt immer noch großartig war, und ein Stückchen weiter runter auf der Columbus, wo früher das Zim's war, war jetzt das Cafe Zoetrope, das Francis Ford Coppola gehörte. Es lag im Flatiron Building, das ebenfalls Coppola gehörte, früher aber dem Kingston Trio, und in dem einer von Henrys Art Director-Freunden einmal ein Büro gehabt hatte – der Kerl hatte die besten Storyboards gemacht, die Henry je gesehen hatte –, doch dann starb er bei einem Skiunfall und wurde von allen vergessen.

Er seufzte bei dem Gedanken an den toten Freund, und als er es tat, lief ihm Wasser in den Mund, und er musste würgen. Es war ihm egal – es war einfach so traurig. Alle hatten ihn vergessen! Und tatsächlich konnte selbst er sich im Moment nicht an seinen Namen erinnern, aber er wusste, der würde ihm vermutlich um vier Uhr morgens wieder einfallen, wenn er nichts mehr davon hätte. Dieser arme teure Freund würde nie wieder den Zwiebelkuchen im House of Nanking, seinem Lieblingsrestaurant, genießen können, das ebenfalls gleich um die Ecke lag. Er unterdrückte einen weiteren Seufzer, um nicht ein weiteres Mal Wasser in den Mund zu bekommen – doch dieser Seufzer galt ihm selbst, weil er wusste, dass auch sein Dasein irgendwann ausgelöscht und die Stadt – seine Stadt – auch ohne ihn weitermachen würde. Das House of Nanking würde weitermachen, Tommaso's würde weitermachen, aber Henry Quantum nicht.

Oh, er war so erfüllt von Trauer! Und von dieser Stadt, in der er nicht länger wohnen würde! Nur einen Block weiter war das Comstock Saloon, das früher etwas anderes war, aber das Bier mochte er immer noch. Und Mr. Bing's, das er in all den Jahren nie betreten hatte, weil er annahm, dass dort nur chinesische Gangster verkehrten, aber verdammt, diese Bar musste dort schon mindestens seit den Fünfzigern sein, und »Bing's« klang nicht mal chinesisch, also beschloss er auf der Stelle, dass dieses Jahr das Jahr sein würde, in dem er im Mr. Bing's einen trinken gehen würde!

Ja, er war randvoll mit San Francisco, mit seiner ewigen Schönheit und Großzügigkeit – eine Stadt ohne Grenzen, ein Leitstern für alle, die den Regen nicht fürchten – und jetzt freute er sich, dass die Stadt ohne ihn weitermachen würde.

Als er endlich im Büro ankam, zog Gladys gerade ihren Mantel an und angelte einen alten Schirm aus dem Schrank.

»Bones! Wo zum Teufel waren Sie? Alle haben Sie gesucht.«

»Parfum kaufen, glaube ich«, sagte er.

»Ich habe versucht, Sie auf Ihrem Handy zu erreichen. Ehrlich!«

»Tut mir leid«, sagte er.

»Und wo ist das Parfum?« Sie zeigte auf seine leeren Hände.

»Oh.« Er zuckte die Achseln. »Ich hab's wohl vergessen.«

»Vergessen?«

»Es ist etwas dazwischengekommen.«

»Es kommt immer etwas dazwischen. Aber ich muss Ihnen sagen, Mr Bigalow war sehr besorgt.«

»Warum?«

»Sie haben eine Planungssitzung verpasst.«

»Tatsächlich?«

»Jahresendabschlusssitzung. Es stand in Ihrem Kalender.«

»Nein, das glaube ich nicht.«

»Bones, bei jedem wird der Kalender automatisch upgedated.«

»Okay, ich rede mit ihm.«

»Zu spät. Er ist schon nach Hause gegangen. Und sehen Sie sich an. Sie sind ja klatschnass!«

»Ja«, sagte er. »Ich denke, das bin ich.«

»Ich weiß nicht, wozu Sie überhaupt ein Handy haben«, sagte sie.

»Sie klingen wie meine Frau.«

»Vielleicht hat sie ja recht«, erwiderte Gladys.

Er sah sie jetzt an, eigentlich zum ersten Mal – der wippende Pferdeschwanz, der durchtrainierte athletische Körper in dem engen Rock und dem rosa Kaschmirpulli mit V-Ausschnitt, die weiche gebräunte Haut, der dunkle Flaum auf den Armen –, und bemerkte, dass sie trotz ihrer kühlen, aristokratischen Art der gewöhnlichste Mensch der Welt war.

»Es ist doch nur Regen«, sagte er.

»Stimmt. Und deshalb gibt's Regenschirme.«

Sie schlüpfte aus ihren Highheels und zog ein Paar Laufschuhe an.

»Vergessen Sie nicht, hinter sich abzuschließen«, sagte sie. »Sie sind der Letzte.« Dann lächelte sie so höflich wie immer und entschwand die Treppe hinunter.

Henry wartete, bis er die Haustür zufallen hörte, und schlenderte erst dann den Flur hinunter zu seinem Horst. Allein im Büro sein fühlte sich genauso gut an, wie als Pionier über die stürmischen Straßen laufen. Er hatte so viel Zeit an diesem Ort verbracht, aber war er hier je allein gewesen? Langsam ging er an den leeren Schreibtischen und stillen Aktenschränken vorbei, am Kopierer, der ausnahmsweise mal schlief, an den Werkzeugen des Art Director, die wieder in ihren Fächern waren, an den Computern, die sich in ihren eigenen geheimnisvollen Cyberspace zurückgezogen hatten, an den Konferenzräumen, die nur von leeren Stühlen bevölkert waren; sie alle wirkten sehr zufrieden, so ohne ihre menschlichen Herren. In Wahrheit, dachte er, könnten wir doch alle ohne Weiteres zu Hause arbeiten, oder? Und über Skype oder so kommunizieren. Aber irgendwie doch nicht. Die Leute müssen sich versammeln. Wie Hefezellen, die sich an der Wand eines Reagenzglases verklumpen. Aber was, sinnierte er, ist der Grund für all diese Nähe?

Und dann ging es ihm auf. *Gluonen!*

Er hatte schon etwas über Gluonen gelesen. Es war ein anderes Problem der Teilchenphysik, vielleicht sogar die eigentliche Essenz des Teilchenproblems. Um zu verstehen, was ein Gluon ist (erklärte er seinen physikminderbemittelten, aber hingerissenen Werbetexter-Schülern), muss man zunächst wissen, was Protonen und Quarks sind: Ein Proton, das einen Großteil der Masse eines Atoms enthält (der Rest wird nahezu vollständig von den Neutronen geliefert), besteht aus drei Quarks. Doch Quarks sind praktisch massefrei, obwohl sie den Großteil des Protons ausmachen. Woher stammt also die Masse? Man nimmt an, dass sie von so genannten Gluonen gestellt wird. Aber raten Sie mal, was jetzt kommt! Auch die Gluonen haben keine eigene Masse! Sie wechseln in weit geringeren Zeiträumen als einem Augenzwinkern vom Sein zum Nichtsein oder umgekehrt, und obschon sie Raum einzunehmen scheinen, tun sie das nicht wirklich! Das (meine lieben verblüfften und völlig faszinierten Studenten) ist das verrückte Universum, in dem wir leben! Doch Gluonen *haben* eine Aufgabe, auch wenn sie eigentlich nicht da sind. Und die besteht darin, wie ein Kleber, *glue*, das ganze Proton zusammenzuhalten. Aber eben nicht mit Klebstoff – er schmunzelte den atemlos an seinen Lippen hängenden Hörern zu –, sondern mit einer bemerkenswerten und, wie ich finde, geradezu *satanischen* Kraft. Denn jetzt kommt das Verstörende: Obwohl ein Quark den Impuls hat, sich von anderen Quarks zu entfernen – um möglichst schnell aus diesem verdammten Proton hinauszukommen –, hindert das Gluon es daran. Es ist tatsächlich so: Je weiter sich ein Quark vom anderen entfernt, desto stärker ist, ganz anders als bei der Gravitation, die Kraft zwischen den beiden. Das arme kleine Quark kann also nicht entfliehen. Ganz gleich, wie sehr es sich bemüht, ganz gleich, wie sehr es sich nach Freiheit sehnt, es wird *nie* von den anderen Quarks wegkommen. Das ist eines der grundlegenden Gesetze der Quantenphysik. Ein Quark ist also mit seinen Partnern fest verbunden, ganz gleich, was es sich für sich selbst wünscht.

»Fest verbunden«, sagte er und merkte kaum, dass er dabei stöhnte. »Völlig, ganz und gar und hundertprozentig verbunden.«

Er betrachtete den leeren Konferenzraum. Morgen würde

er voller Angestellte sein, die begierig auf ihre Weihnachtsgratifikation warteten, bevor sie zur Feier im Momo's aufbrechen würden. Auch er würde dabei sein. Er würde in den Umschlag schauen und sich gerecht dafür belohnt fühlen, dass er Produkte verkaufte, die niemand wollte oder brauchte; belohnt und auch entmannt. Dieser Umschlag war das Gluon. Und niemand von uns wird je entfliehen können, denn je heftiger wir es versuchten, je weiter wir fortliefen, desto mehr Kraft hätte es, uns wieder zurückzuholen. Und nicht nur das Geld. Sondern das Ganze. Das Ganze will zusammenhalten. Teil von etwas sein. Einen Platz in dieser Welt haben. Etwas, was auch immer, erfolgreich tun.

Er setzte sich und gab dem nächststehenden Stuhl einen Tritt, dann sah er zu, wie dieser gegen seinen Nachbarstuhl rollte. Der fühlt nichts, dachte er. Gar nichts. Er könnte mit einer Axt auf diesen Stuhl schlagen, und der würde keinen Unterschied spüren. Und trotzdem würde man Henry wahrscheinlich feuern, wenn er den Stuhl zu Kleinholz verarbeitete. Weil wir solche Gegenstände, solche Nichtse wichtiger nehmen als lebende Menschen.

Es lag an diesem ganzen kapitalistischen System! Er war einfach nur ein Ochse, der im Joch ging, um einen Mühlstein in Gang zu halten.

Und ganz selbstverständlich brachte ihn das auf Dschingis Khan.

Denn auch Dschingis Khan war als kleiner Junge unter ein Joch gezwungen worden, um einen Mühlstein zu drehen. Hätte er nicht fliehen können, so wäre er, sobald sein Wuchs die Höhe eines Wagenrades erreicht hätte, getötet worden. Er rannte Hunderte Meilen mit diesem Joch um den Hals, um wegzukommen. Jedenfalls in dem Film. Henry Quantum verstand Dschingis Khan sehr gut. Der arme Dschingis hatte nie *wirklich* fliehen können. Sein ganzes Leben musste er das Joch tragen. Deshalb übte er so grausam Rache, eine Rache, wie die Welt sie noch nicht gesehen hatte.

Will ich Rache?, fragte sich Henry Quantum. Eigentlich nicht. Die macht alles nur noch schlimmer. Und wer will das?

Denn auf einer makrophysikalischen Ebene, der Ebene der Thermodynamik, von der er, wie er zugeben musste, sehr wenig Ahnung hatte, ging es ganz anders zu als bei den Gluonen und Quarks. Hier herrschte eine Vorstellung, die Entropie hieß und die die Neigung natürlicher Gegenstände zu zerfallen betraf. Und diese Entropie wurde doch tatsächlich auch als starke Kraft bezeichnet. Und die Kraft, die zusammenhält? Ist die schwache. Und was hält Menschen zusammen? Na, Liebe natürlich. Liebe bindet die Menschen aneinander. Doch Liebe ist die schwächste Kraft von allen.

Er seufzte und fragte sich: »Wie viele Seufzer kann ein Mensch an einem verdammten Tag ausstoßen?«

Er hätte genauso gut fragen können, wie viele Sterne in der Galaxie sind und wie viele Galaxien im Universum und wie viele Universen in einem Multiversum. Denn das entspricht der Zahl der Seufzer an einem Tag.

Und vielleicht ist Entropie auch der Grund dafür, dass alle zur Arbeit gehen. Denn jede Bindung ist vorübergehend, weil wir wirklich nur Darstellungen von Daten am Rand eines schwarzen Lochs sind, weil Liebe sinnlos ist und man sich besser mit einer Illusion zufriedengibt, als gar nichts zu haben. Die Wahrheit ist: Wenn man eine anständige Werbung für Protox macht, bemerkt man die Entropie vielleicht noch eine weitere halbe Stunde lang nicht, und vielleicht geht es dem Kunden genauso. Das ist doch immerhin schon etwas, oder? Andererseits, was bewirkt mehr Entropie als Protox? Es ist immerhin ein Scheiß-Abführmittel – das einen aber, anders als der Samurai Brand Real Beef Chewing Jerky und der Pinch of Beef, wenigstens nicht umbringt.

»Du bist noch hier?«

Er sah auf. Es war Art Director Denise.

»Oh! Hi! Ich dachte, ich wäre allein. Ich habe gerade ein bisschen nachgedacht«, sagte er.

»Du solltest wissen, dass das nichts bringt. Du siehst echt mitgenommen aus.«

»Wirklich?«

»Ganz zerknittert. Und unglaublich nass.«

»Ich bin in den Regen geraten.«

Denise schloss ihre langen, biegsamen Finger um seinen Arm und zog ihn vom Stuhl hoch. »Komm mit«, sagte sie.

Sie führte ihn durch den Flur zum Waschraum und rupfte reichlich Papierhandtücher aus dem Spender. »Hier. Reib dir die Haare trocken. Und zieh die Jacke aus und –

au Mann – auch das Hemd. Wir können es mit dem Händetrockner trocknen. Das T-Shirt auch.«

Er gehorchte.

»Und guck dir mal deine Hose an, Mann. Furchtbar!«

»Was soll ich machen?«

»Du bist vielleicht einer.« Sie streckte die Hand aus. »Gib sie einfach her.« Als er es nicht tat, kam sie näher und löste seine Gürtelschnalle. »Hey, du willst doch nicht etwa, dass ich auch den Rest mache?«

»Nein, nein.« Er stieg aus der Hose und hielt sie ihr hin.

Sie lachte. »Henry Quantum! Ich hätte es nicht erwartet, aber du hast einen ganz ordentlichen Körper. Cool, dass du nicht trainierst. Ich mag Jungs ohne Sixpack.«

»Danke.«

Wieder lachte sie. »Musst du immer höflich sein?«

»War das falsch?«

»Nein, süß.«

»Danke«, sagte er.

Und wieder lachte sie.

»Sorry.«

Sie hängte seine Hose über die Trennwand und fragte: »Du magst mich, nicht wahr?«

»Natürlich mag ich dich.«

»Nein, ich meine, du *magst* mich.«

»Ich … Äh …«

»Es überrascht dich vielleicht, aber ich mag dich auch.«

»Mich?«

»Ja, dich.«

Sie tippte ihm mit dem Zeigefinger, ihrem aalgleichen Zeigefinger mit dem schwarzlackierten Nagel, der sich ganz, ganz leicht nach innen bog wie der einer chinesischen Kaiserin, auf die Nase.

»Wir sind völlig allein«, sagte sie. »Das Büro gehört uns.«

»Öh …«, sagte er.

»Du weißt, dass es eine Menge Frauen gibt, die dich mögen«, fuhr sie fort. »Du hast irgendwas an dir. Ich meine, mal abgesehen von dieser Zerstreutheit, die ich offen gestanden attraktiv finde. Du bist kein Angeber. Du urteilst nicht. Das gefällt mir. Es gefällt mir, dass du so nett zu den Leuten bist. Zum Beispiel Schwartz. Er ist ein Idiot. Du weißt, dass er ein Idiot ist. Ich weiß, dass er ein Idiot ist. Aber du bist trotzdem freundlich zu ihm. Du merkst gar nicht, wie freundlich du bist. Und dann diese Tolle oder wie immer man das nennt – bei dir steht immer irgendwo eine kleine Strähne ab. Du siehst ein bisschen so aus wie Cary Grant in der Rolle des zerstreuten Professors.«

Es war nicht zu leugnen, Denise war extrem schön in ihrer Seltsamkeit mit den wilden Farben ihres Haars, den Feder-Extensions, die ihm so exotisch vorkamen, und dem knabenhaften Körper mit diesen kleinen Brüsten und deren rasiermesserscharfen Brustwarzen, die sämtliche Männer täglich kommentierten, weil sie unter den dünnen Blüschen und knappen Pullis fast immer sichtbar waren. Und dieser schöne knabenhafte Körper wurde noch schöner durch die mit Blumen bedruckte hautenge Hose und das Cowboyhemd mit besticktem Kragen und Perlmuttdruckknöpfen, dessen Ärmel an den Schultern abgerissen waren, damit man die Tattoos von Schlangen, Blumen und absonderlichen Mustern in Blau und Rot und Braun und Grün sah, die sich bis hinunter zu ihren Handgelenken wanden und in einer einzelnen Efeuranke auf ihrem Handrücken endeten. Er wusste, dass viele sie für lesbisch hielten, und tatsächlich hatte sie ihm einmal erzählt, sie sei es manchmal, aber heute offenbar nicht; zwar hatte ihr Gesicht mit den breiten, harten Zügen etwas Jungenhaftes, doch ihr weicher Mund, die Unterlippe, die wie eine kleine Tasse ein wenig vorstand, und die schmeichelnde Stimme, die mit ihrem schmeichelnden Moschus-Parfum harmonierte, wirkten alles andere als knabenhaft.

»Ist meine Hose schon trocken?«, fragte er.

»Ich habe sie doch gerade erst aufgehängt, Henry. Daher bezweifle ich es. Und warum überhaupt die Eile?«

»Keine Eile. Es ist nur…«

»Magst du mich nicht?«

»Natürlich mag ich dich. Es ist nur, weißt du, ich habe meine Hose nicht an.«

»Ich denke, das steht außer Frage.«

»Oh«, sagte er.

Denise schien ganz und gar aus flüssigem Gummi zu bestehen. Sie hatte überhaupt keine Kanten mehr. Groß, schlaksig, knochig und doch strukturlos. Sie war wie ein sonderbares formloses Tiefseegeschöpf, das sich über den

Meeresgrund schlängelt, und er sah mit einiger Besorgnis, wie ihre gummiartige Hand von seiner Nasenspitze hinunter auf seine nackte Brust glitt, bis hin zu seinen Brustwarzen, die sie drückte, wie sie auf dem Markt zwei reife Pflaumen betastet hätte. Sie lächelte eins ihrer Mona-Lisa-Lächeln.

In diesem Moment merkte er, dass ihre andere Hand den Weg zu seinem Schritt gesucht hatte und das dort Gefundene umklammerte wie ein Krake, der seine Beute verschlingt.

»Fröhliche Weihnachten, Bones!«, säuselte sie.

»Öh …«, sagte er.

KAPITEL 13

•••••••••

17:50 – 21:03 Uhr

Was war es doch für ein verrückter Tag gewesen! Er war überwältigt, ganz einfach überwältigt davon, wie sich die Dinge entwickelt hatten, und auch von sich selbst und vom Leben und von all dem Guten und Schlechten, das ihm vor die Füße geworfen worden war. Doch was immer dabei herauskommen mochte und nachdem geschehen war, was geschehen war, zog er sich nun eilig wieder an und verließ hastig das Büro, wobei er Denise erklärte, er müsse jetzt wirklich los, um seinen Schwager vom Flughafen abzuholen, was nicht ganz stimmte, denn bis zur planmäßigen Landung blieben ihm noch anderthalb Stunden. Es überraschte ihn ein wenig, dass es Denise nichts ausmachte, sie lachte nur wieder ihr spöttisch-liebevolles Lachen. Unglücklicherweise war sie nicht dazu gekommen, sein Hemd oder sonst etwas mit dem Händetrockner zu bearbeiten, also waren seine Sachen immer noch klatschnass, schmutzig und eiskalt. In einem Bürofenster sah er zufällig sein Spiegelbild. Er sah aus, als hätte ihn ein Abschleppwagen durch den Matsch geschleift. Was er aber in Anbetracht sämtlicher Umstände in Ordnung fand.

Diesmal schnappte er sich dann doch lieber einen Schirm – er hatte immer einen neben dem Papierkorb stehen – und verabschiedete sich mit einem eher keuschen Winken von Denise. Er ging auf die Straße hinaus, stemmte seinen geöffneten Schirm gegen den Wind und machte sich auf den Weg zu dem Parkhaus in der Battery Street. Roberto war noch da, er stand an seinem kleinen Schalter und winkte fröhlich, als er Henrys Blick begegnete.

»Ich nehme an, die Dürre ist vorüber«, sagte Roberto. »Jetzt können Sie ruhig schlafen.«

»Ein Schauer ist noch nicht das Ende einer Dürre«, sagte Henry scherzhaft.

»Aber es ist doch ein guter Anfang, oder?«

»Ja, das ist es! Das ist es wirklich!«

Henry mochte Roberto. Roberto war so solide und unveränderlich wie die Pfeiler der Golden Gate Bridge; jeden Morgen und Abend war er eine Art Seezeichen im stürmischen Meer von Henrys Leben. Aber er hatte vergessen, Roberto das Weihnachtstrinkgeld zu geben, es fiel ihm erst jetzt ein, und obwohl Roberto ihn wie immer anlächelte, fürchtete Henry, dieser Fels in der Brandung könne bröckeln, wenn seine Gefühle verletzt würden; und außerdem machte es Henry einfach Freude, Roberto eine Freude zu machen – aus irgendeinem Grund erzählte er Roberto auch immer Witze. Jetzt stellte er seinen Schirm ab, zückte das Scheckheft und stellte sofort ein papiernes Weihnachtstrinkgeld aus, ein ziemlich großes, größer, als er eigentlich vorgehabt hatte, und Roberto dankte ihm überschwänglich, sagte »Aber Mr Quantum, bitte, das war doch wirklich nicht nötig« und überreichte Henry eine Zellophantüte mit Schokoladenfigürchen, wobei er rief: »Nur für unsere Lieblingskunden!« Henry stieß einen kleinen Entzückensschrei aus, »Wirklich?«, und dann wünschten sich die beiden gegenseitig fröhliche Weihnachten, Roberto holte den BMW 528i, und als er kam, fand Henry seinen Wagen so aufregend wie immer. »Ich habe ihn für Sie vollgetankt«, sagte Robert, und Henry war ganz erfüllt von Wohlbehagen und Genugtuung, denn was gibt es Schöneres als einen vollen Tank, und wieder wünschten sie sich fröhliche Weihnachten, und Henry fuhr davon und dachte, dass es in seinem Leben wenigstens eine Beziehung gab, auf die er sich verlassen konnte.

Ihm ging auf, dass das Universum zwar ganz entschieden Richtung Entropie arbeitet und dass sich uns Zeit und Raum auf vielerlei Weise hartnäckig entgegenstellen, dass es aber dennoch Dinge gibt, die uns das Gefühl vermitteln, in alldem stecke eine Bedeutung. Und wenn Liebe vielleicht auch nicht möglich war, so doch wenigstens Freundschaft. Er beschloss, dass es die kleinen Dinge – zum Beispiel eine jüngere Frau, die einem die Hose auszieht, ein verlässlicher Parkhausangestellter oder ein netter Plausch mit dem Weihnachtsmann – sind, die im Leben zählen. Sicher, man konnte das alles auch als einen erbärmlichen Versuch betrachten, der kosmischen Leere zu entkommen, aber war es nicht vielleicht auch eine Art von – er dachte einen Moment nach – Zen-Sandmalerei?

Genau! Man bedenke, wie sorgfältig und behutsam der Zenmeister arbeitet, wie leidenschaftlich er sich um die Vervollkommnung seiner Technik bemüht, wie tief die Schönheit seiner Zeichnung berührt – und dann kommt ein Windstoß, und – *wusch* – alles ist hin. Und er freut sich darüber! Er freut sich über diesen Wind! Ein echter Zenmeister wird seine Sandbilder nicht einmal fotografieren. Warum nicht? Weil das völlig am Kern der Sache vorbeiginge! Denn darum geht es: In dieser flüchtigen, unbeständigen und furchtbar dunklen Welt ist große Schönheit nicht nur möglich, sie gehört dazu. Dies war eine so zuversichtlich stimmende Erkenntnis, dass Henry Quantum fast die Tränen kamen. Denn obwohl ihm der Regen vor der Windschutzscheibe die Sicht nahm und der Nebel die Straße vor ihm verhüllte, sah er die Wahrheit taghell vor sich: Nichts Schönes ist vergeblich.

Als er dies zu Ende gedacht hatte, war er bereits auf der King Street, hatte den Embarcadero umrundet und würde gleich die Auffahrt zum Embarcadero Freeway nehmen, der letztlich zum Flughafen führte. Trotz des schlechten Wetters fuhren die Autos schnell. Er vermutete, dass die Leute sich inzwischen an den Regen gewöhnt hatten, aber vielleicht lag es auch nur daran, dass niemand außer Idioten wie ihm so kurz vor Weihnachten noch arbeiten ging. Wie auch immer, Henry entspannte sich und genoss den Geruch seiner Ledersitze und die frische, würzige Seeluft, die durch das leicht geöffnete Seitenfenster drang.

Vielleicht sollte ich Margaret anrufen, dachte er. Aber

wenn sie einen Termin mit einem Kunden hatte, ging sie nie dran. Sie schimpfte immer mit ihm, weil er nie ans Telefon ging, war aber selbst auch nicht besser. Allerdings hatte er das Gefühl, dass das nur für ihn galt; bei allen anderen Anrufern schien sie es doch hinzubekommen.

Er wollte so gern verstehen, was zwischen ihm und Margaret vorging.

Er dachte an ihre erste gemeinsame Wohnung im North-Beach-Viertel zurück – für ihre damaligen Verhältnisse war sie riesig und kostete ein Vermögen, vierhundert im Monat! Die Decken waren mit glitzerndem Dekorputz besprüht, und er lachte bei der Erinnerung daran, weil sie immer im Bett gelegen und zur Decke hinaufgeblickt und besonders funkelnde Stellen zu Sternbildern zusammengefasst hatten, die sie entsprechend ihrer jeweiligen Stimmung tauften: das Sexpot-Sternbild, das Pasta-Sternbild und eins ihrer liebsten: das Shakespeare-Sternbild, es bedeutete, dass sie sich laut aus den Sonetten vorlesen mussten. Hatten sie das wirklich getan? Oder bildete er sich das nur ein? Oder vielleicht war es nur einmal vorgekommen, und er hatte mehr daraus gemacht. Das würde er nie sicher wissen; aber allein schon an diese Dinge zu denken, sich an sie zu erinnern rief eine schmerzvolle Sehnsucht in ihm hervor. Und doch wusste er, dass er sich nicht nach Margaret sehnte – nicht einmal nach der damaligen Margaret, wenn es sie denn je gegeben hatte. Vielleicht hatte er sich immer gewünscht, jene Tage würden zurückkehren, aber mit diesem Wunsch war es vorbei.

Trotzdem hatte er nie eine Affäre haben wollen. Jahrelang hatte er im Schatten von Margarets Gleichgültigkeit gelebt und darauf gewartet, dass es wieder Licht würde, und manchmal trauten sich für die Dauer eines Spaziergangs oder eines Abends daheim auch ein paar zaghafte Strahlen hervor. Doch das eigentliche Licht kehrte nie zurück, und als Daisy auftauchte, wie konnte er da anders, als die Dunkelheit zu benennen und zu der Fackel zu laufen, die Daisy ihm entgegenhielt?

Er bog in die Ausfahrt zum Flughafen ab, folgte den Wegweisern zu den Plätzen für die Kurzparker und fand eine Lücke in der Nähe der United-Logos. Erstaunlich, dass Margaret so schnell einen Flug für Arthur gefunden hatte. Am 23. Dezember – wer bekommt so knapp vor Weihnachten noch einen Last-Minute-Flug? Wahrscheinlich hatte sie den vollen Preis für die erste Klasse bezahlen müssen. Ja, Margaret schien die Welt zu besitzen, während er, Henry, sie nur beobachtete. Was, fragte er sich, hatte er nur getan, dass sie ihn so hasste? Er ging vom Parkhaus zum Terminal und stand dann am Fuß der Rolltreppe zur Gepäckausgabe, wo man ankommende Passagiere abholen durfte.

Arthurs Flug hätte eigentlich um 19:12 Uhr ankommen sollen. Jetzt war es 18:30 Uhr, doch es gab eine wetterbedingte Verspätung, und seine Landung war nun für 19:50 Uhr angekündigt. Fast anderthalb Stunden. Henry hörte seine Füße in den nassen Schuhen quietschen. Er fuhr sich mit der Hand durchs Haar – platt wie ein Pfannkuchen und immer noch ein bisschen feucht. Er stopfte sich das Hemd in die Hose, betrachtete den Schmutz auf seinen Manschetten und dachte: Ich sehe wahrscheinlich aus wie ein armer Irrer. Kein Wunder, dass sich die Leute von mir fernhalten. Vielleicht sollte ich mir etwas zum Anziehen kaufen. Er sah sich um. Direkt hinter den Gepäckkreiseln war ein Stand von Starbucks. Der nützte nichts. Vielleicht konnte er auch einfach nur lässig wirken. Eine Hand in der Hosentasche. Locker dastehen. Ralph Lauren.

Oder besser, er machte einen kleinen Spaziergang.

Er ging zum Abflugbereich, der im Gegensatz zum Ankunftsbereich ein wenig einladender gestaltet war. Vor den Sicherheitskontrollen gab es einige Läden, aber nur für Süßigkeiten und dergleichen. Vielleicht konnte er ja hier einfach noch ein bisschen herumschlendern. Ja, herumschlendern, *to saunter*. Was für ein hübsches Wort. *Saunter*. Thoreau hatte das Wort gemocht. Was hatte er noch gesagt? Vorspiegeln, man wolle zum Heiligen Land aufbrechen, es aber nie tun. Das war Thoreau. Das war *sauntering*. Tatsächlich hatte Henry in seiner Jugend eine Menge von Thoreau auswendig gelernt, und von Keats, Chaucer, Shakespeare und Milton. Er konnte auch Teile der *Ilias* auswendig und Sachen von Eliot und eine ganze Reihe Haikus von Bashō. Er hatte sogar aus Marx' Schriften zitieren können, und deshalb freute es ihn, dass er sich, wenn auch nur vage, ins Gedächtnis rufen konnte, was Thoreau über das *sauntering* gesagt hatte. Es kam aus dem Mittelalter, aus der Zeit der Kreuzzüge, als die Vagabunden über Land zogen und um Geld bettelten, das sie angeblich für ihre Reise zu *la sainte terre* brauchten, ja, so war's! Henry klopfte sich innerlich begeistert auf die Schulter. Alle wussten, dass diese Leute nicht wirklich ins Heilige Land zogen, sondern in die nächste Schänke, deshalb wurden sie von den Kindern verspottet, die ihnen nachriefen: »Da geht ein *Sainte-Terrer*!« Genau, ein *saunterer*! Ein Heiligländer! Doch in Wahrheit weiß niemand, wie man geht, richtig geht. Dafür braucht man eine Begabung: das *sauntering*. Im Grunde geht es darum, einfach zu spazieren, in einer Weise, in der das Ziel des Gehens das Gehen selbst ist, man hat keine andere Absicht, als die, zu gehen und alles just in dem Moment wahrzunehmen, in dem es einem auf diesem Spaziergang widerfährt – dann geht man *wirklich* ins Heilige Land, weil man es in sich trägt.

Und das, verkündete Henry sich selbst, ist mehr oder weniger das, was ich den ganzen Tag getan habe. Und als er sich jetzt seine Kleidung betrachtete, dachte er: Thoreau würde es billigen! Ich mag aussehen wie ein Vagabund, aber ich bin kein Vagabund. Ich bin ein *saunterer*.

Arme Margaret! Wann hatte sie zum letzten Mal einen echten Spaziergang unternommen?

Und deshalb kam ihm wieder dieser Gedanke: Parfum!

Warum besorge ich das verdammte Parfum nicht gleich hier und erspare mir eine weitere Fahrt in die Stadt? Es gab doch sicher in einem Flughafen Läden, in denen man ein Parfum für eine Dame kaufen konnte.

Leider ergab eine rasche Musterung der Abflughalle,

dass die besseren Sachen alle hinter dem Kontrollbereich lagen, also von reihenweise Durchleuchtungsgeräten und Sicherheitsleuten bewacht wurden. Er überlegte, ob er ein billiges Flugticket, etwa nach Burbank, kaufen, durch die Kontrollen gehen, das Parfum beschaffen und damit wieder zurückflitzen könne. Er brauchte dafür nur ein erstattungsfähiges Ticket. Aber ob sie ihm das Geld zurückgeben würden, wenn sie ihm einen Boarding Pass gegeben hätten, mit dem er die Kontrollen passieren konnte? Und würde man ihn nicht für einen Terroristen halten, wenn er nicht ins Flugzeug stieg? Würden sie ihn nicht mitten in der Nacht zu Hause abholen und verschwinden lassen? Und selbst wenn nichts dergleichen geschah, würden sie das Flugzeug nicht zurückhalten, bis sicher wäre, dass kein Gepäckstück von ihm eingeladen worden war? Er selbst hätte es nicht gut gefunden, wenn ihm das von jemandem zugemutet worden wäre. Noch dazu so kurz vor Weihnachten. Ganz davon zu schweigen, dass in der Zeit, in der er das Ticket kaufen, die Kontrollen passieren und all das tun würde, Arthurs Flugzeug landen und sein Schwager in Panik und Aufregung auf ihn warten und Margaret danach stocksauer sein würde. Und der Gedanke an Margarets Zorn brachte ihn darauf, für alle Fälle lieber noch einmal den Monitor mit den Ankunftszeiten zu kontrollieren.

Arthurs Flug hatte eine weitere halbe Stunde Verspätung.

Er setzte sein *sauntering* fort, fest entschlossen, noch mehr Einzelheiten als vorher wahrzunehmen: das Muster des Teppichbodens, das scheußlich war; die Platzierung der Monitore mit den Abflug- und Ankunftszeiten, die ungünstig war; die Verteilung der kleinen Wartebereiche, die zu klein und zu dicht an den Türen waren. Jetzt bin ich ein echter *saunterer*, sagte er sich stolz. Dann kam es ihm so vor, als sei seine Feststellung, diesseits der Sicherheitskontrollen gebe es keine richtigen Läden, voreilig gewesen. Er ging also weiter, doch jetzt mit einem neuen Ziel, was der Reinheit seines *saunterings* eigentlich entgegenstand; aber es war eben so wie beim Meditieren, man verließ diesen Zustand manchmal und kehrte dann wieder in ihn zurück, ging hinaus und hinein. Und so beschloss er für sich, dass es zulässig sei, den Spaziergang mit einer Absicht fortzusetzen – Chanel No. 5 –, denn er hatte diese Absicht schon am Morgen gehabt, und sie hatte ja zu allerlei geführt.

Bald schon betrat er einen ziemlich langen Gang, dem er folgte, obwohl sehr wenige Leute darin unterwegs waren, und am Ende fand er sich zu seiner Überraschung in der internationalen Abflughalle wieder. Hier war alles sehr modern und stromlinienförmig und gar nicht so überfüllt; außerdem standen die Restaurants allen offen, nicht nur den Passagieren mit Flugtickets, und obwohl er noch keinen sah, nahm Henry an, dass es hier reichlich Läden geben würde und darunter sicher einen, der Chanel No. 5 führte. Es war eine geräumige Halle mit hohen Decken und Marmorfußboden, und ringsum hörte er viele Sprachen, nicht nur Spanisch und Chinesisch. Plötzlich ging ihm auf, was für eine wunderbare Sache Sprache doch ist. Denn wer hatte als Erster auf ein Küken gezeigt und dabei »Küken« gesagt? Und wer war der andere gewesen, der »Ja, stimmt, das ist ein Küken« gesagt hatte? Oder hatten sie mit dem Wort »Vogel« angefangen? Kam das ordnende Konzept des Vogeltums vor oder nach dem Küken? Überhaupt, wie kommt es, dass eine Sache für eine andere steht – dass ein Wort eine Sache ersetzen oder ab einem bestimmten Punkt zu dieser Sache werden oder sogar über die Sache hinauswachsen kann – wie »Liebe«. Das Wort »Liebe« ist so viel solider, greifbarer, verständlicher als die tatsächliche Erfahrung von Liebe. In der Wirklichkeit ist Liebe nichts als Verwirrung und Verzweiflung mit einer kleinen Prise Ekstase. Aber man muss das Wort »Liebe« nur *sagen*, und schon denkt man an *Romeo und Julia* oder *Doktor Schiwago* oder *Brokeback Mountain* – jeder scheint zu wissen, worüber man spricht, und trotzdem bedeutet, eine Liebe wirklich zu durchleben, rein gar nichts zu wissen.

Ach, das menschliche Herz, klagte er innerlich, das größte Mysterium von allen! Natürlich ist es eigentlich das Hirn und nicht das Herz. Die Trillionen Synapsen und die unendlichen Reihen von Möglichkeiten. War es nicht das, womit Daisy sich beschäftigte? Wie ein Photon in deinem Hirn zu einem Bild wird? Wie wir diese verrückte Welt in uns aufnehmen und sie verständlich machen?

Aber er wollte nicht an Daisy denken.

Obwohl er an Daisy gedacht hatte und nicht an Margaret, als er Nein zu Denise gesagt hatte. Er hatte zwar »Ich kann nicht, ich bin verheiratet« gesagt, aber nicht Margaret war ihm dabei in den Sinn gekommen. Es war Daisy gewesen, Daisy mit ihrem roten Schopf, den funkelnden grün-goldenen Augen und den Sommersprossen auf den zarten, zupackenden Händen.

»Ach, komm«, hatte Denise gesagt.

»Ich kann nicht«, hatte er beharrt.

»Niemand wird davon erfahren.«

»Ich werde davon erfahren.«

Sie presste sich an ihn und flüsterte: »O ja, das wirst du.«

Vielleicht, weil sie im Waschraum waren oder weil es in der Firma oder weil Weihnachten war – vor allem aber wegen der kurzen Augenblicke, die er beim Mittagessen mit Daisy verbracht hatte, sagte er: »Ich muss los.«

Und er schnappte sich seine triefnassen Sachen, sprintete nackt in sein Büro, zog sich so schnell an wie Superman in der Telefonzelle, rannte auf die Straße hinaus und war schon am Parkhaus, als ihm einfiel, dass er sein Jackett im Waschraum vergessen hatte.

Jetzt aber erinnerte er sich: Parfum. Also machte er sich, diesmal ernsthaft, in der internationalen Abflughalle auf die Suche. Es gab eine sehr elegante Gastronomiezone mit zwei Sushibars und einem wirklich netten Steakhouse und sogar einem Emporio Rulli Café neben den üblichen Zeitschriften- und Bücherläden; es gab sogar eine Möglichkeit zu duschen – dort wurden auch Drogeriewaren verkauft, aber kein Chanel No. 5 – und eine Brookstone-Filiale, wo er dem Charme des Massagesessels verfiel und trotz der dreitausend Dollar, die er kosten sollte, ernsthaft daran dachte, einen zu kaufen (natürlich für Margaret), doch der Verkäufer sagte, es sei zu spät für eine Lieferung vor Weihnachten, also verwarf er diese Idee wieder, und später kam er an einem dieser Läden vorbei, die DVD-Player verleihen, obwohl ja kein Mensch mehr so etwas leiht, und er dachte daran, wie Margaret und er früher immer zusammen Netflix-Filme geschaut hatten, aber jetzt luden sie alles einfach nur auf ihre eigenen Geräte herunter und sahen es sich dann an, getrennt durch ihre Kopfhörer und ihre unterschiedlichen Vorlieben. Zum Schluss kam er noch an einem Museumsshop vom San Francisco Museum of Modern Art vorbei, und obwohl er sich eine ganze Weile die Nase am Schaufenster plattdrückte, wusste er, dass er hier, selbst wenn der Shop offen gewesen wäre, kein Parfum bekommen hätte.

Er seufzte. Er versuchte, es zu unterdrücken, doch er konnte nicht anders, denn vor seinem inneren Auge sah er Margaret Chanel No. 5 auf ihre Schlüsselbeine tupfen, und das machte ihn traurig. Vielleicht war er deshalb auf Parfum als Geschenk gekommen. Denn wenn er an Parfum dachte, dachte er immer an Margaret und daran, wie sie es auf ihre Schlüsselbeine und auch hinter die Ohren und auf die Innenseite ihrer Handgelenke tupfte – und wie er es genoss, dann hinter sie zu treten, ihr die Hände auf die Schultern zu legen und sich vorzubeugen, um diesen süßen, wilden Blütenduft einzufangen, den ihr Körper verströmte – eines der wenigen intimen Rituale, die es zwischen ihnen noch gab. Ja, genau das war der Grund für seine besessene Jagd auf dieses Parfum. Dieses kurze zärtliche Zwischenspiel, seine Hände auf ihren Schultern. Die Schönheit ihres Halses, der sich anmutig zum Kinn aufschwang, ihre Wirbelsäule, an der entlang er manchmal unter ihrem Kleid hinabsehen konnte, und die bräunliche Haut auf ihren Schulterblättern – für diesen Zeitsplitter war sie sich ihrer Schönheit und ihrer Macht über ihn wieder unbewusst, und in diesem winzigen Augenblick war er wieder, wenigstens ein bisschen, verrückt nach ihr.

Er hatte sich eingeredet, er habe keine Ahnung, warum die Dinge sich geändert hatten, aber das stimmte nicht. Er wusste es und war endlich bereit, den Gedanken zuzulassen, und zwar wegen des Parfums und weil er an Parfum gedacht hatte, als er Daisy gesagt hatte, er liebe Margaret immer noch – er hatte an diese seltenen und vollkommenen Augenblicke gedacht, in denen er hinter sie trat und ihre Schultern hielt, und besonders daran, wie sie sich meistens unter seiner Berührung entspannten und sie ihm ihren Nacken darbot.

Natürlich hatte sich die Veränderung in Margaret sehr langsam vollzogen. Aber sie war sogar schon im vierten oder fünften Jahr ihrer Ehe sichtbar geworden. Sie war von ihm enttäuscht. Da, jetzt hatte er es ausgesprochen. Eines Tages geschah es, und er sah den beginnenden Zweifel in ihren Augen: Was machte er aus seinem Leben? Was hatte er für sie beide vor? Schließlich musste sie es in Worte fassen: »Du machst immer weiter und weiter und weiter, aber es kommt nie etwas dabei heraus.« Um ihr das Gegenteil zu beweisen, ging er in die Werbebranche, und sei es nur, um ihr zu zeigen, dass er Geld verdienen konnte. Er hatte Texter werden wollen, doch sie steckten ihn ins Account Management, wo er zu seiner Überraschung sehr gut zurechtkam; tatsächlich stieg er rasch auf – Account Executive, Account Supervisor und Account Director. Doch dann verlor er den Elan, er lief auf Grund. Er verdiente gutes Geld, das schon; doch irgendetwas hatte ihn verlassen. Er hätte ganz leicht Management Supervisor und bald darauf Mitglied der Geschäftsführung werden können. Aber er war eigentlich schon so weit gekommen, wie er wollte. Warum, hätte er nicht einmal zu sagen gewusst. Nur dass er vor einer Art Tür stand, die zu nichts führte. Vielleicht war es auch Treibsand. Oder vielleicht – nun ja, wer weiß? Einmal hatten ihn ein paar Creative-Leute angesprochen, die zusammen mit ihm einen eigenen Laden aufmachen wollten, aber er zauderte und zögerte so lange, bis sie es aufgaben. Und sofort verblasste sein Prestige. Fast jeder begann ihn mit einer gewissen Verächtlichkeit zu behandeln, die der Margarets ähnelte. Es war kaum wahrnehmbar, aber auch nicht zu leugnen. Und es sickerte irgendwie in sein Privatleben hinein und verschärfte seine Eheprobleme.

Aber so hätte es nicht sein müssen.

Margaret waren Management Supervisors genauso egal wie neue Werbeagenturen. Sie hatte die Sache mit der Werbung von Anfang an vehement abgelehnt. Sie erwartete mehr von ihm, etwas, das sie als »Großes« bezeichnete, obwohl sie selbst nicht zu definieren wusste, was dieses Große sein sollte. Auf keinen Fall Geld, jedenfalls nicht anfangs. Sondern etwas viel Komplizierteres. Margaret hatte sich einen Eroberer gewünscht, einen Drachentöter, einen Mann von Welt. Und Henry Quantum bekommen. Womit sie vor der Wahl stand: Entweder sie lebte weiter und schämte sich, oder sie wurde selbst der Mann von Welt und Drachentöter; und genau dafür hatte sie sich dann entschieden. Und je mehr Drachen sie ins Jenseits beförderte, desto mehr verachtete sie ihren Mann wegen seiner Schwäche. Henry erkannte es und konnte ihr in seinem Innersten nur zustimmen. Nicht nur wegen seiner Schwäche. Auch wegen seiner Hilflosigkeit, Gutgläubigkeit, Unentschlossenheit, Ratlosigkeit, geistigen Abwesenheit und all der Überlegungen, Träumereien und Vorstellungen, die in sein zielloses Philosophieren mündeten. Sie hasste ihn mit Recht.

Und dennoch verließ sie ihn nicht. Das war für Henry das größte Rätsel von allen.

Er hatte Daisy vieles davon erzählt, als sie noch zusammen waren. Sie hatte mehrmals die Augen zugekniffen und schließlich gesagt: »Henry, du bist verrückt. An dir ist absolut nichts verkehrt. Und dieser Mensch, den du mir da beschreibst? Weißt du was? Das bist nicht du. Das ist jemand, den sie erfunden hat.«

»Vielleicht kennst du mich nur nicht sehr gut«, hatte er gesagt.

»Vielleicht kennst *du* dich nicht sehr gut«, hatte sie erwidert.

Und im Grunde hatten sie beide recht. Bei Margaret war er zu diesem erbärmlichen Schwächling geworden, doch bei Daisy war er jemand anders, jemand Neueres, Frischeres, Machtvolleres, denn genau so fühlte er sich in ihrer Nähe. Deshalb hatte er auch in jener schrecklichen Nacht zu ihr gesagt: »Nein, ich fühle mich nicht schuldig, kein bisschen.« Und dann hatte sie ihn fortgeschickt.

Mit dem Parfum hatte er wirklich kein Glück. Er sah wieder auf die Uhr. Er hatte bereits fast zwei Stunden totgeschlagen, und jetzt würde er zur Gepäckausgabe zurückmüssen, um Arthur aufzulesen. Der Gedanke an Arthur deprimierte ihn. Es war seltsam. Arthur war zehnmal trotteliger als er. Doch Margaret liebte ihn. Liebte ihn wirklich.

Es lag also nicht daran, dass Margaret nicht lieben konnte. Sie liebte nur ihn nicht.

»Scheiß-fröhliche-Weihnachten«, sagte er sich.

Inzwischen hatte er die Haupthalle des internationalen Terminals ganz umrundet, Dutzenden von unbekannten Sprachen gelauscht, aus den Lautsprechern Ankündigungen der exotischsten Destinationen gehört; er hatte die Nase in alle Läden gesteckt, sich über sämtliche Restaurants informiert und suchte sich jetzt seinen Weg zurück zu dem Gang, der zum United-Terminal führte. Und in diesem Moment entdeckte er aus den Augenwinkeln, versteckt hinter einigen Glastrennwänden und Werbebannern, einen kleinen Laden, der einfach nur THINGS hieß. Na ja, dachte er, ich kann auch ein paar Sekunden später bei diesem blöden Arthur auftauchen, er durchquerte also die Halle und erreichte den Laden just, als die junge Philippinerin das Schutzgitter vor dem Eingang herunterzulassen begann.

»Warten Sie!«, rief Henry.

»Sorry, Sir, wir schließen jetzt.«

»Ja, das sehe ich, aber ich habe nur eine kurze Frage. Führen Sie Chanel No. 5?«

»Das Parfum?«

»Ja, Chanel No. 5.«

»Ja, Sir, das führen wir, aber wir schließen jetzt.«

»Sie haben es?«

»Aber wir schließen.«

»Bitte, kann ich nicht ganz kurz reinkommen? Es dauert nur eine Minute, versprochen.«

Die junge Frau zeigte auf ihre Armbanduhr. »Wir schließen.«

»Ach bitte! Es ist Weihnachten!« Er sah, wie sie ein kleines goldenes Kreuz betastete, das sie an einer Kette um den Hals trug. »Weihnachten!«, wiederholte er. Sie verdrehte die Augen, winkte ihn jedoch, immer noch das Kreuz in der Hand, widerwillig zu sich herein. Und es war so ein herrlicher Laden! Ein herrlicher Laden mit herrlichen Sachen auf herrlichen Regalen. Die freundliche Christenfrau ging direkt zur Parfumabteilung, zog eine Schublade auf und kam mit einer hübschen Flasche Chanel No. 5 zur Kasse zurück.

Doch als sich Henry Quantum umsah, verstand er plötzlich – sah, weshalb er wirklich gekommen war. Und es war nicht Chanel No. 5.

KAPITEL 14

21:04 Uhr – ?

Er hatte versucht, Margaret anzurufen, er hatte es wirklich versucht. Aber natürlich ging sie nicht dran, also hinterließ er ihr eine Botschaft auf dem Anrufbeantworter und schickte ihr eine SMS und eine Mail.

»Margaret«, sagte er. »Es tut mir leid, aber ich kann Arthur nicht abholen. Er wird ein Taxi oder einen Shuttlebus nehmen müssen. Er schafft das schon. Ich habe seine Handynummer nicht, deshalb habe ich am Flughafen eine Nachricht für ihn hinterlassen – du weißt schon, über dieses weiße Info- und Kontakttelefon. Er wird schon darauf kommen. Ich kann mich heute Abend einfach nicht um ihn kümmern. Und außerdem habe ich noch etwas zu tun, Margaret, werde also spät kommen. Ich meine, ich weiß noch nicht, wann ich nach Hause komme. Ich erkläre es dir dann. Tut mir alles leid. Okay. Bye.«

In der SMS und der Mail schrieb er nur: *Hoffe, dein Meeting läuft gut. Kann A. nicht abholen. Habe Nachricht hinterlassen. Weiß nicht, wann zurück.*

Dann löschte er das *Hoffe, dein Meeting läuft gut.* Er meinte es nicht so, also wollte er es auch nicht sagen.

Arthur würde inzwischen sowieso schon da sein, den Schrecken überstanden und Margaret angerufen haben, die wahrscheinlich *diesen* Anruf angenommen hatte, oder er würde ausnahmsweise einmal selbstständig denken und ganz allein ein Taxi nehmen. Was immer er tun mochte, es war Henry egal.

Was ihm nicht egal war, war das Paket in seinem Arm, das eigentlich gar kein Paket war. Er hatte die Frau gebeten, eine rote Schleife darum zu binden, was sie auch getan hatte.

Dann war er gefahren wie ein Irrer. Die 280 rauf und dann die Nineteenth Avenue, am Park Presidio entlang, bis er auf die Golden Gate Bridge kam, und nach der Brücke weiter auf dem Highway 101, vorbei an Sausalito, Mill Valley, Corte Madera und Larkspur und dann links in den Sir Francis Drake Boulevard durch Greenbrae und Ross und San Anselmo und dann den Center Boulevard nach Lansdale Station und von dort aus den Lansdale Boulevard hinunter nach Baywood Court, ganz genau, wie Google Maps es ihm auf seinem iPhone anzeigte.

Die ganze Zeit war sein Kopf leer. Der einzige Gedanke, der ihn beherrschte, war der, den Anweisungen der Dame von Google Maps zu folgen, die so ruhig sprach und nie ungeduldig wurde, wenn man falsch abbog oder sonst welche Dummheiten machte. Schließlich parkte er den Wagen vor dem Haus und nahm das Paket in die Arme. Es war ein weißer Teddybär mit einer roten Schleife um den Hals. Er nannte ihn Weihnachtsbär. Die Verkäuferin war etwas sauer gewesen, als er gesagt hatte, er wolle das Parfum nicht mehr, aber das machte ihm ebenfalls nichts aus. Er zahlte bar und wartete nicht auf das Wechselgeld.

Jetzt stand er neben seinem Wagen und blickte zu Daisys Haus hinauf. Es war so viel kleiner als ihr früheres Haus oder sein Haus. Er erinnerte sich an etwas von Milton, etwas, das er bis zu diesem Augenblick nie richtig verstanden hatte. Dass die Hölle groß und formlos sei, der Himmel jedoch klein und eng umschlossen, eine Kammer, ein kleines Haus, ein Häuschen wie dieses mit dem blinkenden Weihnachtsbaum im Fenster und dem warmen Licht, das aus dem Wohnzimmer fiel. Der Regen hatte inzwischen aufgehört und den sauberen, frischen Duft nach Zucker-Kiefern und Douglasien hinterlassen, und über ihm begannen durch die lockerer werdenden Wolken die Sterne zu funkeln, und der zu drei Viertel volle Mond lächelte, weil seine Untertanen wieder glücklich waren, und auch Henry Quantum lächelte. Was immer als Nächstes geschehen mochte, er hatte endlich das perfekte Weihnachtsgeschenk.

NACHWORT

Anmerkung des Autors

Bis auf ein, zwei wichtige Ausnahmen sind alle Orte in diesem Buch real. Wenn Sie möchten, können Sie Henrys Spaziergang und Margarets Fahrt nachspazieren beziehungsweise -fahren und Daisys Haus und die Schule ihrer Kinder aufsuchen. Wenn Sie Henrys Spuren folgen, werden Sie, wie ich, die Freude haben, sich in San Francisco zu verlieben, die magischste Stadt Amerikas und vielleicht der ganzen Welt.

Der ausdrückliche Dank des Autors gilt: Tom Owens, der sich Hals über Kopf in Margaret verliebte und ihr das Maklergewerbe bis ins letzte Detail erklärte; Dr. Russell Hamer, PhD, denn er gab an Daisy, die Frau seiner Träume, Insiderwissen über molekulare Augenforschung weiter; einer meiner alten Lieben, meinem zerlesenen Exemplar von *Zen Flesh, Zen Bones*, das auch »The Gateless Gate« (»Das torlose Tor«, op.cit.) enthält, das von Nyogen Senzaki und Paul Reps transkribiert wurde und seinerseits Mumons Kōan über die zuckenden Blitze enthält, erschienen bei Anchor Books ohne Jahr (dt.: *Ohne Worte – ohne Schweigen. 101 Zen-Geschichten und andere Zen-Texte aus vier Jahrtausenden*, hrsg. v. Paul Reps, aus dem Engl. übertragen von Ulli Olvedi, O.W. Barth, 2010); Karen Kosztolnyik, meiner wunderbaren Lektorin, für ihre immer begeisterte Unterstützung und ihr scharfsinniges, liebevolles Lektorat, und ebenso Louise Burke, Jennifer Bergstrom, Jennifer Long, Liz Psaltis, Jennifer Robinson und Becky Prager bei Gallery Books, meinem guten Freund, besten Cheerleader, Literaturliebhaber und brillanten Agenten Michael V. Carlisle; und natürlich GSG, der Liebe meines Lebens, ohne die dieses Buch und alle meine anderen Werke und Tage nichts wert wären.